궁귀검신 2부

弓鬼劍神

궁귀검신 2부 3

조돈형 新무협 판타지 소설

초판 1쇄 찍은 날 § 2004년 7월 14일
초판 1쇄 펴낸 날 § 2004년 7월 24일

지은이 § 조돈형
펴낸이 § 서경석

편집장 § 문혜영
편집 § 장상수 · 김민정 · 최하나
마케팅 § 정필 · 강양원 · 이선구 · 김규진 · 홍현경

펴낸곳 § 도서출판 청어람
등록번호 § 제1081-1-89호
등록일자 § 1999. 5. 31
어람번호 § 제2-0401호

주소 § 경기도 부천시 원미구 심곡1동 350-1 남성B/D 3F (우) 420-011
전화 § 032-656-4452 팩스 § 032-656-4453
http://www.chungeoram.com
E-mail § eoram99@chollian.net

ⓒ 조돈형, 2004

ISBN 89-5831-106-1 04810
ISBN 89-5831-103-7 (SET)

궁귀검신

弓鬼劍神

2부

3

조돈형 新무협 판타지 소설

도서출판
청어람

목

차

제 19 장

주광(酒狂) 단견(短見)

주광(酒狂) 단견(短見)

"그럼 내가 할까?"

"흐흐, 아닙니다. 당연히 제가 해야지요."

해웅이 좋은 상대를 놓쳤다는 표정으로 뽀로통해 있는 강유를 살피며 대꾸했다.

"그렇게 신나 할 일만은 아닐걸. 녀석 제법 강해. 잘못하면 진다."

넌지시 말을 건네는 을지호의 어투가 사뭇 진지했으나 그는 그다지 대수롭지 않게 여겼다.

"에이, 설마요. 그럴 리야 있겠습니까? 하하! 자, 어서 덤벼… 헛!"

넉넉한 웃음을 지으며 고개를 돌리던 해웅의 입에서 헛바람이 터져 나왔다. 그의 시선에 어느새 허공으로 떠올라 발길질을 해대는 투랑의 모습이 들어왔기 때문이다.

해웅이 깜짝 놀라 재빨리 뒷걸음질쳤다. 그러나 투랑의 발은 이미 그의 관자놀이를 가격하고 그 탄력으로 재차 발길질을 하고 있었다.

퍽퍽퍽!

해웅의 몸에서 연속적으로 격타음이 울렸다.

"뭐야, 이거. 몸뚱이가 장난이 아닌데!"

땅에 발을 딛기 전 멋진 회전 발차기로 옆구리를 가격하며 마지막을 장식하고는 슬쩍 몸을 뺀 투랑이 황당하다는 듯 소리쳤다.

허공으로 떠올라 다섯 번의 발길질을 했다. 하나같이 중요한 급소였다. 애당초 겨루고자 한 상대는 그가 아니기에 빨리 끝내려고 다소 위험한 공격을 했건만 쓰러뜨리기는커녕 도리어 발목만 시큰거리는 것이 아닌가.

"비겁하게 기습을 하다니!!"

양손을 교차하여 얼굴을 가렸던 해웅이 천천히 손을 풀었다. 사람들 앞에서 못 볼 꼴을 보였다는 생각인지 조금 전의 미소는 천 리 밖으로 사라지고 없었다.

"비겁은 무슨, 상대를 눈앞에 두고 딴 짓을 하는 놈이 바보지. 아무튼 제법 단단한 몸뚱이를 지녔는데. 재밌겠어. 어디 다시 한 번 시험을 해볼까나."

투랑은 잡아먹을 듯 노려보는 상대의 반응엔 신경도 쓰지 않고 마치 새로 장만한 장난감을 가지고 신나 하는 어린아이처럼 무척이나 즐거워하고 있었다.

"건방진 꼬마 놈!"

해웅이 정면으로 쇄도해 오는 투랑을 향해 무지막지한 주먹을 휘둘렀다. 걸리는 것은 무엇이라도 박살 낼 듯한 기세. 그러나 그의 공격은 투랑에겐 전혀 위협이 되지 못했다.

투랑은 한없이 느리게 다가오는—물론 해웅의 관점에선 나름대로 빠른 것이겠지만—주먹을 간단히 피하고 도리어 허공을 가르며 빗나가는 팔을 휘감아 훌쩍 몸을 띄웠다.

"천령(天靈)."

낭랑한 외침이 객점에 울려 퍼지고, 멋지게 호선을 그린 그의 왼쪽 발꿈치가 해웅의 정수리를 내리찍었다.

평범한 사람은 물론이고 무공을 익힌 무인이라 할지라도 맞는 즉시 즉사할 사혈(死穴)이었으나 불행 중 다행인지 해웅은 보통 사람의 범주에 포함되지 않았다.

"이런 젠장!"

해웅은 고통을 느끼는 대신 무방비로 당했다는 수치심에 이를 부득 갈았다.

"천주(天柱)!"

아직 허공에 몸을 띄우고 있던 투랑의 입에서 재차 함성이 터져 나오며 무시무시한 힘을 실은 발길질이 목덜미에 이어졌다.

천령혈이 그렇듯 천주혈 역시 치명적인 사혈이었다. 연속적으로 견뎌내기는 했어도 충격이 없을 수 없었다.

"크으."

휘청거리는 해웅의 입에서 짧은 신음성이 터져 나오고 머리가 울리는지 고개를 흔들었다. 그런 상대를 가만히 두고 볼 투랑이 아니었다.

"아직 멀었다니까."

조소 섞인 웃음과 함께 해웅에게 접근하는 그의 손이 기묘하게 움직이기 시작했다.

물 흐르듯 부드럽게 미끄러지며 춤을 추는 손에 기이한 힘이라도 있는지 주변의 공기가 서서히 요동쳤다. 동시에 해웅을 향해 서서히 접근하는 수십의 수영(手影)이 그의 요혈을 노리며 파고들었다.

공격이 예사롭지 않다고 느낀 해웅은 바싹 긴장하며 마구 주먹을 뻗었다. 하나 수를 놓듯 허공을 누비며 접근하는 투랑의 손길은 해웅의 주먹을 슬그머니 피해 전신의 각 요혈에 적중하기 시작했다.

최초 장문혈(章門穴)에서 시작하여 기문혈(箕門穴)과 화개혈(華蓋穴) 등 가슴과 배꼽 주변의 요혈을 가격한 투랑은 괴성을 지르며 미친 듯이 자신을 쫓는 해웅의 반격을 비웃기라도 하듯 그의 등 뒤로 돌아가 풍문(風門), 기해(氣海), 혼문혈(魂門穴) 등을 애무하듯 어루만졌다.

정면으로 쇄도해 열두 곳의 요혈을 점하고 재빨리 뒤로 돌아가 또다시 열두 곳의 요혈을 공격한 일련의 움직임. 비록 설명은 장황해도 모든 공격은 찰나지간에 이루어졌다.

"매, 매화산수(梅花散手)다!"

누군가의 입에서 탄성이 터져 나왔다. 투랑이 사용한 무공이 화산파가 자랑하는 매화산수임을 알아본 것이다.

그랬다. 투랑이 그 짧은 시간에 무수히 많은 혈도를 점한 것은 눈에 보이지도 않을 정도로 빠른 손놀림, 이른 봄날 흩날리는 매화(梅花)를 보며 창안했다는, 일수에 서른두 개의 변화가 숨어 있는 데다가 눈으로는 도저히 그 움직임을 따라갈 수 없는 기쾌(奇快)한 무공 매화산수가 있었기에 가능한 것이었다.

"단 한 번에 스무 곳이 넘는 혈을 점하다니……!"

굳은 얼굴로 전황을 살피던 강유의 입에서 묵직한 침음성이 흘러나왔다.

"아니, 겉으로 보기엔 그렇지만 최소한 배는 더 되는 곳을 훑고 지나갔다. 마치 해웅의 약점을 찾기라도 하듯 샅샅이. 역시 꽤나 힘든 싸움이 되겠는걸."

"하지만 웬만한 검기에도 타격을 받지 않는 해웅입니다. 저 정도에 당할 리가 없지요!"

강유가 해웅을 대변하듯 소리쳤다.

"그럴까? 그럴 수도……. 하나 매… 뭐라는 무공도 그렇지만 저 발놀림이 마음에 걸려. 평범한 듯 보여도 꽤나 심상치 않단 말이야."

어느 정도 예상은 했어도 투랑의 실력은 상상 이상이었다. 특히 해웅을 향해 접근할 때와 그의 공격을 피해 뒤로 돌아갈 때 보여주었던 발놀림은 신기(神技)로 여겨질 정도로 대단한 것이었다.

"취팔선보(醉八仙步)라는 것이다."

의문점은 태상호법이 해결해 주었다.

"취… 팔선보요?"

"개방의 비전(秘傳) 보법이다. 최소한 장로급이 되어야 익힌다는. 내 기억이 틀리지 않는다면 분명 취팔선보가 맞을 것이다."

태상호법이 살짝 미간을 찌푸리며 대꾸했다.

"그럴 수도 있겠군요. 개방에도 의제 분이 있다고 하셨으니 녀석도 그분과 인연을 맺었을 것이고, 당연히 취팔선보를 배울 기회도 있었겠지요. 이거 점점 흥미롭게 되는데요."

을지호와 태상호법의 대화가 잠시 이어지는 동안에도 치열한 박투(搏鬪)는 계속되고 있었다. 물론 해웅이 일방적으로 당하는 양상이었다.

"쥐새끼 같으니!! 그렇게 피하지만 말고 당당하게 덤벼라!"

아무리 공격을 해도 요리조리 피하고, 악을 쓰며 쫓아도 투랑의 발치에도 미치지 못하자 해웅의 분노는 극에 이르렀다. 결국 방법을 찾지 못한 그는 투랑의 몸과 비견될 정도로 거대한 거부를 마구 휘둘러 대기 시작했다.

도끼가 허공을 가르며 내는 소리가 소름이 끼칠 만도 하련만 투랑은 전혀 굴하지 않고 오히려 못마땅한 듯 혀를 찼다.

"쯧쯧, 무식하기는……. 이런 좁은 곳에서 그 따위 무식한 도끼를 휘둘러 대다니. 하긴, 곰같이 미련하고 가진 건 힘밖에 없는 놈이니 어쩔 수 없겠지. 좋아, 네가 무기를 꺼낸다면 나도 무기를 꺼내주지."

상대에 대한 예의라고는 벼룩의 간만큼도 없이 한껏 조소를 보낸 투랑의 손이 허리춤에 머물렀다. 그리고 곧 너무나 미세하여 안력을 집중하여 보지 않으면 제대로 감지하지도 못할 정도로 가늘고 투명한 실을 흔들어댔다.

"지금부터 미련한 곰을 어찌 잡는지 확실히 보여주마."

이 정도 모욕을 당했으면 부처가 아니라 부처 할아비가 와도 참을 수 없는 지경이었다.

"으아아아!!"

입에 거품을 물 정도로 흥분한 해웅이 괴성을 지르며 투랑을 쫓았다. 그러나 안타깝게도 그의 발걸음은 투랑에 비해 너무 느렸고 단조로웠으며, 을지호가 애써 가르친 남궁세가의 보법 역시 취팔선보를 능숙하게 구사하는 상대를 잡기엔 역부족이었다.

"몸뚱이에 너무 자신만만한 것 아니야? 단단한 것은 인정하지만 못 부술 것은 아니라고."

방어 따위는 생각도 하지 않고 오직 공격 일변도의 해웅을 보며 이죽거리는 투랑에게선 수없이 많은 싸움을 하면서 터득한 여유가 우러나오고 있었다.

"네놈 따위가 어쩔 수 있는 몸이 아니다!"

검기에도 견딘 몸이었다. 을지호와 같은 절정고수라면 모를까 웬만한 공격엔 자신이 있었다. 이미 전신의 요혈을 수십 번 격타당했음에도 견뎌낸 것이 그것을 증명하고 있었다.

하나 투랑은 그렇게 생각하지 않는 것 같았다. 그것은 을지호 역시 마찬가지였다.

"발견한 모양입니다."

을지호가 안색을 다소 굳히며 말했다.

"그렇겠지. 저 아이의 능력이라면 능히."

태상호법이 고개를 끄덕이며 동의했다. 그것을 증명이라도 하듯 투랑의 움직임이 빨라졌다.

"사람의 몸은 아무리 수련을 해도 단련할 수 없는 곳이 몇 곳 있더라고. 우선 눈."

투랑이 손을 내밀자 손에 쥐고 있던 실이 해웅의 눈을 향해 일직선으로 날아들었다. 깜짝 놀란 해웅이 고개를 틀며 실을 낚아채려 했다. 그런데 눈을 향해 날아오던 실이 갑자기 방향을 틀더니 귀를 향하는 것이 아닌가.

"좁기는 하지만 귓구멍도 약점이 될 수 있을걸."

비웃음에 신경 쓸 겨를이 없었다. 투랑에 의해 조종되는 실은 마치 눈이라도 달린 것처럼 귓속을 향해 파고들었다. 해웅은 조금도 머뭇거림 없이 손을 들어 귀를 보호했다.

"그리고 말이야… 이곳은 잘 모르겠어. 반반의 확률이거든."

어느새 접근한 투랑의 입가에 사악한 미소가 감돌았다. 그리곤 냅다 발을 휘둘렀다. 지면에서 사라진 발은 해웅이 어떤 반응을 보이기도 전에 그의 사타구니에서 발견되었다.

"아닌가? 흠, 아닌가 보군."

해웅의 반응을 살피던 투랑이 정확히 한가운데를 파고들어 간 발을 빼내며 의외라는 듯 고개를 갸웃거렸다. 하지만 효과는 확실히 있었다. 억지로 고통을 참고는 있어도 부들부들 떨리는 몸, 일그러지는 얼굴, 꽉 깨문 입술 사이로 흘러나오는 피가 해웅이 얼마나 고통스러워하는지 보여주고 있었다.

"휴~ 제대로 맞았군요. 꽤나 아프겠습니다."

마치 자신이 가격당한 것처럼 잔뜩 인상을 찌푸린 을지호가 사타구니 속으로 슬그머니 손을 뻗으며 말했다.

"가장 단련하기 힘든 부분이 아니더냐. 훌륭한 사부 밑에서 차근차근 외공을 익힌 이들도 곤란을 겪는 곳이다. 해웅이 홀로 단련하기엔 무리가 있지."

차분히 말하는 태상호법의 말에 을지호가 고개를 끄덕였다.

"예전부터 그것을 걱정했습니다. 나름대로 극복 방법도 연구해 봤지만 아무래도 외공인지라 제게는 무리였습니다."

"오늘 일도 있고 하니 제가 알아서 찾을 게다. 어쨌든 꽤나 날카롭고 강력했어. 아무리 약점이라도 보통의 힘으론 그다지 큰 타격을 입히지 못했을 텐데."

태상호법은 조그만 몸에서 뿜어져 나오는 힘이 제법이란 생각을 하면서 또다시 괴이한 행동을 하고 있는 투랑에게 시선을 던졌다.

"자, 몸도 제대로 풀었으니 유희(遊戱)는 이쯤에서 끝내볼까나."

해웅의 표정에서 공격이 제대로 먹혔음을 간파한 그는 투명하게 빛나는 실을 꼬나 들고 정면으로 달려들었다.

한참 전부터 살심을 품은 해웅이 기다렸다는 듯 도끼를 휘둘렀다. 그 스스로가 위명천하(威名天下)라는 상당히 낯간지러운 이름을 붙인 수법으로 기존의 부법(斧法)에 태상호법과 을지호가 머리를 맞대고 고심하여 적당히 변형시킨 것이다. 천고의 절학이라고는 할 수 없어도 그에겐 더할 나위 없이 필요한 무공이라 할 수 있었다.

꽝!

아슬아슬하게 비껴 나간 도끼가 무지막지한 힘으로 바닥을 파고들었다. 해웅의 입에서 짧은 기합성이 터져 나옴과 동시에 깊게 패인 바닥을 뒤로하고 허공으로 치켜 올려진 도끼가 물러나는 투랑을 집요하게 추격했다.

투랑은 반격할 생각을 하지 않았다. 그저 해웅이 따라오지 못하는 속도로 그의 주변을 맴돌 뿐이었다. 그런데 공격권을 피해 멀찌감치 피하는 것이 아니라 간발의 차이를 두며 슬쩍슬쩍 흘려보내는 것이 영 수상했다. 아니나 다를까, 서너 번의 공격을 실패한 해웅의 얼굴에 당황한 빛이 떠올랐다.

"제기랄!"

뭔가가 자신의 다리를 결박하고 있음을 느끼고는 그것이 투랑의 손에 들려 있던 가느다란 실이라는 것을 파악한 해웅이 기겁하며 몸을 빼내려는 찰나였다.

"늦었어!"

투랑이 낭랑한 외침과 함께 뭔가를 잡아채는 시늉을 하였다. 그러자 느슨하게 엮여 있던 실이 팽팽히 당겨지며 해웅의 몸을 옥죄어왔다. 다리에서부터 타고 올라온 실은 어느새 양쪽 허벅지며 배, 가슴을 감고 왼쪽 팔을 결박했다.

다급한 신음성을 내뱉은 해웅이 아직까지는 자유롭게 움직일 수 있는 오른팔을 이용해 실을 끊고자 했으나, 양발이 완전히 묶인 그는 천천히 몸을 움직이며 남은 팔마저 결박하는 투랑의 움직임을 제어하지 못했다.

마지막으로 목에까지 실을 감아 돌린 투랑은 뒤로 한 발 물러나 느긋하게 팔짱을 끼며 자신의 작품을 감상했다.

"하하하, 이것으로 곰 사냥은 끝났군."

마치 누에고치처럼 온몸이 감긴 실로 인해 옴짝달싹 못하게 된 해웅은 힘으로라도 그것을 끊기 위해 안간힘을 썼다. 목에 핏대가 세워지고 얼굴이 시뻘겋게 변할 때까지 힘을 줬다. 그러나 연약하게만 보이는 실은 끊어질 생각을 않고 더욱 팽팽히 당겨지며 슬금슬금 살 속으로 파고들었다.

"쯧쯧, 관두지 그래. 뭐, 가진 게 힘밖에 없는 것은 알겠지만 그게 그렇게 간단히 끊어질 것이 아니니까. 인면지주(人面蜘蛛)라고 들어봤지? 거미 주제에 사람의 얼굴을 하고 있다는. 아무튼 네 몸을 묶은 것은 만년 묵은 인면지주의 몸에서 나온 실을 몇 겹으로 꼬아 만든 망웅사(罔熊絲)라는 건데, 도검으로 내려쳐도 끊어지지 않을 정도로 질기니까 애당초 포기하는 것이 몸에 이로울 거야."

망웅사. 말 그대로 곰을 잡는 그물이란 말이다. 물론 그런 이름을 가졌을 리가 없었다. 그저 해웅을 조롱하기 위해 투랑이 즉흥적으로 지어낸 이름일 뿐이었다. 그것을 알면서도 완벽하게 패배한 해웅은 아무런 말도 하지 못했다.

"자, 어때? 이만하면 시험에 통과한 것이겠지? 귀찮기는 했어도 나름대로 재밌었어. 이제는 약속대로 네가 상대해 줘."

처음의 신나 하던 모습은 이미 사라지고 없는, 마치 썩은 과일이라도 베어 문 표정으로 서 있는 해웅을 뒤로한 투랑이 을지호에게 시선을 던지며 재차 도전장을 던졌다.

"물론, 약속을 했으니 당연하지. 일단 묶은 것이나 풀어줘라."

"그러지 뭐."

간단히 대꾸한 투랑은 무시무시한 눈길로 쏘아보는 해웅의 시선에 아랑곳없이 망웅사를 풀었다.

'음.'

몸이 자유로워지는 것을 느끼며 해웅은 심각한 고민에 사로잡혔다. 남자라면 패배를 인정할 줄 알아야 했다. 그러나 아무리 인정을 하고 싶어도 마음이 내키지 않았다.

애당초 이번 싸움은 정정당당한 것이 아니었다. 비록 상대를 얕본 자신의 책임이 크다곤 해도 결국 암수에 패한 것이 아니던가. 당장에라도 서슬 퍼런 도끼날을 정수리에 처박고 싶었다. 아니, 도끼를 사용할 것도 없이 주먹질 한 번이면 염라대왕 앞으로 보낼 수도 있으리라.

해웅의 갈등을 즐기기라도 하듯 의뭉스런 눈길로 그를 쳐다보던 투랑이 지나가는 강아지 쳐다보듯 힐끔거리며 말했다.

"방해되니까 얼른 사라져. 마음이 바뀌어서 웅담 구경하자고 덤빌지도 모르니까."

순간, 꽉 다문 해웅의 입술이 터져 나가며 피가 흘렀다. 솥뚜껑만한 주먹이 더할 나위 없이 단단히 뭉쳐져 주인의 결단만을 기다렸다. 하지만 그는 움직이지 못했다. 앞에 놓인 찻잔을 비우고 천천히 걸음을 옮기는 을지호의 미간이 한데 모여지는 것을 본 까닭이었다.

"후~"

해웅의 입에서 누구라도 들을 수 있을 정도로 커다란 한숨이 흘러나왔다. 그리곤 힘없이 고개를 숙이더니 천천히 뒷걸음질쳤다.

그의 뒤로 투랑의 웃음소리가 들려왔다.

"어이, 망웅사는 언제든지 준비되어 있다고. 하하하!"

한데 그의 웃음은 얼마 가지 못했다. 난데없이 손때가 잔뜩 묻은 작대기가 그를 향해 날아들었기 때문이다.

"뭐, 뭐야!"

깜짝 놀란 투랑은 작대기의 주인을 확인할 여유도 갖지 못하고 황급히 몸을 틀었다. 한데 작대기는 마치 그러기를 기다렸다는 듯 방향을 틀어 그를 쫓았다.

픽!

살가죽을 후려치는 경쾌한 격타음이 터짐과 동시에 비명성이 울려 퍼졌다.

"아이고야!"

해웅의 무지막지한 공격을 능숙하게 피해낸 투랑이었다. 그런 그가 고작 서너 걸음을 도망치지 못하고 등짝을 얻어맞고 만 것이다.

좌중의 시선이 작대기의 주인을 찾기 위해 한곳으로 쏠렸다. 모두 취팔선보를 익히고 있는, 아니, 꼭 그것이 아니더라도 날래기가 범과 같은 투랑을 간단히 제압하는 신묘함을 보여준 사람이 누군지 궁금해하는 눈치였다.

투랑에게 망신을 준 사람은 놀랍게도 늙은 거지였다.

일흔은 훌쩍 넘어 보이는 나이, 다리 하나를 잃었는지 의족(義足)을 달고 한쪽 손에는 거무튀튀한 흙으로 아무렇게나 빚어 만든 호리병을, 다른 손에는 작대기를 들었다. 호리병에 입을 대고 연신 술을 들이키는 노개(老丐) 얼굴은 술 때문인지 벌겋게 달아 올라 있었는데 특히 코 끝은 벌겋다 못해 검붉은색을 띠고 있었다.

모두 노개의 정체를 궁금해하고 있을 때였다. 뼛속까지 파고드는 고통을 감내하며 간신히 작대기의 사정권에서 피한 투랑이 버럭 소리를 질렀다.

"어떤 후레자식이냐!!"

"나다."

말이 끝나기도 전에 들려오는 음성. 그러나 그 속에는 더할 수 없는 황당함이 깃들어 있었다.

분노의 불꽃이 일던 투랑의 두 눈이 화등잔(火燈盞)만해졌다.

"어, 거지 할아버지 아닙니까?"

"그럼 후레자식일 줄 알았냐?"

"아, 아니, 그게 아니라……."

"쯧쯧, 그 사부에 그 제자라더니… 아무나 붙잡고 시비를 거는 버릇은 여전하구나."

대꾸할 말을 찾지 못한 투랑이 머리를 긁적이며 멋쩍은 미소를 지었다.

"헤헤, 보셨습니까?"

"처음부터 자알 보고 있었다. 네놈 꼴이 하도 가관이라 한번 두고 봤을 뿐이다. 그리고 뭐? 인면지주? 망웅사? 이놈아! 그것이 언제부터 그런 이름으로 바뀌었더란 말이냐! 취팔선보로도 모자라 내가 고생고생하여 구한 것을 슬쩍해 놓고서."

"헤헤, 어쨌든 거미의 몸에서 뽑은 것이니까 그게 그거잖아요. 그리고 세상에 이 좋은 걸 매듭으로 엮어서 고작 신분이나 확인시켜 주는 용도로 쓴다는 게 말이나 됩니까. 몸 바쳐서 실을 얻게 해준 거미에 대한 예의도 아니고……."

"이런 빌어 처먹을 놈을 보았나! 거미에 대한 예의? 나 없는 사이에 냴름 구워 먹은 놈이 누구더냐!! 지금 네놈이 그 따위 말을 할 자격이 있다고 생각하는 것이냐?"

노개는 눈에 쌍심지를 켜고 작대기를 치켜세웠다. 위기를 느낀 투랑이 재빨리 입을 열었다.

"어허, 개방의 제일 큰 어르신께서 이런 자리에서 언성을 높이셔서야 되나요? 아무리 화가 나시더라도 체통을 생각하셔야……."

투랑의 말은 그 즉시 효과를 거두었다. 그것은 노개가 어떤 반응을 보이기도 전에 주변의 웅성거림으로부터 시작되었다.

"주, 주광(酒狂)이다!"

"상취개(常醉丐)!!"

"시, 십대고수!!"

제각기 부르는 이름도 달랐다. 하나 그것들 모두가 한 사람을 지칭하는 것이었다.

나이는 어렸어도 항렬이 높고 그 재주를 인정받아 일찌감치 개방 소방주의 위치에 있었던, 비록 패천궁과의 싸움에서 다리를 잃은 덕에 방주 직을 고사(固辭)하기는 하였지만 방 내에서 차지하는 위치가 가히절대적인 인물.

술기운을 빌어 구사하는 강룡십팔장(降龍十八掌)은 천하일절로 이름이 드높았고 한쪽 다리가 의족임에도 보법은 신묘하기가 하늘에 이를 지경이라는, 투랑의 단 한 마디에 모든 이들의 탄성과 경악, 경외를 한몸에 받게 된 노개는 다름 아닌 무광 곽검명과 더불어 양광(兩狂)으로 불리며 십대고수의 반열에 당당히 그 이름을 올린 상취개 주광 단견(短見)이었다.

"네, 네놈이……."

일순 당황한 단견은 뭐라 말을 잇지 못했다. 주변을 둘러본 그는 자신이 너무 흥분하고 있다는 것을 느끼며 억지로 화를 삭여야 했다.

한두 사람도 아니고 수십 명이나 되는 사람들의 이목이 집중되어 있었다. 자신이 원해서 된 것도 아니었으나 항렬을 따지다 보니 개방의 제일 위쪽에 이름이 올라 있지 않던가.

체통이니 명성이니 하는 것과는 인연이 멀다 해도 자리가 죄었다. 명색이 개방의 제일 큰 어른이 머리에 피도 안 마른 꼬마와 드잡이질을 하는 모습을─물론 충분히 그럴 만한 관계이기는 하였지만─보여서 좋을 것은 없었다.

"휴~ 뚫린 입이라고 말은 청산유수(靑山流水)로구나. 좋다, 이놈. 내 오늘은 그냥 참고 넘어가마. 그건 그렇고……."

말끝을 흐린 노개가 묘한 표정으로 바라보고 있는 을지호와 다소 놀란 표정의 남궁민에게 시선을 주었다.

"정말 미안하게 되었네. 원체 버르장머리가 없는 놈인지라 예의가 뭔지, 갖추어야 할 격식이 뭔지를 도통 알지 못해. 내 대신 사과하지. 자네들이 이해하게나."

"하하. 아닙니다, 어르신. 어린 마음에 그럴 수 있지요. 조금 과한 면이 없지는 않지만… 자신만만함이 보기 좋습니다."

반가움을 애써 감춘 을지호가 담담하게 말했다.

"그렇게 생각해 주니 고맙군. 그래, 아무튼 오룡지회에서 남궁세가를 다시 보게 되어 무척이나 반갑네. 안 좋은 소식이 들려올 때마다 못

내 마음이 아팠거늘, 정말 다행이야."

"감사합니다. 이렇듯 명망이 자자한 고인을 만나 뵙게 되어 영광입니다."

남궁민이 몸가짐을 바로 하고 정중하게 인사했다.

"영광은 무슨, 늙어 힘도 없고 꼬부라져 죽을 날만 기다리는 늙은 거지에 불과한데."

도리질을 하며 대꾸하는 단견, 그래도 남궁민의 예의 바른 모습에 기분이 나쁘지 않았는지 얼굴엔 흐뭇한 미소가 맴돌았다. 하지만 그의 미소는 그다지 오래가지 못했다. 대충 돌아가는 상황을 지켜보던 투랑이 단견의 눈치를 살피며 슬그머니 을지호에게 접근했기 때문이었다.

곧바로 호통이 터졌다.

"이놈! 또 무슨 수작을 하려는 것이냐! 냉큼 이리 오지 못하겠느냐?"

"아직 승부가 끝나지 않았어요."

"어허, 이놈이 그래도! 그만큼 소란을 피웠으면 자중을 해야지. 그리고 네 녀석은 아직까지도 상대의 역량을 살필 줄 아는 안목도 키우지 못했더란 말이냐?"

"저 친구가 강하다는 것은 나도 안다고요. 뭐, 질 수도 있겠지요. 하나 상대하지 못할 정도는 아니라고요."

투랑이 자신만만하게 대꾸했다. 단견이 기도 차지 않는다는 듯 호통을 쳤다.

"친구? 쯧쯧, 그놈의 말버릇 하고는! 인석아, 알량한 안목을 어따 들이대는 것이냐! 네 눈엔 어찌 보일지 모르겠지만 내가 생각하기엔 저 친… 음, 자네 이름이 뭔가?"

"을지호라고 합니다."

희미한 웃음을 머금고 둘의 대화를 지켜보던 을지호가 아직까지 자신의 소개도 하지 않은 것을 상기하며 재빨리 대답했다.

"을지 소협이었군. 어쨌든 네 녀석이 아무리 날고 기는 재주가 있다고 해도… 응? 을… 지?"

투랑에게 호통을 치던 단견이 문득 고개를 갸웃거렸다.

"지금 을지 성을 쓴다고 했나?"

"그렇습니다."

"을지 성이라……."

'을지'라는 성. 다른 사람은 몰라도 단견은 결코 가볍게 흘려 버릴 단순한 성이 아니었다. 얼마나 그립고 마음속 깊이 간직하고 있는, 추억이 담겨 있는 성이던가.

"혹, 잘못된 것이라도 있습니까?"

만감이 교차하는 시선으로 자신을 살피는 이유가 무엇인지 내심 짐작하고 있던 을지호가 시치미를 떼고 물었다.

"아, 아니네. 내 잠시 착각을 한 것 같네."

아무리 살펴봐도 눈앞의 청년이 자신이 생각하는 사람과 연관되는 것은 없었다. 단지 성이 같고 얼굴이 조금 닮은 듯하다는 것, 어쩌면 그것은 억지로 끼워 맞추다 보니 그렇게 보이는 것 같았다.

물론 겉은 평범해 보여도 결코 예사롭지 않은 실력이 몸 안에 갈무리되어 있다는 것이 처음 을지소문을 만났을 때와 같은 느낌이었지만 그 정도를 가지고 뭐라 단정을 내릴 수는 없었다. 무엇보다 그는 을지가의 상징이라 할 수 있는 궁을 들고 있지 않았다.

'역시 그럴 리가 없지.'

기이한 눈빛으로 을지호의 이곳저곳을 살피던 단견이 다소 실망한 표정으로 한숨을 내뱉었다. 하지만 그가 미처 생각하지 못한 것이 있었다.

해웅의 몸에 가려져 지금은 보이지 않아도 을지호가 앉아 있던 자리에 철궁이 비스듬히 세워져 있다는 것, 그리고 무엇보다 을지호가 처음 객점으로 들어설 때엔 분명 궁을 들고 있었다는 것을 흘려보낸 것이었다.

"뭐 하시는 거예요, 성이 어쨌다고. 방해하지 마시고 비켜주세요. 전 이자와 승부를 가리고 싶다고요."

단견의 기분을 아는지 모르는지 퉁명스레 말을 던진 투랑이 잔뜩 몸을 웅크리며 을지호에게로 향했다. 물론 두어 걸음 내딛기 전에 단견이 휘두른 작대기를 피해 다가온 만큼 뒤로 물러나야 했지만.

"너 같은 녀석은 열댓 명이 덤벼도 상대가 안 돼. 공연히 까불다 망신당하지 말고 썩 물러서거라!"

"흥, 해보지 않고는 모르지요."

투랑이 지지 않고 대답했다.

"안 해봐도 알아. 그러니 더 이상 소란 피우지 말고 따라와. 나와 갈 곳이 있다."

"엥? 이른 아침부터 갈 곳이라니요?"

"뭔 말이 그리 많누. 가보면 알 것 아니냐."

"하지만……."

"어허! 그만 하래두!"

단견의 눈초리가 매서워졌다.

"젠장, 알았다고요."

이쯤에서 물러나지 않았다간 어떤 봉변을 당할지 예측하기 힘들었다. 억울했지만, 꼭 붙어보고 싶은 상대가 눈앞에 있었지만 물러서지 않을 수 없었다.

인상을 구기며 물러나는 투랑의 얼굴에 아쉬움이 물씬 배어 나왔다.

"하하, 너무 아쉬워하지 마라. 오늘만 날이 아니잖아. 원한다면 언제든지 상대해 주지."

"정말이냐?"

되묻는 투랑의 얼굴에 웃음이 피어올랐다.

어려서부터 거친 삶을 살았고 무림에 발을 들여놓으면서 끝임없이 싸움을 했다지만 간간이 드러나는 모습에서 나이는 속일 수 없었다. 을지호는 자신의 한마디에 환하게 웃는 투랑을 보며 그제야 그가 약관의 나이에도 미치지 못했다는 것을 상기하며 슬며시 미소를 지었다.

"약속한다."

"좋아, 그 약속 지키리라 믿겠어."

"물론. 대신 각오는 단단히 하는 것이 좋을 게다. 난 말이야, 어리다고 봐주고 하는 그런 사람이 아니야."

"흐흐, 그건 두고 보면 알 일이지. 아무튼 그날을 기대하고 있겠다."

그 말을 끝으로 투랑은 몸을 돌렸다. 훗날을 기약한 이상 미련을 보이지 않겠다는 태도였다. 그런 투랑을 보며 단견은 쓴웃음을 지었다.

"저놈 성격이 워낙 지랄 같으니 자네가 이해하게. 그나저나 아쉬운 걸. 자네들과 좀 더 많은 얘기를 했으면 좋겠는데 기다리는 사람들이 있어서."

"다시 뵙지 않겠습니까?"

남궁민이 공손히 물었다.

"그렇지. 어차피 오룡지회에서 보게 되겠군. 그래, 그곳에서 보다

많은 말들을 나누어보세나. 사실 남궁세가와 나의 인연도 결코 작다고
는 할 수 없으니."

"익히 들어 알고 있습니다."

"허허, 그런가? 아무튼 천천히 오게나. 이 늙은이는 먼저 가겠네."

"살펴가시지요."

남궁민과 을지호가 동시에 허리를 굽혔다. 히죽 웃어주는 것으로 인
사를 마친 단견은 단 서너 걸음으로 한참을 앞서 걷는 투랑과 어깨를
나란히 했다.

객점과 멀어지는 그들의 모습을 보며 흐뭇한 미소를 짓던 을지호가
조용히 읊조렸다.

"조만간 정식으로 인사를 드리겠습니다."

제 20 장

황보세가(皇甫世家)

황보세가(皇甫世家)

"제대로 안내는 해드렸느냐?"

"그렇습니다."

"한 치의 소홀함도 없이 정성을 다해야 할 것이다."

"명심하겠습니다."

"알았다. 그만 나가 보거라."

수하를 물린 황보공(皇甫恭)은 다소 지친 얼굴로 의자에 기대며 눈을 감았다.

오룡지회로 인해 더할 나위 없이 분주해진 황보세가에서도 가장 바쁜 사람은 단연 총관 황보공이었다. 세가의 모든 잡다한 일들을 책임지고 있는 그에게 오룡지회를 준비하는 과정은 영광스러우면서도 무척이나 골치 아픈 일이었다.

날짜가 결정되어 손님을 맞이하기 위해 본격적으로 준비하며 사용한 비용은 이미 머리로 셈을 할 수 없는 가히 천문학적인 액수였다. 그러나 비용 따위는 문제가 아니었다. 오룡지회가 열리는 동안 찾아오는 손님은 직, 간접적으로 대략 수백 명. 그들이 불편함없이 얼마나 편히 지내느냐가 무엇보다 중요한 일이었다.

"후~ 악가도 도착했고, 남궁세가도 곧 도착한다고 했으니 모든 준비는 끝난 것인가?"

조금 전 도착한 악가의 무인들을 떠올리며 살짝 눈을 뜬 황보공은 잠깐의 여유를 즐기며 찻잔을 들었다.

바로 그때였다. 닫힌 문이 벌컥 열리며 한 사내가 뛰어들었다.

"초, 총관님!"

"무슨 일이기에 그리 호들갑이냐?"

뛰어든 사내가 정문에서 손님을 접대하고 있어야 할 진청(陳菁)임을 알아본 황보공이 다소 짜증나는 음성으로 되물었다.

"나, 남궁세가가······."

급히 뛰어오느라 숨이 찼는지 진청은 말을 제대로 잇지 못했다. 하나 뒤의 말은 듣지 않아도 그 내용을 알 수 있었다.

"그래, 어디쯤 왔다더냐?"

"이, 이미 정문에 도착을 하였습니다."

"뭣? 벌써? 조금 전까지만 해도 아직 도착할 때가 아니라고, 여유가 있다고 하지 않았느냐?"

벌떡 자리에서 일어나 호통을 치는 황보공의 얼굴은 난처함으로 물들어 있었다.

"생각보다 걸음을 재촉한 듯합니다."

진청 역시 무척이나 곤란한 표정으로 대꾸했다.

"알았다. 이거 잘못하면 큰 결례를 하게 생겼구나. 어서 따라오너라."

대답을 들을 것도 없이 몸을 날린 황보공은 그가 할 수 있는 최대한의 속력으로 정문을 향해 뛰어갔다.

황보세가는 남궁세가에게 세가의 동북쪽에 있는 잠룡각(潛龍閣)을 숙소로 지정해 주었다.

인원을 감안해서인지 그다지 크지 않고 아담했으나 해서(楷書)로 멋들어지게 쓰인 편액(扁額)만큼이나 뭔지 모를 힘이 느껴지는 잠룡각의 삼층엔 남궁민과 을지호, 태상호법이 기거하기로 하였고, 이층엔 강유와 해웅 등이, 그 외의 인원들은 모두 일층에 마련된 방에 분산하여 묵게 하였다.

어느 정도 시간이 흐르자 남궁민은 세가의 주요 인물들을 한자리에 불러 모았다.

"정리가 끝났나요?"

남궁민이 방문을 열고 나란히 들어오는 천도문과 연능천에게 물었다.

"예. 그리고 따로 명이 있을 때까지 휴식을 취하라고 일러두었습니다."

"잘했어요. 지내기에 불편할 것 같지는 않던가요?"

"괜찮습니다. 여타 집기들도 충분하고 특히 널찍한 것이 편히 지낼 수 있을 듯싶습니다."

연능천이 공손히 대답했다. 그러자 뇌전이 퉁명스런 어조로 입을 열었다.

"한적하기도 합니다. 아~주 말이지요."

"왜 또 그래?"

강유가 입이 네댓 발이나 튀어나온 뇌전에게 눈을 흘기며 물었다.

"이거 정말 너무하는 것 아닙니까?"

"뭐가?"

뇌전이 무엇 때문에 저리 화가 났는지 짐작이 갔고 그 또한 은근히 부아가 치밀어 올랐지만 을지호는 짐짓 대수롭지 않은 표정으로 되물었다.

"그 먼 길을 고생해서 왔는데 아무래도 찬밥 신세인 것 같아서 드리는 말씀입니다."

"쯧쯧, 너무 앞서 가지 좀 마라. 다 생각하기 나름이야."

"생각해 볼 것도 없습니다. 조금 전만 해도 그렇지 않습니까? 정문에서 기다린 시간이 한 시진은 되었을 겁니다."

"이각 조금 넘었다."

초번이 어처구니없다는 표정으로 핀잔을 주었다.

"시끄러! 손님을 초대해 놓고 그럴 수는 없는 거다. 그것도 보통 손님이냐? 너나 나 같이 별 볼일 없는 손님이라면, 그래, 까짓 문전박대를 당해도 뭐라 할 수 없겠지. 하지만 한 가문의 수장께서 식솔들을 이끌고 방문했다. 성대한 환영식은 둘째 치고 제대로 된 환영은 해줘야 할 것 아냐. 한참을 기다리게 만들더니 영접이라고 나온 인간은 어디 피죽도 얻어먹지 못한 듯 비실비실한 것이 꼭 사기꾼처럼 생겼잖아."

뇌전은 헐레벌떡 뛰어와 고개를 숙이던 황보공을 생각하며 더욱 인상을 찌푸렸다.

"본 가만 초대를 받은 것이 아니에요. 오대세가는 물론이고 많은 무림인들이 초대를 받아 이곳으로 찾아들었습니다. 그렇게 세세히 신경을 쓸 수는 없는 노릇이지요."

가만히 듣고 있던 남궁민이 달래듯 말했다. 하나 음성에 묻어 나오는 씁쓸함은 역시 감출 수 없었다.

"홍, 그것이 아니었습니다."

뇌전이 기다렸다는 듯 대꾸했다. 장내의 모든 시선이 그에게 향했다.

"조금 전 숙소를 안내하던 자들 중 한 명에게 넌지시 말을 걸어보았습니다. 대답을 자꾸 꺼리는 것이 뭔가 이상해서 계속 물어보았더니 꽤나 곤란해하면서 대꾸를 하더군요. 원래는 세가의 높은 어른들이 손님들을 영접했고 특히 당가나 제갈세가 등 각 세가의 가주들이 도착했을 땐 황보세가의 가주가 직접 마중을 나왔다고 하더군요."

"흠, 우리가 도착했을 땐 그러지 않았잖아. 아무튼 그래서?"

해웅이 황급히 되물었다. 뭔가 느끼는 것이 있는지 호흡도 다소 거칠어졌다.

"우리가 도착하기 바로 직전에 악가가 도착을 했는데 장문인 이하 여러 늙… 높으신 분들께서 직접 마중을 했다고 합니다. 아주 거창하게 말이지요. 정말 너무한 처사 아닙니까?"

말꼬리를 치켜세운 뇌전이 을지호를 쳐다봤다. 뭔가 동의를 구하는 눈빛. 그런데 을지호는 뜻 모를 미소만을 짓고 있었다.

"너, 뇌전 맞냐?"

"예?"

뜬금없는 소리였다. 뇌전의 눈동자가 의문으로 물들었다.

"하하하, 평소의 네 모습하고 도저히 이어지질 않아서 말이다. 무턱

대고 흥분하고 사고만 치는 줄 알았는데 제법이야. 나름대로 설득력도 있는걸."

"너무 그러지 마십시오. 저도 그렇게 무대포는 아닙니다. 어쨌든 이런 저런 상황을 따져 볼 때 저들은 우리 남궁세가를 무시하고 있음이 틀림없습니다."

그의 말이 끝나자 누구라고 할 것도 없이 저마다 얼굴이 일그러져 있었다. 그제야 뇌전이 어째서 찬밥 운운했는지 이해한 것이다. 당장 항의라도 하자는 표정들이었다. 특히 뇌전과 더불어 급하고 불 같은 성격의 천도문의 얼굴은 이미 벌겋게 달아올라 있었다. 하지만 수하들이 동요한다고 해서 수장까지 함께 흥분하여 날뛸 수는 없었다.

남궁민이 차분한 어조로 입을 열었다.

"일이 그렇게 된 것이군요. 그러나 그들만을 탓할 것은 아닌 것 같아요. 음식점에서도 먼저 온 손님에게 먼저 음식을 주문받지 않던가요? 그들을 영접할 때 때마침 우리가 도착한 것이고 보면 일부러 그런 대접을 했다고 생각할 수는 없지요."

남궁민은 그 모든 일을 애써 좋은 쪽으로 해석하려 했으나 한번 시작된 불만은 쉽게 누그러지지 않았다.

"사정이 그렇게 됐다면 이후라도 사과를 하는 것이 당연하지 않습니까? 비록 시간이 어정쩡하긴 했지만 뇌전 호위님의 말대로 우리를 무시하지 않고는 이러지 못합니다."

가장 구석에 앉아 있던 연능천이 한마디 거들었다. 모두 의외라는 듯 놀란 눈으로 그를 쳐다봤다.

남궁세가엔 유난히 성격이 급한 사람들이 많이 모여 있었다.

뇌전과 천도문은 두말할 것도 없고 강유와 해웅 또한 둘째가라면 서러워할 정도로 흥분을 잘했고 급했다. 그나마 초번과 율천 등이 이들과는 달리 과묵하고 침착했지만 천음대 대주 연능천에 비할 바가 아니었다.

일부러 말을 걸지 않으면 하루에 한마디도 듣기 힘든 사람이 바로 연능천이었다. 오죽했으면 천음대의 대원들이 그에게 묵언(默言)대주라는 별명까지 붙여주었을까. 그런 연능천이 스스로 말문을 열고, 그 것도 강력한 항의가 담긴 말을 했으니 이들이 놀라는 것도 당연했다.

"그, 그건……."

남궁민이 할 말을 찾지 못해 망설이고 있을 때였다. 갑자기 방문이 열리며 호탕한 웃음소리가 들려왔다.

"하하하! 맞네. 이건 동네 아이의 눈으로 봐도 분명히 잘못한 처사지. 암, 잘못하고말고."

약간은 경계가 섞인 시선을 받으며 들어서는 사람은 꽤나 거구의 노인이었다. 그는 황보공으로부터 남궁세가가 도착했다는 말과 그간의 사정을 듣고 추상같은 호통과 더불어 그를 큰대 자로 뻗게 만들고는 서둘러 달려온 벽력권 황보권이었다.

"누구신지요?"

남궁민이 자리에서 일어나 공손히 물었다.

"이 늙은이는 황보권이라 한다네."

비록 안면은 없었으나 초번을 통해 황보세가의 인물들에 대해 자세히 알고 있던 을지호 등은 그의 말이 끝나기가 무섭게 자리에서 일어나 허리를 굽혀 인사를 했다.

"벽력권 노선배님이셨군요. 남궁세가를 맡고 있는 남궁민입니다."

"허허허, 그런가? 남궁세가의 가주가 젊다는 것은 진작부터 알고는 있었지만 이토록 미인이라는 것은 몰랐군. 그것은 둘째 치고 우선 이 늙은이의 사과부터 받게나."

"예? 어인 말씀이신지?"

"저 친구의 말대로 오늘 일은 분명 우리 잘못이네. 그 어떤 변명으로도 용납될 수 없는 무례를 저질렀어. 용서해 주게나."

말과 함께 누가 말릴 사이도 없이 황보권의 허리가 꺾였다.

"이, 이러실 필요까진 없습니다. 앞뒤 사정을 들어보니 일부러 그런 것도 아니고 시간이 맞지 않았을 뿐입니다."

당황한 남궁민이 재빨리 그를 부축하며 민망해했다. 하나 황보권의 허리는 펴질 줄 몰랐다.

"용서해 주게나."

"아, 알겠습니다. 하니 어서 일어나세요. 어르신께서 이러시니 제가 몸둘 바를 모르겠습니다."

"흠, 그런가? 사과를 하러 왔는데 그래선 안 되겠지. 허허, 아무튼 이 늙은이의 사과를 받아줘서 고맙네."

남궁민의 입가에 고소가 지어졌다.

"사과까지 하러 일부러 찾아오실 정도의 일은 아니었지요."

순간 황보권의 입가에 흐뭇한 미소가 떠올랐다.

"사과야 나중에라도 할 수 있었지만, 실은 자네들이 보고 싶어서 온 것이라네."

잠시 말문을 닫고 남궁민과 을지호 등을 살피던 황보권의 입에서 탄성이 터져 나왔다.

"내가 남궁세가와 꽤나 깊은 인연이 있음을 가주께선 알고 있는가?"

"그 옛날 권왕 어르신과 함께 본 가에서 목숨을 걸고 싸우셨다는 것은 익히 들어 알고 있습니다. 은혜는 가슴 깊이 새기고 있습니다."

"허허허, 은혜는 무슨. 난 지금도 그때 함께했던 동료들을 생각하곤 한다네. 남궁 형님을 비롯하여 지금 명성을 날리고 있는 무광, 주광도 다 함께였지. 다들 혈기왕성했는데. 맞아, 궁귀… 그도 함께였지."

추억을 회상하듯 조용히 읊조리는 말엔 시간의 흐름을 아쉬워하는 마음이 깃들어 있었다.

"남궁 형님만 멀쩡히 살아 계셨어도 남궁세가가 그토록 힘들지는 않았을 것을……."

남궁민은 황보권이 말하는 사람이 큰할아버지인 남궁진이라는 것을 알고, 또 그의 죽음이 남궁세가의 몰락에 결정적인 이유가 됐다는 것을 알고 있었다. 그녀의 얼굴이 절로 침울해졌다.

남궁민의 기분을 눈치 챘는지 황보권이 황급히 음성을 높였다.

"하나 이제 누가 있어 남궁세가가 몰락했다고 말하겠는가? 이리 뛰어난 인재들이 많은 것을. 암, 혹독한 부침을 겪을지라도 거목은 쉽게 쓰러지지 않는 법. 누가 뭐래도 천하의 남궁세가인 것을!"

"과찬이세요. 아직 많이 부족한걸요."

"아니네. 내 솔직히 걱정을 많이 했으나 이제는 그것이 기우임을 알겠어. 허허허! 정말 다행한 일이야. 아, 그건 그렇고 세가의 입장에선 자네들이 손님이나 이 방에선 내가 손님 아닌가? 차라도 한잔 대접해주게나. 기왕이면 소개도 좀 해주고."

호탕한 웃음을 터뜨린 황보권은 누구의 자리인지 묻지도 않고 빈 의자에 털썩 주저앉았다.

황보권이라면 황보장과 더불어 황보세가의 가장 큰 어른이라 할 수 있었다. 더구나 무림에서 보더라도 상당한 위치에 있는 인물이었다.

그런 노고수가 직접 찾아와 고개를 숙이고 사과를 했다. 더구나 한마디 한마디마다 남궁세가에 대한 걱정과 염려, 기대가 물씬 묻어 나왔다. 당장에라도 터질 것만 같던 불만은 당연히 수그러들 수밖에 없었다. 그것은 언제 화를 냈냐는 듯 환한 미소를 지으며 서둘러 차를 따르는 뇌전의 표정에서 단적으로 나타나 있었다.

"뇌전이라 합니다. 가장 성질이 급한 친구지요."

을지호가 빙그레 웃으며 말했다. 언젠가 황보권에 대해 언급했던 조부의 말이 한 치도 틀림이 없다는 것을 상기하며 짓는 미소였다.

"뇌전이라… 이름 한번 멋지구먼. 그런데 자네는?"

"을지호라고 합니다. 과분하게도 남궁세가의 호법 자리를 차지하고 있지요."

"호법치고는 꽤나 젊어 보이나 전혀 과분해 보이지 않는군."

황보권이 의미심장한 표정으로 차를 들이키며 대꾸했다. 을지호의 몸에서 은연중 풍기는 기운을 감지한 듯했다. 다만 그는 단건과 다르게 그의 성을 듣고도 별다른 생각은 하지 못했다.

을지호는 뭔가를 찾으려 하는 황보권의 눈빛을 담담히 받으며 강유를 비롯하여 그의 주변 인물들에 대해 간단히 소개하였다. 그때마다 황보권은 격려와 칭찬으로 반갑게 인사를 했다.

소개가 거의 끝나갈 즈음 을지호의 얼굴에 난처한 기색이 떠올랐다. 태상호법을 소개할 차례가 된 것이다. 사실 엄밀히 따지자면 당연히 태상호법을 먼저 소개했어야 하지만 딱히 뭐라 할 말이 없었다. 그의 고민을 아는지 모르는지 황보권이 먼저 물어왔다.

"저분은 누구신가?"

"예, 그러니까……."

힐끔 고개를 돌려 태상호법을 쳐다보던 을지호는 작심한 듯 입술을 깨물고 말문을 열었다.

"저희 세가의 큰어른 되시지요. 태상호법이십니다."

"존대성명이 어찌 되시는가?"

자리에 앉아 있던 황보권이 몸을 일으켜 자세를 바로잡으며 되물었다. 겉으로 드러나 보이는 모습에서 감춘 듯 보이지 않는 예기가 결코 예사롭지 않은 데다가 왠지 연배 또한 상당한 인물 같았기 때문이다.

"태상호법께서는 남궁 성을 쓰지 않으십니다. 그저 예부터 인연이 있으셔서 세가에 몸담고 계신 분이지요."

"아, 그런가? 한데 그런 분이시라면 내가 모를 리가 없는데… 아무튼 반갑소이다. 황보권이외다."

의혹이 담긴 눈으로 태상호법을 살피며 인사를 하는 황보권. 하나 태상호법은 별 반응이 없었다.

마음이 급한 을지호가 재빨리 덧붙였다.

"수십 년 동안 산속에서 홀로 수련을 하신 데다가 참혹했던 전쟁이 끝난 이후에 하산을 하셔서 본 가의 식솔들을 제외하고는 아는 분이 거의 없을 겁니다. 그리고……."

을지호가 슬그머니 태상호법의 눈치를 살폈다.

"말씀을 하지 못하십니다. 물론 듣지도 못하시지요. 또한 홀로 오래 지내서 그러신지 낯가림이 심하십니다. 그러니 다소 불편하시더라도 어르신께서 이해해 주시기 바랍니다."

순간 모든 이에게서 서로 상반된 반응이 표출되었다.

'그럴 수도 있지. 저런 불편한 몸을 가지고 상당한 수련을 쌓았군' 하며 약간은 연민 섞인 표정을 짓는 사람은 오직 황보권뿐이었다.

남궁민의 얼굴이 당혹감으로 물들고 강유과 해웅, 초번 등은 입을 쩍 벌린 채 황당해했다. 얼굴을 돌린 뇌전과 천도문은 터져 나오려는 웃음을 참기 위해 가히 필사적으로 입술을 깨물었다.

바로 그 순간, 태상호법의 전음성이 을지호의 귓가를 강타했다.

[내가 언제 귀가 멀고 말을 못하게 됐더냐!]

을지호가 황보권의 눈을 피해 재빨리 전음을 날렸다.

[이해 좀 해주십시오. 달리 방법이 없잖습니까?]

사실이 그랬다.

태상호법이 누구던가? 그 위세가 하늘을 찌르는 패천궁의 성주마저 어린애 취급하는 인물이었다. 지금은 많이 누그러졌다지만 성정 또한 까다롭기 그지없었다. 더구나 태상호법이 한창 명성을 날리며 무림을 종횡할 때엔 황보권은 옹알이를 하고 있을 때. 배분을 따지자면 그야 말로 까마득했다.

황보권이야 상대가 남궁세가의 어른이라 하니 당연히 예의를 차리 겠지만 태상호법이 그에 말을 맞춰줄 까닭이 없었다. 다짜고짜 하대는 물론이고 어쩌면 다 늙은 노인을 어린애 취급할 수도 있었다.

[무엇보다 어르신이 누구인 줄 알면 아마 황보세가가 발칵 뒤집어질 것입니다. 하니 그냥 모른 체해 주세요.]

[흠, 네놈을 따라다니다 보니 아주 못 볼 꼴을 당하는구나.]

말은 그리 해도 태상호법이라고 을지호의 고충을 이해 못하지는 않 았다. 따지고 보면 손자뻘 되는 황보권과 낯간지러운 말을 섞느니 그 편이 훨씬 나을지도 모른다는 생각도 들었다.

편잔 어린 말속에 허락의 뜻을 감지한 을지호가 내심 안도의 한숨을 쉬었다. 태상호법의 성격을 감안했을 때 반반의 확률을 생각했건만 순순히 따라주니 눈물이 나올 정도로 고마웠다.

"흠, 사람은 누구나 두어 가지의 사연은 가지고 있는 법이지."

황보권 정도 되는 인물이 태상호법과 을지호 사이에 묘한 기운이 흐른다는 것을 감지 못할 리가 없었다. 하나 그는 그것이 무엇인지 군이 알고 싶은 마음이 없다는 듯 더 이상 토를 달지 않았다. 을지호로선 무척이나 고마운 일이었다.

"자자, 이럴 것이 아니라 자네들 이야기나 들어보세. 듣자 하니 이곳으로 오면서 도적들의 씨를 말렸다지?"

황보세가를 향하는 남궁세가는 여러모로 화제의 중심에 있었다. 비록 정식으로 초대를 받아 오룡지회에 참여하는 악가만큼은 아니라도 몰락했던 세가가 꺾여졌던 날개를 다시 폈다는 것은 호사가들이 충분히 좋아할 만한 사건이었다.

게다가 그들은 결코 평범한 여행을 하지 않았다. 그들은 세가를 떠나기 전 을지호가 호언장담한 것처럼 실전 연습과 무공 증진을 위한다는 명목 하에 여행길 내내 도적 소탕 작전을 펼쳤다. 그리고 그것은 잊혀졌던 남궁세가를 세인들의 뇌리에 다시금 떠올리게 하는 아주 중요한 계기가 되었으니… 황보권은 바로 그 얘기를 하는 것이었다.

"하하, 어쩌다 보니 그리되었습니다."

"자세히 말을 해보게나. 하도 소문이 자자해 무척이나 궁금했다네."

"그러니까 그게……."

그렇게 시작된 대화는 한참이 지나도 끝날 줄을 몰랐다. 찻잔을 주고받던 자리에서는 자연스레 술판이 벌어졌고 너나 할 것 없이 기분 좋게 취했다.

술자리는 해가 떨어져 어둠이 찾아오고 깊은 밤이 될 때까지 계속되었다.

오룡지회 첫날.

공식적인 회합은 두 곳에서 벌어졌다.

하나는 세가의 가주들이 모여 그간의 안부를 묻고 오대세가의 대소사 및 무림의 일에 대해 논하는 자리였고, 다른 하나는 각 세가를 대표하는 후기지수들이 서로 안면을 익히고 우의를 다지는 자리였다.

남궁세가는 그중 가주들만의 회합에만 참여했다. 후기지수들의 회합엔 참여할 사람이 없었다. 그곳엔 오직 직계 가족만이 참석하게 되어 있었는데 남궁세가의 직계라 해봤자 남궁민 혼자였기 때문이다.

보통 황보세가의 공식적인 대소사는 집의전에서 논의되었으나 황보윤은 여타 세가의 가주들을 집의전이 아닌 웅혼각으로 초청했다. 집의전이 공적인 자리를 대표한다면 가주의 거처인 웅혼각은 사적인 자리를 대표했다. 그것은 곧 격식을 떠나 서로 간에 허물없이 대화를 나눠보고자 하는 마음이 담겨 있는 것이었다.

회합에 참여한 사람은 남궁민까지 도합 여섯 명이었다.

모든 이들의 시선은 젊디젊은 몸, 더구나 가냘픈 몸으로—물론 그것은 다른 가주들의 주관적 견해였지만—오십 년 전만 해도 오대세가의 수장 격이었으나 이제는 거의 몰락해 존재조차 유명무실했던 남궁세가를 이끌고 오룡지회에 참석한 남궁민과 기존의 오대세가를 뛰어넘는 가세를 자랑하며 이번에 오룡지회에 새로이 초대받은 악가의 가주 악위군(岳魏君)에게 쏠려 있었다.

그런데 바라보는 시선의 의미는 사뭇 달랐다.

처음 남궁민이 웅혼각에 도착했을 때 모든 가주들은 그녀가 몸둘 바를 모를 정도로 환대했다. 과거 남궁세가의 업적을 찬양하며 힘든 시기를 버텨내고 있는 작금의 상황을 안타깝게 여기고 동정했다. 또한 가녀린 여인의 몸으로 세가를 이끌어야 함에 우려도 표시했다.

하나 그 모든 말과 행동들이 그녀를 한 세가의 가주로서가 아닌 그저 무너져 가는, 아니, 이미 무너져 버린 가문을 일으켜 보고자 발버둥 치는 이에게 보내는 안쓰러움일 뿐이라는 것을 남궁민 스스로가 깨닫기까지는 그리 오랜 시간이 걸리지 않았다.

그에 반해 악위군을 대하는 가주들의 태도는 정중하면서도 예의가 있었다. 최근 들어 급성장하는 악가에 대한 존경과 약간의 부러움, 시기심도 깃들어 있었다.

그들의 사소한 말 한마디, 행동 하나에서 남궁민은 자신과 악위군, 그리고 남궁세가와 욱일승천(旭日昇天)하는 산동악가가 무림인들에게 차지하는 비중이 어느 정도인지를 뼈저리게 느낄 수 있었다.

이후 그녀는 말문을 닫아버렸다. 그런데 더욱 그녀를 서글프게 만든 것은 그녀가 딱히 입을 열지 않아도 이들의 대화는 너무도 자연스럽게 흘러갔다는 데 있었다. 자신의 존재는 의식도 하지 못한 채.

"허허, 좌우지간 오상(吳桒) 장문인의 고집은 정말 알아줘야 합니다."

남궁민의 바로 곁에 앉아 있던 중년인이 너털웃음을 터뜨렸다.

그는 단아한 선비풍의 용모에 부드러운 미소, 특히 여인과 같이 아름다운 손을 지니고 있었는데 겉모습만 보고 사람을 판단해선 결코 안 된다는 것을 극단적으로 보여주는 인물이었다.

언제부터인가 암기와 독을 거론하면 자연스레 떠오르는 세가의 가주,

이름보다는 독왕(毒王)이란 별호로 더욱 유명한 당가의 가주 당욱(唐旭)이 바로 그였다.

"그러게 말입니다. 종남파(終南派)가 탈맹(脫盟)할 줄은 꿈에도 몰랐습니다. 들려오는 말에 의하면 오상 장문인께서 무당파(武當派)의 한 장로와 크게 말싸움을 했다고 하더군요."

당욱과 마주 앉아 있던 중년인이 맞장구를 쳤다.

비교적 작은 키에 왜소한 체구를 지닌 그의 이름은 팽무쌍(彭武雙)이었다. 거칠기로 유명한 팽가 무인들의 생사 여탈권을 손아귀에 틀어쥐고 있는 그는, 강호오왕을 장차 육왕으로 만들지도 모른다는 소리를 들을 정도로 탁월한 도법(刀法)을 자랑했다.

"이거야 원, 아무리 마음에 들지 않는다고 그렇게 감정적으로 결정을 하시다니. 안 그래도 어수선한 정도맹(正道盟)이 더욱 혼란스럽게 생겼습니다."

"꼭 그렇게 생각할 것만은 아니라고 보네."

문사건(文士巾)을 단정히 쓰고 가슴까지 내려온 수염을 쓰다듬고 있던 제갈경(諸葛經)이 입을 열자 모두 조용히 다음 말을 기다렸다.

"소림(少林)과 화산(華山)이 떠난 지금 정도맹은 사실상 무당파의 손에 놀아나고 있지 않던가. 맹주는 물론이고 주요 요직 또한 무당파의 장로들이 장악하고 있네. 곪을 대로 곪아 있던 것이 터진 게야."

"하하, 숙부님의 말씀이 맞는 것 같습니다. 어찌 보면 늦은 감이 있지요."

황보윤이 호탕한 웃음을 터뜨리며 대꾸했다.

"그리고 오상 장문인께서 무당파의 장로와 다툼이 있었다지만, 그것은 단순한 구실에 불과했을 겁니다. 제가 알기론 이번 탈맹을 주도한

분은 종남일학(終南一鶴) 선배님이라 알고 있습니다."

"종남일학이라면… 봉학경(鳳鶴倞) 선배를 말씀하시는 겁니까?"

당욱의 물음에 황보윤이 고개를 끄덕였다.

"그렇습니다. 종남파에서 오상 장문인을 제어할 사람은 오직 그분뿐이지요."

"하긴, 그분의 성품으로 보아 남아 있다는 것이 이상할 정도였습니다."

"그러니 걱정이네. 누가 뭐라 해도 정도맹은 백도의 정신적 지주가 아니던가. 그런 곳이 저리 변질이 되었는데 호시탐탐 무림의 패권을 노리는 패천궁의 힘은 나날이 강성해지고 있으니… 근래 들어 가벼우나마 끊임없이 충돌이 있지 않은가? 모르긴 몰라도 조만간 큰일이 터질 듯하네. 또 얼마나 많은 이들이 피를 흘리게 될런지…… 후~"

제갈경의 탄식 속엔 한 사람의 무인으로서 무림의 평화를 간절히 바라는 안타까운 마음이 절절히 담겨 있었다. 그의 마음을 알기라도 하듯 좌중엔 잠시 무거운 침묵이 흘렀다.

침묵을 깨뜨린 사람은 황보윤이었다.

"너무 걱정하지 마시지요. 저희들이 있지 않습니까? 저들이 아무리 강한들 오대… 아니, 육대세가의 힘이라면 못할 일이 무엇이 있겠습니까?"

"그렇습니다. 또한 정도맹에도 개방(丐幫)과 같이 여전히 정도를 걷는 문파가 있습니다."

"무광 곽검명 선배가 이끄는 삼광문(三狂門)도 주목을 해야 할 것입니다. 비록 인원은 많지 않아도 저마다 특출난 능력을 지닌 자들이 모여 있습니다. 그들이 지닌 힘은 결코 무시할 수 없지요."

팽무쌍의 말이 끝나기가 무섭게 당욱이 입을 열었다. 곧바로 반박이
이어졌다.

"하나 솔직히 그들을 백도로 분류하기엔 다소 무리가 있지 않겠습니
까? 개중엔 흑도(黑道) 출신의 무인들도 있고."

"그렇기는 하지만 그들이 절대적으로 믿고 따르는 무광 노선배가 화
산파의 출신입니다. 개방의 대장로인 주광 선배와도 의형제지간이고.
언제든지 도움을 줄 우방이라 여겨도 무방할 것입니다."

잠시 말을 끊은 팽무쌍이 간단히 입을 축이고 말을 이었다.

"무엇보다 수호신승(守護神僧)과 검왕(劍王)께서 굳건하신 소림과 화
산이 버티고 있습니다. 정도맹이 아무리 혼란에 빠졌다고는 하나 우리
육대세가와 정도맹, 소림과 화산, 삼광문을 비롯하여 여러 정도문파들
이 힘을 합한다면 아무리 강한 패천궁이라도 충분히 감당할 수 있으리
라 생각합니다. 놈들이 비록 무림을 도모하고자 하는 망상을 꿈꿀 수
는 있다 하나 어찌 감히 행동으로 옮길 수 있겠습니까? 아니 그렇습니
까, 장문인?"

팽무쌍의 질문을 받은 악위군이 빙그레 미소를 지었다.

"제가 뭘 알겠습니까? 그저 최선을 다할 뿐이지요."

"이런, 그것은 천하에 위명을 떨치고 있는 악가의 가주께서 하시는
말씀치고는 너무 엄살 같습니다. 하하하하!!"

뭐가 그리 좋은지 팽무쌍의 웃음이 웅혼각을 쩌렁쩌렁 울렸다. 당욱
과 황보윤도 함께 웃음을 터뜨렸다.

하나 제갈경의 안색은 쉽게 펴지지 않았다. 만약 패천궁이 무림을
도모한다면 그들의 장담처럼 일이 그리 쉽지만은 않다는 것을 알고 있
었기 때문이다. 게다가 아직 확실한 것은 아니었지만 가히 청천벽력(青

天霹靂)과도 같은 말이 조심스레 입수되고 있지 않던가. 사실로 밝혀졌을 땐 천하를 뒤흔들 엄청난 사실이.

"수호신승께서……."

"예? 수호신승이라니요?"

제갈경의 읊조림을 들은 황보윤이 넌지시 물었다. 제갈경이 살며시 고개를 흔들었다.

"아무것도 아니네. 그나저나 이제 딱딱한 얘기는 그만 하세나. 오랜만에 모여 너무 어두운 이야기만 한 것 같네. 참, 자네 이번에 할아버지가 되었다고?"

제갈경의 질문을 받은 당욱의 얼굴이 빨개졌다.

"큰 녀석이 너무 서두르는 바람에 그리되었습니다."

"아들 탓을 할 것 없네. 자네 또한 무척이나 서두르지 않았는가? 내 기억으론 약관을 넘지 않았을 땐 것 같은데? 그리고 보니 집안 내력인 모양이네그려."

"어, 어르신!"

농이 섞인 말에 당욱은 더욱 얼굴을 붉히며 어쩔 줄을 몰라 했다. 그의 행동이 재밌던지 이곳저곳에서 웃음이 터져 나왔다. 다만 남궁민만이 슬쩍 고개를 돌릴 뿐이었다.

'지겨워.'

현재 그녀의 솔직한 심정이었다.

"고작 술 한잔 먹자고 이리 멀리 나올 건 없잖아."

적당한 주점을 찾기 위해 이리저리 고개를 돌리던 해웅이 결국 역정을 내고 말았다. 그러자 강유가 도끼눈을 치켜떴다.

"시끄러! 술이란 자고로 시끌벅적한 곳에서 마셔야 한다고 꼬드긴 사람이 누군데 그래."

"흠, 그랬나? 잘 기억이 안 나는걸. 내가 그랬던가?"

능청스런 표정으로 시치미를 뗀 해웅이 적당한 장소를 물색하느라 여념이 없는 천도문에게 물었다.

바로 옆에 있었고 또 그러자고 맞장구를 쳤던 천도문이 못 들었을 리 없었다. 하나 들었다고 대답하기엔 슬그머니 쥔 주먹이 너무도 거대하게 느껴졌다.

"글쎄요. 잘 모르겠는데요. 기억이……."

"에라이! 관둬라, 관둬! 내가 누구를 붙잡고 얘기를 하겠냐? 그저 내 입만 아프지. 젠장, 뭔 놈의 사람이 이리도 많아! 난리 통도 아닌데."

자꾸만 몸에 부대껴 오는 사람들이 부담스러운지 요리조리 몸을 피하던 강유가 신경질적으로 소리쳤다.

"오룡지회가 열리잖습니까. 오대세가 사람은 물론이고 이름깨나 있다는 무인들은 죄다 몰려들었습니다. 구경꾼이 몰리는 것은 자연스러운 일이고 그러다 보니 당연히 장사꾼도 꼬이게 된 것이지요. 저도 들은 얘기지만 사실 두어 달 새에 새로 생긴 객점이나 주점이 수십여 개가 넘는다고 합니다. 황보세가에서도 적극 지원을 했다는 소리도 있고요."

"하긴 그럴 만도 하다. 황보세가가 아무리 넓어도 그 많은 인원을 수용할 수는 없겠지. 젠장, 이러다가 술은 구경도 못하겠다. 그냥 아무 곳이나 들어가자."

"나야 좋지."

해웅이 동의를 하자 강유는 가장 먼저 눈에 띈, 그래도 제법 규모가 있어 보이는 주점을 향해 성큼성큼 움직였다.

"자리가 없어 보이는데요."

천도문이 까치발을 들고 고개를 빼며 말했다.

"까짓 없으면 만들면 되지 뭐."

쓸데없는 소리 하지 말라는 듯 어깨를 짓눌러 살짝 들었던 뒤꿈치를 땅에 내리게 만든 해웅이 거대한 몸을 흔들며 강유를 따라붙었다.

강유와 해웅을 따라온 인원만 스물이 넘었다. 최소한 네다섯 개의 탁자를 연결해야 했다. 문제는 그들이 찾은 주점이 오룡지회 때문에 급조된 곳이 아니라 인근에선 제법 명소여서 평소에도 사람이 북적거렸다는 데 있었다.

천도문의 말대로 자리는 없었다.

"젠장, 쫓아낼 수도 없고."

해웅이 입맛을 다시며 낭패한 표정을 지었다.

그때였다. 때마침 한 무더기의 일행이 자리에서 일어나고 빈자리가 나자 천도문이 반색을 하며 소리쳤다.

"어, 자리가 생겼는데요!"

"그럼 뭐 하고 있어? 얼른 자리 잡고 앉아야지."

마치 겨울잠을 자기 위해 필요한 영양분을 비축할 때의 날랜 곰처럼 달려간 해웅은 탁자 위에 놓인 술병이며 안주거리가 치워지기도 전에 의자에 앉았다. 그와 우열을 가릴 수 없을 정도로 빠른 몸놀림으로 맞은편 의자에 앉은 강유는 벌써 점소이를 닦달하고 있었다.

"나머지 인원은 어찌합니까?"

슬그머니 자리에 앉은 천도문이 물었다.

그들의 인원은 정확히 스물한 명. 그에 반해 주어진 것은 두 개의 탁자와 열두 개의 의자뿐이었다.

"어떻게 하긴? 배고픈데 찬밥 더운밥 가리게 생겼냐? 아무렇게나 대충 껴서 앉아. 의자나 몇 개 더 부탁하고."

그렇지만 사실상 천도문의 질문은 쓸데없는 것이었고 해웅의 대꾸 또한 필요없는 것이었다. 자리가 부족하다는 것을 안 나머지 인원들이 어느새 이 자리 저 자리를 전전하며 여분의 의자를 끌어 모으고 있었다.

주점에 잠시 소란이 일었다.

그도 그럴 것이 한꺼번에 스무 명도 넘는 인원이 나타나서 나름대로 화기애애했던 주점의 분위기를 싸하게 만들더니만─물론 해웅의 덩치가 한몫을 한 것이었지만─자리를 잡는답시고 와자지껄 떠들어대는 것이 아닌가. 노골적으로 불만을 터뜨리는 사람은 없어도 불편해하는 기색이 역력했다.

그것을 눈치 채지 못할 강유가 아니었다.

강유는 이곳저곳에서 쏟아지는 따가운 눈총을 느끼며 자신들로 인해 여러 사람들의 즐거운 분위기를 잠시나마 흐트러뜨렸다는 것을 인정해야만 했다. 그렇다고 크게 문제될 것은 없었고 그냥 무시해도 될 일이었다. 어차피 술자리라는 게 다 그런 것이니까.

'흠, 안 되겠군.'

개인의 행동 하나하나가 남궁세가와 직결이 되는 지금 아무리 사소한 것이라도 최대한 조심을 해야 했다. 그리고 무엇보다 술이란 것은 좋은 기분, 분위기에 마셔야 하는 것이 아니던가.

벌떡 자리에서 일어난 강유가 포권을 하며 소리쳤다.

"소생은 강유라 합니다! 그리고 저와 함께 온 동료들 모두 남궁세가에 적을 두고 있지요. 목이나 축일까 들렀다가 본의 아니게 소란을 피우게 되었습니다. 사죄를 하는 의미에서 변변치는 않으나 술 한 잔씩 돌리겠습니다!"

말을 마친 강유는 주문을 받느라 대기하고 있던 점소이에게 탁자마다 술 한 병씩 더 내오라고 일러두었다. 그리곤 재차 입을 열었다.

"마음 같아선 이곳의 술을 몽땅 내오라 하고 싶지만 주머니 사정이 넉넉지 않아 그러지는 못하겠습니다. 소생의 이런 안타까운 마음을 너그럽게 이해해 주시기 바랍니다."

그러자 강유의 말을 가만히 듣고 있던 한 사내가 몸을 일으켰다. 사내의 손에는 술병과 술잔이 들려 있었다.

"하하하! 사람이 나가고 들어오는 자리야 당연히 소란스러울 수밖에 없는 법. 그것이 어찌 허물이 될 수 있겠소? 그런데도 사과를 하고 술까지 산다니 마음 씀씀이가 참으로 넉넉하오다. 자자, 어려워하지 마시고 즐겁게 마시도록 합시다. 그런 의미에서 내 잔을 받으시구려. 나는 노지흥(盧祗興)이라 하외다."

강유는 그가 내민 술잔을 받아 들고 단숨에 석 잔의 술을 들이켰다. 그 또한 석 잔의 술로써 인사를 대신했다.

노지흥뿐만 아니라 이곳저곳에서 인사하는 소리가 들려왔다. 그때마다 강유는 정중하게 예를 차리며 고개를 숙였다.

이질감을 보였던 주점의 분위기는 강유의 재치로 인해 처음으로 되돌아갔고, 남궁세가도 자연스럽게 주점의 한 무리로 스며들 수 있게 되었다.

"이야~ 제법인걸."

"뭐가?"

감탄인지 야유인지 모를 해웅의 반응을 되물으며 자리에 앉는 강유의 얼굴은 거푸 마신 술로 인해 발갛게 상기되어 있었다.

"어떻게 술을 대접할 생각을 했냐? 난 그냥 무시하면 그만이라고 생각했는데."

"쯧쯧, 그게 너와 나의 차이야. 우리의 행동 하나가 까딱하면 세가에 누가 될 수도 있는 거다."

"젠장, 술 먹으려고 자리잡는 것도 잘못이냐?"

해웅이 천도문에게 빈 잔을 흔들어 보이며 말했다. 혼자 술을 들이키던 천도문이 깜짝 놀라 잔을 채웠다.

"좋은 게 좋은 거다. 술 몇 잔으로 좋은 면모를 보였잖아. 득이 되면 되었지 나쁠 것은 없을 거다."

"하긴, 네 말에도 일리가 있다. 우리를 보는 눈이 한결 부드러워졌어. 자, 아무튼 쓸데없는 소리는 그만 하고 우리도 마시자. 술 마시려고 왔지 잡담이나 하러 왔냐?"

"술이나 따라주고 그런 말을 해라."

"어, 비었냐? 말을 하지 그랬어."

강유의 핀잔에 해웅이 너털웃음을 흘리며 술을 채웠다.

그렇게 시작된 술자리는 화기애애한 분위기로 한참을 이어졌다. 전혀 예상치 못한 사건이 터지기 전까지는.

제 21 장

유향주점(柳香酒店)

유향주점(柳香酒店)

"다들 어디 가고 이 시간까지 자빠져서 혼자 빈둥거리고 있느냐?"

퉁명스런 말투였다. 분명 어제 일에 대한 앙금이 조금은 남아 있는 듯했다.

오전 내내 침상에서 뒹굴던 을지호가 밝은 미소를 띠며 몸을 일으켰다.

"아직도 노기가 풀리지 않으셨습니까?"

"쓸데없는 소리."

"하하, 어째 그리 보여서 말이지요. 아무튼 다들 놀러 간 것 같습니다. 별다르게 할 일도 없고 해서 편하게 지내도록 놔두었지요. 강유하고 해웅은 술을 마시러 간 것 같고 나머지도 주변을 둘러보고 있을 겁니다. 뇌전과 초번은… 흐흐, 꽤나 고생하고 있을 테고요."

그의 입가에 뜻 모를 미소가 감돌았다.

"녀석들이 왜?"

"가주가 지금 각 세가 가주들의 회합에 참석하기 위해 가지 않았습니까?"

"그랬지."

"다른 녀석들이야 상관없지만 둘은 명색이 가주의 수신호위입니다. 가주의 곁을 떠날 수야 없지요. 그렇다고 회의에 참석할 자격도 되지 못하니 모르긴 몰라도 회합이 열리는 곳의 주변을 어슬렁거리고 있을 겁니다. 초번이야 그러려니 하겠지만 뇌전이 얼마나 툴툴거리고 있을지는 보지 않아도 알 수 있잖습니까? 다른 사람이 술 마시러 갔다는 것을 알면 아마도 속이 뒤집어질 겁니다."

언제 끝날지 모르는 회합을 기다리며 고개를 빼고 있을 뇌전을 생각하니 절로 웃음이 나왔다.

태상호법은 혼자 재밌어하며 웃고 있는 을지호를 한심스럽다는 듯 쳐다보았다.

"쯧쯧, 호법이라는 놈이 중요한 일은 젖혀두고 쓸데없는 생각이나 하고 있으니."

"하하하, 쓸데없는 생각이라니요. 재밌잖습니까?"

"재미도 있겠다."

한참 동안이나 못마땅하다는 듯 쳐다보던 태상호법이 안색을 바꾸며 물었다.

"그래, 앞으로 어쩔 생각이냐?"

"어찌하다니요? 무엇을 말입니까?"

물음을 짐작하지 못하는 것은 아니나 모른 체 물었다.

"시치미 뗄 것 없다. 나는 네가 남궁세가가 작금에 처한 상황을 모른다고는 생각하지 않으니까. 어젯밤에 찾아왔던 벽력권인가 뭔가 하는 녀석처럼 나이도 제법 들고 옛날부터 남궁세가와 돈독한 인연이 있는 사람들이야 그렇다 쳐도, 아랫사람들의 생각은 다르지 않더냐? 겉으로는 존중하는 것처럼 보여도 그들에게 남궁세가는 안중에도 없다. 그런 조짐은 이미 여러 곳에서 나타나고 있고."

"글쎄요."

을지호가 고개를 갸웃거리며 대꾸했다.

"한 가지만 예로 드마. 너도 알다시피 황보세가는 어제 남궁세가에 큰 결례를 범했다."

"사과를 받지 않았습니까?"

"아랫사람을 보내 몇 마디 말을 전하는 것이 사과더냐? 그건 사과가 아니라 오히려 무시하는 것이다. 모든 일엔 격이 있는 법. 가주가 올 수 없었다면 최소한 그의 위치에 버금가는 인물이 왔어야 했다."

"벽력권 어르신께서 오지 않으셨습니까?"

순간, 태상호법의 아미가 꿈틀거렸다.

"녀석이 비록 황보세가에선 어른 대접을 받고 있으나 가주를 대신하지는 못한다. 또한 남궁세가와의 인연을 생각해서 온 것이지 가주의 부탁을 받고 온 것은 아니지 않느냐!"

"그러니 어쩌겠습니까? 예의없다고 머리를 들이받고 따질 수도 없는 것이고. 하하, 그저 힘없는 것이 죄지요."

"그래서? 이렇게 멍하니 있을 작정이란 말이냐?"

"그럴 수야 없지요. 저들에게 우리의 존재를 확실히 각인시켜 줘야 하지 않겠습니까? 비록 과거의 남궁세가는 아니지만 최소한 새롭게 날개를 펼치고 있다는 것을 보여줄 생각입니다."

"방법이 있느냐?"

조용히 되묻는 태상호법은 '그러면 그렇지' 하는 표정이었다.

"어차피 무림은 힘의 세계입니다. 방법이라면 우리를 무시하고 있는 저들에게 우리가 지닌 힘을 보여주면 되는 겁니다. 당장 내일부터 시작하는 비무대회가 그 수단이 되겠지요."

"흠, 나도 같은 생각을 하고는 있었다만 쉽게 될지 모르겠다. 생명을 도외시할 정도로 살벌하지는 않더라도 저마다 자존심을 내걸고 싸울 텐데 말이야."

"천도문이나 연능천 정도면 무시당하지 않을 정도는 될 것이라 생각합니다."

"둘로 될까? 다들 만만치 않은 녀석들을 내보낼 것인데."

"해웅은 좀 그렇고, 여차하면 강유까지 생각하고 있습니다. 강유라면 최소한 그 또래의 무인 중 수위를 다툴 테니 충분히 연승을 달릴 수 있을 겁니다."

"흠……."

태상호법이 잠시 입을 다물었다.

을지호의 말엔 충분히 일리가 있었다. 지금의 강유라면 능히 가능한 일이었다. 하나 뭔가가 약했다. 사람들을 놀래키는 것도 좋고 연승도 좋지만 소수의 인원으로 버티는 남궁세가의 처지를 생각했을 땐 시선이 달라지는 정도가 아니라 아예 기겁을 하게 만들 정도의 충격, 경외감이 필요했다. 물론 방법이 있었다.

"왜 그런 눈으로 보십니까?"

태상호법의 눈길이 영 심상치 않다고 여겼는지 질문을 던지는 을지호의 음성이 떨떠름했다.

"강유 정도로도 약하지. 네가 나서야 하지 않겠느냐?"

"하하, 농(弄)이 지나치십니다."

"농이 아니라면?"

을지호가 기가 막힌다는 듯 펄쩍 뛰었다.

"세상에! 설마 저보고 애들 장난하는 곳에 나가서 어울리라는 말씀이십니까?"

"필요하다면 어울리는 정도가 아니라 같이 놀아주어야 하는 것이 아니더냐?"

기겁을 하는 을지호와는 다르게 태상호법은 더없이 진지했다. 너무도 어처구니없는, 환장할 일이었다.

"하하, 어림도 없지요. 하늘이 무너져도 그런 일은 절대로 없을 것입니다."

을지호가 전에 없이 단호하고 강경한 어조로 선언하듯 말했다. 하나 만사가 뜻대로 이루어지는 것은 아니었다. 이미 엉뚱한 곳에서 그의 의도와는 전혀 다른 사건이 일어나고 있었다.

유향주점(柳香酒店)엔 여러 부류의 사람들이 모여 있었다.

무공을 모르는 일반 백성들과 특별한 연고가 없거나 그다지 크지 않은 문파의 무인들, 그리고 이름만 대면 다 알아들을 정도의 이름난 문파의 무인들도 있었다.

하나 무엇보다 눈길을 끄는 사람들은 강유 일행이 도착하기 바로 직전에 자리를 잡고 술잔을 기울이던 팽가의 무인들과 악가의 무인들이었다. 인원은 몇 되지 않았음에도 팽가와 악가가 오룡지회의 주인공들이라는 이유로 은연중 모든 이들의 주목을 받고 있었다. 무엇보다 악가에 대한 호기심이 대단했다.

그리고 장차 을지호를 곤란하게 만드는 문제는 바로 그들로부터 시작되었다.

"계속해서 듣기만 하실 겁니까?"

천도문이 자신의 팔을 붙잡고 있는 강유를 쳐다보며 물었다. 꽤나 많은 양의 술을 마셨는지 얼굴은 벌겋게 달아올랐어도 날카로운 눈빛만은 전혀 변함이 없는 것이 그다지 취한 것 같지는 않았다.

"참아. 취한 놈 붙잡고 무슨 얘기를 하겠냐? 지껄이는 게 다 헛소린데. 소란 피워서 좋을 거 없어."

"하지만 가만히 있으려 해도 구역질이 나서 더 이상은 참지 못하겠습니다. 제놈들은 뭐가 그리 잘났기에 우리를 이토록 무시하는지 모르겠습니다."

천도문은 분노로 온몸을 부르르 떨고 있었다. 강유가 말리지 않았다면 벌써 수십 번도 넘게 사고를 쳤을 것이다. 그것은 비단 천도문뿐만은 아니었다. 함께 술을 마시던 모든 이들의 공통적인 감정이었다. 그들의 눈동자엔 분노를 뛰어넘어 살기가 깃들기 시작했다.

이들이 내뿜는 차가운 기운을 감지했는지 언제부터인가 화기애애했던 주점의 분위기는 착 가라앉아 있었다. 그리고 모든 이들의 시선이 남궁세가와 두 개의 탁자를 사이에 두고 마주 앉아 있는 팽가에게 쏠리기 시작했다.

특히 한 사내가 집중적인 조명을 받고 있었는데 열혈도(熱血刀) 팽한(彭翰)의 아들이며, 가주인 팽무쌍을 백부(伯父)로 둔 팽동악(彭東岳)이었다.

오대세가의 일원이라는 데 누구보다 남다른 자부심을 가지고 또 은

연중 존중받기를 원하던 팽동악은 처음 주점에 들어설 때까지는 몹시 기분이 좋았다. 그들을 알아본 사람들이 스스로 자리를 양보하여 편히 자리를 찾을 수 있었고, 바쁜 와중에도 주점의 주인까지 나와 특별히 인사를 했다. 또한 주변의 많은 사람들로부터 존경심 가득한 눈빛까지 받지 않았던가(물론 그만의 생각이었다).

그런데 건방지기 짝이 없는 강유 일행이 나타나 술까지 대접하며 환심을 사는 것이 영 마음에 들지 않았다. 자신에게 쏠렸던 관심이 그들에게 옮겨간다는 느낌에 절로 화가 치밀었다. 하지만 그렇다고 뭐라 할 수도 없고 하여 참고 지나갔으나 그놈의 술이 원수였다. 주거니 받거니 하며 한 잔, 두 잔 술이 들어가고 이런 저런 얘기를 나누던 중에 결국 남궁세가에 대해 언급하기 시작한 것이다.

그래도 거기까지는 좋았다. 문제는 원래 후기지수들의 모임에 참여해야 할 그가 전혀 엉뚱한 장소에서 강유 일행을 만났고 또 취기를 이기지 못해 결코 해서는 안 되는 말을 해댔다는 데 있었다.

남궁세가의 몰락부터 시작된 그의 독설(毒舌)은 함께 온 동료들과 대작을 하던 악가의 무인들조차 말릴 정도로 심각한 수준이었다.

어찌 알았는지 일면식도 없는 해웅과 뇌전 등의 출신을 거론하며 비웃었고, 현재 남궁세가의 주축을 이루고 있는 무인들에 대해서도 뿌리를 알 수 없는 자들이라며 힐난했다.

분노한 해웅은 자리를 박차고 일어나려 했으나 강유의 만류로 인해 끓어오르는 화를 억눌렀다. 그런데 그것이 끝이 아니었다.

팽동악은 더욱더 교묘하게 그들을 농락하기 시작했다.

과거 남궁세가가 최고의 검가(劍家)였음을 찬양하면서 한참 동안이나 칭찬을 하는가 싶더니 곧 천뢰대를 언급하며 남궁세가가 더 이상 명문정파임을 부인하는 것이라 욕을 하였다. 그들의 출신 역시 팽동악에겐 더없이 좋은 안주거리였다.

천도문이 검을 잡은 것이 바로 이때였다.

"구역질이 나도 참아. 저런 놈과 말을 섞으면 우리도 같은 놈이 되는 거야."

"속도 참 좋다."

잔을 내려놓은 해웅은 울화통이 치미는지 병째로 술을 들이켰다. 강유라고 어찌 마음이 편하겠는가. 그것을 이해 못하는 것은 아니었지만 참고만 있으려니 복장이 터졌다.

"빌어먹을!!"

당장에라도 달려가 목을 벨 듯하던 천도문도 어쩔 수 없다는 듯 자리에 앉았다. 그리고 해웅과 마찬가지로 연거푸 술을 들이켰다.

바로 그때였다.

강유와 천도문 등의 행동을 느긋하게 주시하던 팽동악이 결정타를 날렸다

"아무튼 악가로 인해 오룡지회가 진정한 오룡지회가 되었소이다. 하마터면 토룡이 낀 오룡이 될 뻔하지 않았소."

말이 끝나기가 무섭게 깜짝 놀란 유손(流遜)이 그의 입을 틀어막으며 소리쳤다.

"사형! 취하셨습니다! 이제 그만 하시지요."

팽동악은 말리는 유손의 손을 뿌리치고 술병을 들었다.

"취하긴 누가 취해. 얼마나 마셨다고. 그리고 틀린 말도 아니잖아? 하하하, 아니 그렇소이까? 자, 한잔 받으시구려."

"예? 아, 예."

"어쨌든 이러쿵저러쿵해도 남궁세가가 저리된 것은 보다 근본적인 문제 때문이지 않겠소?"

"그건 또 무슨… 말씀이신지?"

팽동악과 함께 술을 마신다는 이유만으로 가시방석에 앉은 것처럼 불안해하는 악상(岳像)이 남궁세가의 눈치를 살피며 조심스레 물었다.

미친 듯이 술을 들이키던 해웅과 천도문, 강유 등은 이미 고개를 돌려 팽동악을 노려보았고 주점에 모인 모든 이들은 과연 팽동악의 입에서 어떤 말이 쏟아져 나올지, 또 그 말에 대해 남궁세가의 무인들이 어떤 반응을 보일지 예의 주목하며 다음 말을 기다렸다.

마치 그런 반응을 즐기기라도 하듯 뜸을 들인 팽동악이 거드름을 떨며 입을 열었다.

"자고로 암탉이 울면 집안이 망한다는 속설이 있소. 꼭 그렇기야 하겠소만은 일면 타당한 구석이 있으니 그런 말이 있는 것이 아니겠소이까? 내가 보기엔 남궁세가가 지닌 근본적인 문제는 가주가 여자라는 것이외다."

"무, 무슨 말을 하시는 겁니까?"

유손의 낯빛이 창백하게 질리다 못해 아예 흑색으로 변했다. 그러나 팽동악은 조금도 신경 쓰지 않았다.

"연륜도 없고, 연배도 낮은 데다가 무공 실력은… 흠, 검이나 제대로 휘두를 수 있을까? 뭐, 얼굴은 제법 반반하게 생겼다고 하는 것을 보면… 호호호, 수하들이 잘 따르기는 하겠구만."

"사형!!"

말을 끊고자 서둘러 소리쳤으나 이미 엎어진 물이요, 무너진 모래성이었다. 팽동악의 말은 너무나 명료하여 특별히 귀를 기울이지 않아도 주점에 있다면 어느 자리에서나 잘 들을 수 있을 정도였다.

이후의 결과는 보지 않아도 뻔했다.

꽝!!

의자 하나가 팽동악이 앉아 있는 자리로 날아와 산산이 부서졌다.

"너!!"

천도문이 이글거리는 눈빛으로 팽동악에게 걸어갔다.

그와 팽동악 사이를 가로막고 있던 탁자며 의자들은 팽동악의 말이 끝나고 천도문이 자리에서 일어나기도 전에 이미 사라지고 없었다. 폭발할 듯한 분위기를 감지한 사람들이 서둘러 자리에서 일어나며 한쪽으로 치웠기 때문이다.

"터진 입이라고 잘도 지껄이는구나. 그러다가 돼지는 수가 있다."

어느새 빼 든 검을 들어 팽동악을 가리키는 천도문. 흥분할 대로 흥분한 그의 입에서 정중한 말이 나올 리가 없었다.

"안 말려?"

해웅이 강유에게 물었다.

"미친놈! 말릴 것이 따로 있지. 지금 이게 말릴 상황이냐? 천 대주가 나서지 않았다면 내가 저기에 있을 거다. 천도문!"

강유가 큰 소리로 천도문을 불러 세웠다.

언뜻 짐작하기에도 강유가 천도문의 윗사람으로 보였다. 사람들은 그의 입에서 과연 어떤 명령이 떨어질까 촉각을 곤두세웠다.

"명심해라. 미친개한테는 매가 약이다."

"큭큭큭! 암, 약도 그만한 약이 없지!"

해웅이 맞장구를 치며 소리쳤다.

팽동악도 자리에서 일어났다. 그리곤 묘하게 입술을 비틀며 말했다.

"이거야 원. 어디서 이렇게 썩은 내가 풍기는가 했더니 이제야 알겠구나. 다들 입에 걸레를 처물었나 보구나. 내뱉는 말이 하나같이 지저분한 것을 보니. 왜? 내 말이 너무 정확하여 찔리는 모양이지?"

"걸레? 좋아, 곧 네놈 입속에다 처박아주마."

더 이상 말을 섞을 필요가 없다고 생각했는지 천도문은 주저없이 검을 움직였다.

애당초 전격적인 기습을 한 것이 아니고 무기를 꺼내 들라는 의미의 공격이었기에 그다지 빠르지도 날카롭지도 않았다. 그러나 재빨리 검을 빼 든 팽동악은 그런 천도문을 마음껏 비웃었다.

"역시, 배운 것이라고 해야 기습 따위겠지."

"기습? 좋아, 기습이라 해두지."

팽동악으로선 천도문이 더욱 흥분하도록 격장지계(激將之計)를 노린 것인지 몰라도, 그 말을 듣는 순간 천도문의 가슴은 더없이 차갑게 식어버렸다.

붉게 물들었던 낯빛도 어느새 창백해지고 활활 타오르던 눈에서 불꽃이 사라졌다. 대신 북풍한설보다 차가운 한기가 뿜어져 나오기 시작했다. 그 기운이 팽동악의 전신을 강타했다.

'아뿔싸!'

천도문의 차가운 살기를 맞으며 팽동악은 취기가 확 깨는 것을 느꼈다. 그리고 비로소 자신이 무슨 짓을 저질렀는지 느낄 수 있었다.

'어쩌자고 이런 실수를!'

뼈저린 후회감이 밀려왔다. 하나 이미 때는 늦었다. 상대의 분노는 단지 노려보는 것만으로도 전신을 갈가리 찢어버릴 정도로 컸고, 사과를 하기엔 힘에 굴복하는 것 같아 자존심이 용납하지 않았다. 그만한 모욕을 당했으니 받아들일 리도 없겠지만.

결국 방법은 하나뿐이었다.

목숨을 걸고 싸우는 것, 그리고 승리한 후에 정식으로 사과를 하는 것이 최선이자 모양새가 좋았다.

그 또한 싸움에 이겼을 때나 가능한 일이었지만, 팽동악은 자신이 있었다. 그는 자신의 가문을 믿었고, 아버지를 믿었고, 아버지로부터 배운 가문의 무공을 믿었다. 무엇보다 그는 자기 자신의 실력을 믿고 있었다.

잠시 주춤거렸던 팽동악이 결정을 내렸는지 칼을 꺼내 들었다. 열두 살이 되던 해 전대 가주인 팽만호(彭滿瑚)에게 받은 웅비(雄飛)라는 애도(愛刀)였다.

상대가 무기를 꺼낸 이상 거칠 것이 없었다. 천도문은 날카로운 기합성과 함께 팽동악의 좌측 허리를 노리고 들어갔다.

쩽!

도검이 부딪치는 소리가 날카롭게 울려 퍼졌다.

한 발 물러선 천도문의 눈빛이 잠시 흔들렸다.

단 한 번의 충돌로 상대의 실력이 결코 만만하지 않다는 것을 느낀 것이다. 경박한 행동거지며 말투로 보아 가문의 배경만을 믿고 날뛰는 파락호인 줄 알았는데 예상외로 상당한 실력을 갖춘 것이 아닌가. 그렇다고 달라질 건 없었다. 지금의 분노는 상대를 철저히 짓밟아야만 풀릴 것이다.

빙글 몸을 돌린 천도문이 물러날 때보다 더욱 빠르게 밀려들었다. 조금 전과 마찬가지로 팽동악의 허리를 노리는 검의 변화가 예사롭지 않았다. 그것이 창궁무애검법 중 창궁약연이란 초식임을 아는 사람은 남궁세가의 무인들뿐이었다.

팽동악도 가만있지 않았다. 천도문과 마찬가지로 그 역시 상대의 실력이 자신의 밑이 아님을 느끼고 오호단문도(五虎斷門刀)를 펼치기 시작했다. 팽가의 무공 중 외부에 가장 많이 알려진 만큼 위력도 상당했다.

"타핫!"

거센 기합성이 들려오고 그의 애도가 묵직하게 움직여 검을 맞아들였다. 굶주린 새벽 호랑이의 모습을 닮은 듯한 그의 모습에, 두 주먹을 꼭 쥐고 싸움을 지켜보던 유손의 입이 절로 열렸다.

"신호지세(晨虎之勢)!"

째쟁!

귀청을 자극하는 병기음이 또다시 허공을 수놓았다.

본격적인 절초들이 충돌하면서 싸움은 점점 치열하고 험악한 양상을 띠었다.

천도문의 공격은 빠르고 경쾌했으며 날카로운 반면 이를 차분히 막아내며 적절하게 반격을 가하는 팽동악의 도는 장중하면서도 그 안에 번뜩이는 예기를 숨기고 있었다. 말 그대로 용호상박(龍虎相搏). 삽시간에 삼십여 합을 겨룰 때까지도 어느 하나 우세를 점하지 못했다.

"천 대주의 실력이 저 정도였나? 장난 아닌데. 그건 그렇고 주정뱅이치고는 저놈 역시 제법이야. 공격이 제대로 먹히는 것이 없어."

입이 쩍 벌어질 정도로 막강한 천도문의 실력에 감탄하고 또 그 활화산 같은 공격을 무리없이 막아내는 팽동악의 실력을 보며 해웅은 연신 감탄사를 내뱉고 있었다. 그런데 지금껏 굳은 얼굴로 싸움을 지켜보던 강유는 생각이 조금 다른 듯했다.

"아니, 그렇지 않아. 이 싸움은 이미 끝났어."

"무슨 소리야, 여태까지 이렇게 팽팽한 싸움을 본 적이 없는데?"

해웅이 이해가 안 된다는 표정으로 되묻자 강유는 알 듯 말 듯한 미소를 지으며 천천히 입을 열었다.

"내가 알기로 저놈이 사용하는 무공은 팽가의 오호단문도야. 결코 얕볼 수 없는 무공이지. 아니, 제대로만 익히면 무림을 종횡할 정도의 강력한 무공이야."

"그런데?"

"아직 제대로 익히지 못했어. 오호단문도는 열다섯 개의 초식으로 나누어져 있다고 들었는데 모든 초식을 완벽하게 소화하지는 못한 것 같다. 아니, 알고는 있어도 제대로 써먹지 못한다는 느낌이 들어. 반면에 천 대주는 삼 초식과 스물일곱 개의 변초를 제대로 익혔어."

"그렇다고 해도 천 대주의 공격을 잘 막아내고 있잖아. 한 초식을 익혔든 열다섯 개의 초식을 전부 익혔든, 중요한 건 녀석이 막아내고 있다는 것 아냐?"

해웅은 인정하기 힘들다는 듯 고개를 흔들었다.

"내 말을 들어봐. 무공은 보통 전반부의 초식보다 후반부로 갈수록 점점 강해지는 것과 초식마다 큰 위력의 차이는 없지만 그것이 서로 연계되면서 폭발적인 파괴력을 갖추는 무공이 있어. 오호단문도가 바로 그 후자에 속한 무공이야. 반면에 천 대주가 익힌 창궁무애검법은……."

"검법은?"

"전자와 후자를 합쳤다고 보면 되지. 나도 형님께 들은 얘기지만 창궁무애검법은 뒤로 갈수록 그 위력이 천양지차라고 했어. 거기에 스물일곱 개의 변초가 유기적으로 묶여 돌아갈 때는 상상할 수 없는 파괴력을 보인다나. 물론 그에게 그 정도의 위력을 기대하는 것은 과욕이지만."

강유는 잠시 말을 끊고 여전히 승부를 알 수 없을 정도로 박빙으로 싸우고는 있으나 조금씩 뒤로 밀리는 팽동악의 모습을 보고는 자신의 말에 확신했다.

"오랫동안 이어진 깊은 수련을 바탕으로 펼치고 있기에 약점이 없는 것처럼 보이나 초식이 연결되는 과정에서 조금씩 균열을 보이고 있어. 특히 후반부 초식에선 눈에 띌 정도로 흔들려. 천 대주도 지금쯤 눈치를 챘을 거다."

"흠, 대충 그럴듯하게 들리긴 하는데 난 잘 모르겠다. 그나저나 그런 얘기는 어디서 주워들은 거냐?"

"다 형님과 태상호법님께 들은 것이지. 특히 태상호법님과 함께 있다 보면 알고 싶지 않아도 저절로 알게 된다, 저절로!"

강유가 쓴웃음을 지며 도리질을 했다. 매일같이 이어지던 호된 꾸지람을 떠올리자 몸에 한기가 들었다. 생각만으로도 몸이 부르르 떨렸다.

"내가 어떻게 버텼는지 몰라."

그 사이에도 싸움은 계속되었다. 그러나 초반과 같은 박빙은 아니었다. 강유의 지적대로 싸움은 점점 천도문에게 기울고 있었다.

천도문은 처음과 마찬가지로, 아니, 시간이 지나면 지날수록 공세를 강화하고 있었다.

창궁약연에서 창궁무한, 창궁조화로 이어지는 흐름에 전혀 무리가 없었고, 사이사이 번뜩이는 변초들은 팽동악으로 하여금 어찌 대처해야 할지 갈피를 잡지 못하게 했다.

"큭!"

팽동악의 입에서 처음으로 외마디 비명이 터져 나왔다. 결국 오십여 합을 다투는 와중에서 처음으로 상처를 입은 것이다.

황급히 뒤로 물러나 상처를 누르고 거친 숨을 가다듬는 팽동악의 얼굴이 고통으로 일그러졌다.

'젠장할!'

절로 욕이 튀어나왔다. 고통도 고통이었지만 패배했다는 것에 더 화가 났다. 술이 취했다고 변명할 수도 있었다. 하나 어차피 그것은 패자의 변명에 불과한 것. 비웃음만 살 뿐이었다.

"하아, 하아."

한번 흐트러진 숨결은 쉽사리 가라앉지 않았다. 더구나 천도문의 검은 가슴을 가르는 것도 모자라 폐에까지 미칠 정도로 깊은 상처를 만들었다. 가슴을 누르는 그의 손을 타고 무서울 정도로 흘러내리는 시뻘건 피가 부상의 심각성을 말해 주고 있었다.

그러나 천도문은 그 정도로 만족하지 못하는 듯했다. 이미 자신의 승리가 명확해졌음에도 그는 검을 거두지 않았다. 아예 끝장을 내겠다는 듯 상처를 입힐 때보다 더욱더 빠른 몸놀림, 위력적으로 보이는 모습으로 공세를 취해왔다.

그대로 당할 수 없다는 생각에 이를 악문 팽동악 역시 최후의 한 수를 준비하기 위해 자세를 가다듬었다. 움직일 때마다 숨이 턱턱 막혔지만 버티지 못할 정도는 아니었다.

"멈춰랏!"

천도문의 공격은 미처 팽동악에 이르기 전에 그의 주변에서 싸움을 지켜보던 유손과 팽가의 무인들에 의해 막히고 말았다. 팽동악의 앞을 재빨리 막아선 유손의 함성이 터짐과 동시에 그의 좌우에서 천도문을 노리는 공격이 밀려들었다. 그 모습을 지켜본 남궁세가의 무인들도 저마다 검을 꺼내 들었다. 몇몇은 벌써부터 몸을 움직이고 있었다.

"모두 가만히 있어!"

강유의 외침에 모든 신형이 멈췄다. 어째서 그런 명령을 내리냐는 듯한 의혹의 눈길과 함께.

"너희들까지 나서지 않아도 돼. 천 대주에게 맡겨."

강유는 꼼짝하지 말라는 수신호를 보냈다. 그의 행동에는 천도문에 대한 확고한 믿음이 있었다. 그리고 그것을 증명이라도 하듯 천도문은 자신을 가로막고 있는 세 무인을 간단히 제압하곤 팽동악에게 다가갔다.

쨍!

너무나도 경쾌한 울림이었다.

사람들은 귀로는 그 소리를 들으며 시선은 하늘로 날아오르는, 천도문의 검에 의해 두 동강이가 난 도를 쫓았다.

툭.

부러진 도의 조각이 기둥에 박혀 버리고 천도문의 검이 팽동악의 목을 겨누는 것으로 싸움은 끝이 났다.

주점은 질식할 것만 같은 침묵에 빠져 버렸다. 오직 팽동악의 거친 호흡과 그를 보호하다 쓰러진 무인들이 흘리는 신음 소리만 남아 있을 뿐이었다.

팽동악의 도를 날려 버리고 최후의 일격을 가하려는 순간 들려온 전음성이 아니었다면 목과 몸이 분리된 시신을 보게 되었을 터, 천도문의 시선이 자신의 검을 멈추게 만든 강유에게 돌려졌다.

그를 따라 모든 이들의 시선이 강유에게 향했다. 해웅을 우두머리라 생각했는지 그들은 조금은 앳된 강유에게 결정권이 넘어가자 다들 의외라는 반응이었다.

천천히 자리에서 일어난 강유는 조금도 주저없이 입을 열었다.

"여러분도 아시다시피 저자는 우리 남궁세가에 참기 힘든 모욕을 주었고 우리는 참을 만큼 참았소이다. 하나 아무리 술에 취했다지만 할 말이 있고 하지 말아야 할 말이 있는 법. 저자가 본 세가의 가주님을 언급하며 한 욕은 차마 입에 담기도 힘든 것이오. 절대로 용서할 수 없소."

강유가 살짝 고개를 끄덕임과 동시에 팽동악의 목을 겨누고 있던 천도문이 검의 방향을 살짝 비틀며 아래로 내려쳤다.

"크악!!"

처절한 비명과 함께 주인을 잃은 팔 하나가 바닥에서 꿈틀거렸다. 그렇지만 어느 누구도 말리지 못했다. 팽동악과 함께 동석한 악가의 무인들도 인상만 찌푸릴 뿐 별다른 행동을 하지는 않았다.

"네가 팽가의 식솔이라는 것을 감사해라. 마음 같아선 백 번을 죽여 마땅하겠지만 그 옛날 팽가와의 인연을 생각해 이쯤에서 그치는 것이니."

강유는 이미 기절해 있는 팽동악을 향해 듣기만 해도 절로 소름이 끼치는 차가운 음성을 내뱉더니 몸을 돌렸다.

해웅과 남궁세가의 무인들, 그리고 어찌나 빠르게 베었던지 피 한 방울 묻어 있지 않은 검을 느긋하게 거두고 좌중을 휘둘러 본 천도문이 그 뒤를 따랐다.

사람들은 두려움과 감탄 섞인 표정으로 그들의 뒷모습을 지켜보았다.

"후~ 잘하는 짓인지 모르겠다."

주점에서 나오자마자 강유가 탄식하듯 말했다.

"상황이 그럴 수밖에 없었잖아."

어느새 어깨를 나란히 한 해웅이 위로하듯 말했다.

"형님이라면 어찌했을까?"

"글쎄, 둘 중 하나였겠지."

강유가 고개를 돌렸다.

"적당히 충고만 하고 보내거나 아니면……."

"아니면?"

해웅이 이를 내보이며 씨익 웃었다.

"아예 흔적도 없이 가루로 만들어 버렸거나."

"음, 그렇다면 결국 우리가 한 짓은 어정쩡한 것이 돼버리려나? 이러다가 엉뚱한 놈 대신 우리가 죽는 것 아냐?"

엷은 한숨과 함께 힘없이 내뱉는 소리. 그 소리에 움찔한 것은 비단 천도문뿐만은 아니었다.

발 없는 말이 천 리를 간다고 했던가.

호사가들로 하여금 '유향주점의 혈투(血鬪)'라 명명된 천도문과 팽동악의 싸움이 벌어진 지 얼마의 시간이 흐르기도 전에 오룡지회를 보기 위해 몰려든 사람들치고 싸움에 대해 모르는 사람은 아무도 없었다. 서넛만 모여도 무공이 어쨌느니, 사건의 발단이 어쨌느니 하며 말들이 많았다.

어떤 이는 팽가의 오만에서부터 싸움이 시작되었다 했고 어떤 이는 남궁세가가 세를 과시하기 위해 일부러 싸움을 걸었다고 했다. 일 대 일의 대결이 아닌 집단적인 싸움이 벌어져 수적으로 열세인 팽가의 무인들이 일방적으로 당했다는 말도 떠돌고 있었고, 심지어는 네댓 명이 목숨을 잃었다는 얼토당토않은 유언비어도 떠돌고 있었다.

그러나 그 모든 말 중 공통적인 것이 있었으니 그것은 다름 아닌 팽가의 무인이 남궁세가의 무인에게 패했다는 것, 그리고 그 대가로 팔이 잘렸다는 것이었다.

아무튼 천도문과 팽동악의 싸움은 그들이 원하든 원하지 않든 간에 확대 해석되었고 오룡지회에 엄청난 파란을 몰고 왔다.

온갖 소문과 확인되지 않은 유언비어가 나돌고 있는 그 시각, 남궁세가가 거처하고 있는 잠룡각 뒤편의 아담한 뜰에선 난데없는 고성이 들려오고 있었다.

"얼마나 했다고 벌써부터 헤매고 있어! 똑바로 하지 못해!"

커다란 몽둥이를 들고 좌우로 걸음을 옮기는 을지호는 화가 날 대로 난 모습이었다.

그의 앞에 마치 학처럼 한쪽 다리를 들고 팔은 좌우로 넓게 편 강유와 천도문이 있었는데 그 모습이 가관이었다.

그들은 조그만 동전이 올려진 작대기를 입에 물고 주먹만한 돌덩이 위에서 땀을 뻘뻘 흘리며 중심을 잡기 위해 애쓰고 있었다. 특히 중심이 앞으로 쏠려 동전이 흔들린 천도문이 동전을 떨어뜨리지 않기 위해 필사적으로 몸을 움직이는 꼴은 안쓰러울 지경이었다.

"얼씨구! 아예 춤을 추는구나, 춤을 춰! 어디 떨어뜨리기만 해봐. 나는 뒷일은 책임 못 지니까!"

천도문의 이마를 몽둥이로 툭툭 건드리는 을지호는 죄수의 목을 베기 위해 춤을 추는 도수(屠手)와 다름이 없었다.

홀로 술잔을 기울이며 오랜만에 편안한 오후를 보내고 있던 그가 허겁지겁 달려온 황보세가의 무인으로부터 술을 마시러 간 강유 일행과 팽가의 무인들이 충돌을 일으켰다는 소식을 접한 것은 싸움을 끝마친 강유 일행이 조마조마한 심정으로 황보세가의 정문을 막 통과할 때였다.

뭔가 좋지 않은 일이 터졌다는 것을 감지했지만 다른 세가의 무인에게 동요하는 자신의 모습을 보이기 싫어 '술을 마시다 보면 그럴 수도 있지'라며 여유롭게 웃었다. 그러나 잠시 후, 그런 여유는 온데간데없이 사라지고 말았다.

도착한 강유에게 무슨 이유로 싸움이 시작되고 진행되었는지, 천도문이 사용한 무공이 무엇이고 그럴 때 상대는 어떤 식으로 대응했는지, 또 얼마나 많은 수를 교환했고 결과는 어찌 되었는지 등 전후 사정을 들은 그는 명령권이 없다는 이유로 함께 술을 마신 이들을 제외하고 강유와 해웅, 천도문을 닦달하기 시작했다.

그는 싸움 자체를 문제 삼지 않았다. 소식을 전한 황보세가의 무인에게 말했듯이 술자리에선 사소한 다툼이 있을 수 있었으니까. 오히려 그만한 모욕을 당하고서도 참았다면 더욱 화를 냈을 것이다.

그럼에도 그가 세 사람에게 벌을 내린 데에는 제각각이면서 매우 간단한 이유가 있었다.

천도문에겐 훨씬 빨리 싸움을 끝낼 수 있었는데 그렇지 못했다는 이유로 벌을 내렸고, 천하에 싸가지없는 놈의 목을 단번에 치지 못하고 고작 팔 하나로 만족해야 했다는 이유로 강유에게도 똑같은 벌이 내려졌다. 강유가 예상한 대로 어정쩡했기에 화를 내는 것이었다. 물론 가장 황당하고 억울한 것은 해웅이었는데 그가 해웅에게 던진 말은 '너는 뭐 했냐?' 였다.

그렇게 시작한 벌이 벌써 한 시진째였다.

"힘들지? 그냥 내려오지 그래? 잠깐이면 해웅이처럼 편할 수 있잖아."

을지호가 은근한 어조로 땀이 눈으로 흘러 들어가 고통스러워하는 천도문을 꼬드겼다. 그러나 천도문은 그러고 싶은 마음이 눈곱만큼도 없었다.

경공법이 약한 해웅은 반 시진을 채우지 못하고 쓰러졌다. 그러자 그때만을 기다렸다는 듯 웃으며 다가선 을지호는 거짓말을 조금 보태 딱 죽지 않을 정도로 두들겼다. 내지르는 주먹마다 교묘하게 급소를 파고들고 거기에 내공까지 실리니 아무리 몸이 단단한 해웅이라도 견딜 재간이 없었다. 해웅은 정확히 열일곱 대를 맞고는 게거품을 물고 쓰러졌다가 조금 전 깨어났다.

그런 해웅을 보았으니 어디 포기하고 싶은 마음이 들겠는가.

바로 그때였다. 을지호와 술잔을 기울이다 낮잠을 자던 태상호법이 다소 찌푸린 얼굴로 모습을 드러냈다.

"도대체 시끄러워서 잠을 잘 수가 없지 않느냐?"

"죄송합니다. 하지만 이놈들이……."

"잠결에 대충 무슨 얘긴지 들었다. 싸움이 있었다지?"

"예. 주점에 가서 마시라는 술은 처먹지 않고 싸움질이나 했다고 합니다."

을지호의 몽둥이가 춤을 추고 거의 동시에 강유와 천도문의 이마에서 불꽃이 튀었다.

"싸움이야 할 수도 있는 것이고… 음, 나도 한 가지만 물어보마."

한데 질문의 대상은 을지호가 아니었다. 태상호법의 시선을 받은 강유는 바싹 긴장을 하며 다음 말을 기다렸다.

"이겼느냐?"

"예? 예."

그는 자신도 모르게 대답했다. 그 순간 입에 물고 있던 작대기가 떨어졌다. 위에 있던 동전 또한 낭랑한 소리를 내며 땅바닥을 굴렀다.

굴러가는 동전을 살피는 을지호의 입가에 음흉한 미소가 흐르고, 하얗게 질린 강유는 크게 원을 돌다 결국 그의 발 밑에서 멈춘 동전과 태상호법을 번갈아 쳐다보았다.

"이제 그만 하고 들어오너라. 가주가 와 있다."

태상호법은 이겼다는 말을 들은 후, 강유를 향해 걷는 을지호를 제지하고는 조용히 전각 안으로 들어갔다.

"인석아, 운이 좋은 줄 알아. 너도 이제 그만 일어나고."

을지호가 들고 있던 몽둥이를 내던지고 전각 안으로 들어갔다. 그의 뒷모습을 보며 위태하게 버티던 천도문이 그대로 바닥에 주저앉았다. 꽤나 힘이 들었는지 어깨를 축 늘어뜨린 그는 해웅이 다가와 어깨를 짚을 때까지 일어설 엄두를 내지 못했다.

"젠장, 고생했다. 정말 잘 버티더라."

"흐흐흐, 죽기 살기로 버텼지요."

천도문이 고개를 절레절레 흔들며 대꾸했다.

"그나저나 너는 무슨 배짱으로 입을 열었냐? 작대기가 뻔히 떨어질 것을 알았으면서도."

"시끄러. 그럼 어쩌라고? 너는 질문을 던진 사람이 누군지 생각도 안 하냐?"

강유는 분명히 보고 있었다, 질문을 던지는 태상호법의 눈을. 만약 졌다고 했으면 상상도 하지 못할 일이 벌어졌으리라. 물론 늦게 대답했어도 마찬가지였을 것이고.

"하긴, 그도 그렇구나."

해웅은 자신이 어리석은 질문을 했다는 듯 고개를 끄덕였다.

"후~ 일이 그렇게 된 것이군요. 아무튼 깜짝 놀랐어요. 회합을 마치고 나오는 길에 갑작스런 소리를 듣게 돼서."

을지호의 설명으로 전후 사정을 자세하게 들은 남궁민은 다소 굳은 얼굴이었다.

"팽가의 가주도 그곳에 있었지?"

"예, 함께 나왔으니까요."

"반응이 어때? 무슨 말이라도……."

"아니요. 아무런 말도 하지 않았어요. 그쪽에선 그다지 대수롭지 않게 여기는 것 같았어요. 저보고도 걱정하지 말라며 미소를 보이던데요. 뭐, 그때까지만 해도 일이 이렇게 심각한지는 몰랐으니까요."

하지만 말과는 달리 남궁민의 음성은 그다지 심각해 보이지 않았다.

"상대의 팔을 잘랐다고 했던가요?"

"깨끗하게 잘랐지. 그것도 하필이면 검을 쥐는 오른팔을. 졸지에 멀쩡한 놈 병신 만들어 버렸다. 골치깨나 아프게 생겼어."

사실이 그랬다. 강유 등을 닦달할 때야 목숨을 취하느니 마느니 했지만 냉정하게 생각해 보면 조금 지나친 감이 없지는 않았다. 무공을 익힌 무인의 팔을, 그것도 팽가의 직계 가족을 그리 만들었으니 생각보다 문제는 심각해질 수 있었다.

"그래도 저쪽에서 잘못을 했으니 뭐라 말은 못하겠지요."

"과연 그럴까? 팔은 안으로 굽는다고 보통은 아무리 잘못을 했어도 식구는 감싸는 법이다. 오히려 그런 면에선 소위 명문정파라 자부하는 것들이 지독하고 편협한 데가 있지. 세간의 이목도 있고 하니 노골적으로야 반감을 드러내겠냐마는 절대로 그냥 넘어가지는 않을 게야."

태상호법은 빚을 갚기 위해 팽가가 분명 어떤 식으로든 행동을 취할 것이라 단정 짓고 있었다.

"좋은 방법이 있을까요?"

남궁민이 공손히 되물었다.

"글쎄다. 이 녀석과 잠시 얘기를 나누어보았지만 방법은 오직 두 가지뿐이더구나. 하나는 과정이야 어찌 되었든 그들의 식솔에게 크게 상처를 입혔으니 정중하게 사과를 하는 것이고."

"다른 하나는요?"

남궁민의 질문에 태상호법을 대신하여 을지호가 입을 열었다.

"그냥 이대로 밀고 나가는 것이지. '충돌은 유감스런 일이나 잘못은 너희가 했다. 우리는 그 잘못에 대한 벌을 내린 것뿐이다' 하고 말이야. 물론 이후에 벌어지는 일은 우리가 감당해야겠지만. 어르신 말씀대로 드러내 놓고 하지는 않아도 꽤나 성가시게 굴걸. 참기 힘들 정도로. 당장 내일 있을 비무대회부터 시작될 테지."

"그럼 어찌해야 하나요?"

"그 문제로 어르신이나 나도 꽤나 고민을 했다. 그런데 두 방법 모두 각각의 장점과 단점이 있다. 어느 하나가 낫다고 말할 수 없을 정도로. 숙이고 들어가느냐, 버티느냐? 결정은 가주인 네가 해야 한다. 우리는 그저 네 의견을 존중하고, 그 상황에 맞추어 최선을 다할 뿐이지."

"후~ 난처한 상황이네요."

남궁민의 입에서 짧은 한숨이 새어 나왔다. 그런데 아무리 살펴봐도 일의 상황만큼 걱정하는 모습은 아니었다.

"아무튼 이번 일이 우리에게 닥친 첫 번째 어려움이 될 것 같구나. 어찌할 생각이냐? 빨리 결정해야지, 이 밤이 가면 사과하기도 힘들어."

"사과는 안 해요."

생각할 것도 없다는 듯 단호히 말하는 남궁민. 지금까지의 태도로 그럴 줄 알았다는 듯 미소를 지은 을지호가 물었다.

"어째서? 사과를 기다릴지도 모르고 또 이후의 반발이 만만치 않을 텐데?"

"사과를 할 생각도, 이유도 없어요. 사과라는 것은 잘못한 사람이 죄를 비는 것이지만 강 호법이나 천 대주가 잘못한 것이 없잖아요. 오히려 칭찬을 받아야지요. 본 가가 그만큼 모욕을 당하는데 참고 있었다면 오히려 벌을 줬을 거예요. 칭찬을 해주지는 못할망정 잘못한 상대에게 사과를 해서 강 호법이나 천 대주에게 모욕을 주기는 싫어요."

"명문정파라 이름을 앞세우는 놈들은 모든 것을 자신들 본위로 생각하는 경향이 있다. 자칫 잘못하면 가문의 명운을 걸고 싸울 수도 있어. 신중히 생각하여라."

태상호법이 다소 어울리지 않는 걱정스런 말투로 남궁민의 의중을 떠보았다. 하나 남궁민의 의지는 확고했다.

"저들이 뭐라 하든 명분은 우리에게 있어요. 그리고 저는 어르신과 오라버니, 우리 남궁세가의 무인들을 믿어요. 비록 숫자는 얼마 되지 않지만 그 누구도 함부로 할 수 없다고요."

자리가 사람을 만든다고 하였던가.

옛날의 영광만을 떠올리며 한 줌도 되지 않는 자존심을 내세우며 오기로 똘똘 뭉쳐 있던 남궁민, 그러나 지금은 달랐다. 그녀는 자신만의 뚜렷한 주관을 세우고 남궁세가의 가주로서 확실하게 성장하고 있었다.

그녀의 결심을 들으며 태상호법과 을지호는 의미심장한 미소를 주고받았다. 애당초 그들은 사과 따위는 생각도 하지 않고 있었기 때문이다.

"당장 내일 비무대회부터 문제가 터질 것이라 했던가요?"

을지호가 고개를 끄덕였다.

"준비를 단단히 하라고 일러두세요. 뭐, 준비랄 것도 없겠지만, 그래도 경계는 하고 있어야겠지요."

"알았다."

명령을 내리는 남궁민에게서 제법 위엄이 풍겨져 나오자 을지호는 그녀가 눈치 채지 못할 정도로 희미하게 웃었다.

제 22 장

비무대회(比武大會) 1

비무대회(比武大會) 1

황보세가에서 얼마 떨어지지 않은 용추객점(龍湫客店).

왕족(王族)이나 고관대작(高官大爵)들이 사용하는 장원처럼 고풍스런 자태의 용추객점은 특이하게도 원형의 모습을 하고 있었다. 중앙의 빈 공간에는 아름답기 그지없는 인공 연못이 있었고, 각 층에서 그곳으로 연결하는 다리가 그림처럼 놓여 있었다.

건물 자체의 아름다움과 잘 훈련된 종업원, 그리고 뛰어난 음식 솜씨를 바탕으로 평소에도 무척이나 많은 사람들로 붐비는 데다가 오룡지회까지 열리게 되니 도합 사층에 방의 개수만 백여 개에 달하는 용추객점이지만 빈방을 찾기란 사실상 불가능했다.

그런 용추객점에서도 가장 위층의 전망 좋은 방.

태상호법과 을지호에게 비무 신청을 하고 해웅에게 톡톡히 망신을 준 투랑과 그를 끌고 간 단견, 그리고 정식으로 오룡지회에 초청을 받았음에도 약속 시간보다 늦게 도착했다고 저녁 무렵 황보세가에서 마련한 거처가 아니라 의제인 단건과 손자 투랑이 기다리고 있는 용추객점에 여장을 푼 무광 곽검명이 함께 담소를 나누고 있었다.

"뜬소문으로만 알고 있었는데 그것이 사실이었다니."

어느덧 칠십을 훌쩍 넘긴 곽검명이 나지막한 침음성을 내뱉으며 술잔을 잡았다. 마주 앉은 단건이 잔을 채우며 말했다.

"그러게 말입니다. 나도 처음 그 소식을 접했을 때 장난하는 줄 알고 보고한 녀석을 두들겨 팼다니까요. 한데 장난이 아니라는 것을 알고 어찌나 놀랐는지 기절할 뻔했습니다. 수호신승이 어떤 분이오? 백도무림의 가장 큰 어른이자 고수신데 그런 분이 패했다니 그게 어디 말이나 되는 일입니까?"

사실로 확인된 지금도 믿을 수가 없는지 벌컥벌컥 술을 들이키는 단건은 몹시 흥분한 모습이었다.

"에이, 양패구상이라 했으니 패한 건 아니잖아요. 상대도 수호신승만큼이나 부상을 당했다면서요. 또 수호신승이라고 언제나 이기라는 법은 없지요. 질 수도 있고 이길 수도 있는 것인데 뭘 그리 놀라세요."

곽검명을 앞에 두고 대놓고 술을 마시기 뭐했던지 대신 날래게 젓가락을 놀리던 투랑이 입에 넣은 음식을 삼키지도 않고 말했다.

당장 호통이 날아왔다.

"수호신승께서 네놈 친구라도 된단 말이냐! 뚫린 입이라고 함부로 지껄이지 말거라, 사안의 중요성도 모르는 놈이!"

도끼눈을 치켜뜨며 단숨에 투랑을 잠재운 단건이 길게 한숨을 내쉬었다.

"아무래도 걱정입니다. 한동안 잠잠한 것 같더니만 뭔가 일이 터질 것 같은 것이 영."

"무슨 특별한 조짐이라도 있는가?"

단견이 고개를 끄덕였다.

"수호신승께서 부상을 입으신 것은 둘째 치고라도 요즘 들어 움직임이 심상치 않습니다."

"언제는 그러지 않았던가? 패천궁이야 늘 그랬는걸."

그사이 술 한 병을 비운 단견이 길게 트림을 하며 고개를 흔들었다.

"패천궁 놈들이 그런다면 걱정을 하지 않지요, 그러려니 할 테니까. 문제는 변방의 움직임이 심상치 않다는 겁니다."

"변방이?"

곽검명이 깜짝 놀라 되물었다.

"그게 무엇인지는 아직 확실치는 않지만 뭔가 일이 일어나고 있는 것은 틀림없어요."

"뭔가 일어나고 있는데 확실치 않으면 아무것도 아니잖아요. 그걸 보고 보통 기우(杞憂)라고 하지요."

단견으로부터 핀잔을 듣고 잠시 입을 다물고 있던 투랑이 참지 못하고 입을 열었다. 하나 그는 당장에라도 주먹을 날릴 듯한 단견의 눈초리에 찔끔하여 황급히 고개를 돌렸다.

"자네가 그렇게 보고 있다면 그런 것이겠지. 사실 나도 요즘 뭔가 좋지 않은 일이 일어나고 있다는 생각을 하고 있었네."

"무슨 말씀이라도 들었습니까?"

"나와 함께 있는 사람들 중에는 특이한 재능을 가진 사람이 많아. 무공도 무공이지만 기관진식이라든가 점성술(占星術)에 일가견이 있는 사람들도 있지. 때로는 천기(天氣)를 읽는 사람들도 있어."

한 가지 재주만 있으면 그것이 무엇이든지 우대하고 동료로 받아들이는 삼광문의 특징을 떠올린 단견이 그럴 수 있다는 듯 고개를 끄덕였다.

"바람이 분다고 그랬어, 역겨운 피 냄새를 동반한 바람이."

"그 외에 다른 말은 없었습니까? 구체적으로 누가, 어디서……."

곽검명이 쓴웃음을 지으며 고개를 흔들었다.

"원래 자세하게 말하지 않아. 천기를 누설하면 안 된다나. 보통 뜬 구름 잡는 식으로 말을 하지. 뭐, 나도 더 이상 묻지는 않지만."

"후~ 아무튼 문제입니다. 뭔가 터져도 크게 터진다는데 철저하게 방비를 해도 모자랄 판에 집안싸움이나 하고 앉아 있으니."

"어쩌겠나? 무당이 저처럼 변해 버린 것을. 참, 이번에 종남파도 정도맹에서 탈맹했다고 하던데?"

"어디 종남뿐입니까? 기회만 되면 정도맹을 나오려는 문파들이 하나둘이 아닙니다. 한데도 정소(晶嘯), 이 멍청한 놈이 끝까지 문고리를 붙잡고 버티고 있으니."

"허허허, 천하의 모든 정보를 움켜쥐고 있는 개방의 방주를 멍청한 놈이라 할 수 있는 사람은 오직 자네뿐이야."

"흥, 정보를 움켜쥐고 있으면 뭐 합니까? 이용만 당하는 바본 것을."

"너무 그러지 마라. 정 방주가 탈맹을 결정하지 못하는 것이 어디 개인의 욕심 때문에 그런가? 아직까지는 누가 뭐라 해도 백도의 중심은 정도맹이야. 그런데 개방마저 떠난다고 생각해 보게. 가뜩이나 분란이 많은 정도맹은 얼마 버티지 못할 것이고, 그것은 곧 강북을 노리는 패천궁에게 좋은 기회를 주는 것이야."

"아무튼 마음에 안 들어요."

단견은 그 일에 대해 더 이상 언급하기가 싫은지 손을 홰홰 내젓고는 연신 술을 들이켰다.

"참, 오늘 낮에 재밌는 일이 있었다지?"

곽검명의 말에 투랑이 씹고 있던 음식을 재빨리 삼키더니 입을 열었다.

"흐흐흐, 할아버지도 알고 계셨군요. 재밌는 일이 있었지요."

"퍽도 재밌겠다. 쯧쯧, 좌우지간 이놈은 그저 싸움 얘기만 나오면……."

"그것만큼 재밌는 게 어디 있다고요."

단견의 핀잔의 섞인 말에 투랑이 정색하고 말을 받았다.

"암, 그건 녀석의 말이 맞네. 무인에게 싸움만큼 흥미가 있고 피를 끓게 하는 게 또 무엇이 있겠나? 그래, 뭐가 어찌 된 것이냐? 자세하게 설명해 보거라."

그 손자에 그 할아버지였다. 지금껏 무림을 걱정하던 노고수의 풍모는 온데간데없었다. 다만 싸움이라면 자다가도 벌떡 일어나는 조손(祖孫)이 있을 뿐이었다.

"으이구, 내가 말을 말아야지."

단견은 아예 등을 돌리고 돌아앉았다.

오죽하면 무광에 투랑일까. 이미 싸움에 대해 말이 나온 이상 그 어떤 말로도 그들의 대화를 막을 방법은 없었다. 아예 보지 않는 것이 속 편했다.

그런 단견의 반응을 아예 무시한 투랑은 낮에 있던 싸움에 대해 자세히 설명하기 시작했다. 특히 본격적인 다툼을 할 때는 자신이 마치 직접 본 것처럼 손짓 발짓을 해대며 열심이었다.

투랑의 설명이 끝나자 머리 속으로 모든 장면을 그려낸 곽검명이 감탄성을 내뱉었다.

"호~ 젊은 녀석이 제법이구나. 창궁무애검법을 그 정도까지 수련하려면 꽤나 힘들었을 터인데."

"상대가 약했겠지요. 저라면 그렇게 오래 끌지도 않았습니다. 그 말인즉슨 둘 다 제 상대가 되지 않는다는 것이지요."

"혼자 떠돌며 실전을 치른다 하기에 정신 좀 차리는가 싶더니만. 쯧쯧, 저놈의 자만심을 누군가 한번은 꺾어놓아야 하는데."

"조만간 박살이 날 겁니다."

단견이 기다렸다는 듯 대답했다.

곽검명이 무슨 소리를 하느냐는 눈빛으로 쳐다보자 그의 입가에 의뭉스런 미소가 흘렀다.

"제 버릇 개 못 준다고 저놈 실력으로는 어림도 없는 상대한테 싸움을 걸어놨습니다. 모르긴 몰라도 아주 박살이 날걸요."

"허허, 그런가? 도대체 누구에게 싸움을 걸었기에 그러는 것이냐?"

"을지호라고, 남궁세가의 사람입니다."

투랑이 대수롭지 않다는 듯 대답했다. 단견이 재빨리 덧붙였다.

"보다 정확하게 말하자면 남궁세가의 호법이지요."

"남궁세가의 호법? 어쩌다가?"

무척이나 의외라는 표정이었다.

"말도 마십시오. 이 또한 말하자면 사연이 기니까요. 아무튼 이번엔 제대로 임자를 만났다니까요."

"허허, 자네가 이렇게 자신하는 것을 보니 상당한 인물인가 보구만."

"비록 나이는 어리나 대단한 무공을 감추고 있는 것으로 보였습니다."

투랑이 말을 끊고 들어왔다.

"그도 강하지만 나도 강하다고요. 솔직히 승리를 장담하지는 못해도 충분히 싸워볼 만합니다."

"암, 자신보다 강한 상대에게 도전을 하는 것이야말로 진정한 용기지. 실력도 부쩍 향상시킬 수 있을 것이고. 과거 이 할아비가 그랬던 것처럼 말이다. 열심히 해보거라."

엄밀히 말해서 피 한 방울 섞이지 않았건만 어쩌면 그렇게 자신의 성격을 빼닮았는지 몰랐다. 그래서 더욱 사랑스러웠다.

투랑을 격려하는 곽검명의 말에는 조금 전 자만심 운운하던 것은 이미 사라지고 없었다.

"형님도 참, 뭘 알고나 그렇게 말씀을 하시구려. 지금 용기라고 말씀하셨습니까? 하룻강아지는커녕 고양이도 되지 못하는 것이 호랑이에게 덤빈다는 겁니다."

"그, 그 정도인가?"

그 즉시 단견의 말을 이해한 곽검명이 깜짝 놀라며 되물었다.

"그 정도가 아닙니다. 녀석이 보기에는 자신보다 조금 강해 보일지 모르겠지만 이 아우가 보기엔 최소한 한 문파의 장로급, 아니, 그 이상입니다."

"허! 설마 하니?"

단견이 부연 설명을 하려 할 때 투랑이 재빨리 끼어들었다.

"에이, 말도 안 되는 소리잖아요. 뒷전에 앉아 있던, 태상호법인가 뭔가 하는 영감한테는 그런 기운을 느꼈지만 그자는 그 정도의 느낌까지는 아니었어요."

"그러니까 네가 아직 부족하다는 것 아니더냐. 남궁세가의 태상호법도 무서운 고수지만 그 친구 역시 무시 못할 고수였다. 물론 그 무시라는 것도 네 관점이 아니라 나의 관점이지만."

"가만, 그런데 을지호라면 혹?"

곽검명이 무슨 생각을 하는지 짐작한 단견이 쓴웃음과 함께 고개를 흔들었다.

"아니요. 혹시나 하는 마음에 살펴보았는데 소문 형님과는 관계가 없는 것으로 보입니다."

곽검명의 눈가에 진한 아쉬움이 묻어 나왔다.

"흠, 아무튼 좋아. 천하십대고수라 불리는 아우가 인정할 정도의 고수가 남궁세가에 존재한단 말이지? 그것도 두 명씩이나? 아주 흥미로운 일이야."

무인이라면 늘 자신보다 강한 상대를 꺾고 싶기 마련이고 정상에 선 사람은 자신을 꺾어줄 사람을 기다리는 법이다. 곽검명이 그랬다. 젊어서는 자신보다 강해 보이면 그가 누구든, 나이나 연배, 백도든 혹도든 가리지 않고 도전장을 내밀었다. 하지만 무광이란 별호가 어느 날인가 십대고수 중 한 명을 지칭하는 말이 되고부터는 그런 도전을 할 상대가 없었다. 물론 도전해 오는 상대는 있었다. 그러나 그들 모두 한 수 가르침을 줄 정도에 불과했다.

하루하루가 그렇게 무료할 수가 없었다. 그런데 생각지도 못한 고수가 출현한 것이다. 자신과 함께 십대고수에 거론되는 단견이 극찬할 정도의 고수가.

곽검명의 눈동자가 나이에 걸맞지 않게 초롱초롱하게 빛났다.

"허! 그놈의 병이 또 도졌구려."

단견이 기가 막힌다는 듯 고개를 흔들었다.

"평생 치료하지 못할 병이지. 어쨌든 내일 벌어질 비무대회가 기대가 되는군. 이대로 물러설 팽가가 아니야. 뭔가 사단이 나도 날 텐데 말이야……."

슬쩍 손바닥을 비비며 말하는 그의 얼굴은 그 어느 때보다 생기가 넘쳤다. 그러나 사단은 전혀 엉뚱한 곳에서부터 시작되고 있었다.

*   *   *

안휘성에 위치한 패천궁의 남릉 분타는 이름에 걸맞지 않게 자그마한 문파에도 미치지 못할 정도로 그 규모가 작았다. 애당초 강북을 도모하고자 만든 전진 기지도 아니었고 또 지리적 요충지도 아니었다.

그저 영역 표시를 하기 위해 만들어놓은 것이기 때문에 상주하는 일원이라 봐야 고작 열댓 명, 그나마 분타주인 우자현(羽蔗縣)을 제외하고는 변변한 무공을 지닌 자도 없었다.

"휴~ 덥다, 더워. 무슨 놈의 날씨가 이리 더운지."

하루 종일 흐린 날씨 때문인지 밤이 되었음에도 더위가 가실 줄을 몰랐다. 가슴팍을 풀어헤치고 연신 부채질을 하는 우자현의 얼굴엔 짜증이 가득했다.

"내릴 비가 안 내리고 날만 흐려서 그런 것 같습니다. 비가 온 후에는 조금 시원해지지 않겠습니까?"

우자현의 충복인 야대경(野大曎)이 지하수에 담가놓았음에도 조금도 시원해지지 않은 술을 따르며 말했다.

"비? 흥, 언제 올 줄 알고. 어제도 그랬고 그저께도 그랬어. 올 듯 말 듯 약만 올리는 놈을 기다리느니 차라리 겨울이 오기를 기다리는 것이 더 빠르겠다."

우자현은 비가 오지 않는 것이 마치 야대경의 잘못이라는 듯 신경질적이었다.

"후~ 천하의 우자현이 이런 촌구석에 처박혀 있어야 하다니. 분타주라고 해서 좋다고 지원했다가 이게 무슨 꼴이람. 이럴 줄 알았으면 그냥 남아 있는 것인데."

"곧 복귀하지 않겠습니까?"

"그러고야 싶지. 하지만 한번 부임하면 최소한 일 년은 있어야 한다고 했어. 아직도 반년이란 시간이 남았단 말이다."

매일 밤마다 이어지는 투정을 받아주는 것이 귀찮기도 하련만 야대경은 조금도 그런 기색이 없었다.

"반년이란 시간은 생각만큼 길지 않습니다. 그러니 조금만 참고 견디시면 분타주께서 원하는 본성으로 돌아가실 수 있을 겁니다."

"젠장, 말이야 쉽지. 과연 그날이 오려나?"

우자현이 체념하듯 말했다. 그런데 난데없이 들려온 차가운 음성이 기다렸다는 듯 그의 말을 받았다.

"아니, 오지 않아."

"웬 놈이냐!"

본능적으로 몸을 틀고 검을 뽑은 우자현이 소리쳤다. 일련의 동작들이 조금의 군더더기도 없이 재빠르게 이어지는 것을 보면 조금 속물적인 면이 있긴 해도 실력만큼은 상당한 듯했다.

우자현의 외침이 끝나기가 무섭게 통풍이나 되라고 활짝 열어놓은

문에서 검은 두건을 눌러쓴 사내들이 모습을 보였다.

좋은 의도가 있어 방문한 사람이 복면을 쓰고 있을 리 없었다. 게다가 등잔불에 의해 번쩍거리는 것은 분명 피 묻은 검. 우자현은 유난히도 조용한 주변의 분위기에 뭔가 잘못되고 있다는 것을 느꼈다.

"여기가 감히 어딘 줄 알고 소란을 피우는 것이냐! 도적놈들이라면 이번 한 번은 용서해 줄 터이니 썩 꺼지거라."

그냥 돌려보낸다? 평소의 그라면 있을 수 없는 일이었다. 그만큼 열세를 인정한다는 것이었고 심각한 위기감을 느낀다는 것이었다.

"도둑? 하하, 서운한걸. 우리가 고작 그런 놈으로밖에 보이지 않는다니."

가장 앞선 사내가 피식 웃음을 터뜨렸다.

"그, 그럼 누구냐? 누가 보내서 온 것이냐?"

"그거야 그대가 알아맞힐 일이지."

능청스럽게 대답한 사내는 방 안에 놓인 술잔을 들어 한 모금 그 맛을 음미하는 여유를 보이더니 갑자기 쓰고 있던 두건을 벗어 젖혔다.

그런 사내의 행동에 우자현은 자신도 모르게 침을 삼켰다. 두건을 벗었다는 건 곧 살인멸구를 하겠다는 것이고 현 상황을 감안해 보면 그것을 피할 방법은 거의 없어 보였다.

그때였다. 지금껏 기회를 노리고 있던 야대경이 괴성을 지르며 사내에게 덤벼들었다. 때마침 술잔을 들고 있던 사내는 피할 엄두를 내지 못하는 듯했다. 하나 그는 피하지 못한 것이 아니라 피할 생각이 없는 것이었다. 그 차이는 컸다.

슈슉.

출처를 알 수 없는 소리가 허공을 가르고 기세 좋게 달려들던 야대경의 몸이 급격히 멈추더니 전신을 부르르 떨었다. 그는 사내의 뒤에서 날아온 두 개의 표창에 목과 이마를 맞고 그 자리에서 즉사하고 말았다. 의도는 좋았지만 그것을 받혀줄 만한 실력을 가지고 있지 못했다.

"쯧쯧, 가만있으면 어련히 알아서 보내줄까, 서두르기는."

야대경의 시신에서 고개를 돌린 사내가 사악한 미소를 보이며 입을 열었다.

"이제 그대뿐인 것 같군, 이곳에서 목숨을 부지하고 있는 사람은."

"네놈들이!!"

피라는 것은 평범한 사람이라도 흥분시키는 마약과도 같은 것이다. 하루하루 무료한 일상을 보내며 따분해하다 갑자기 나타난 적의 기세에 눌려 잠시 두려움에 떨었지만 반년 전만 해도 우자현은 패천궁의 자랑인 혈참마대(血斬魔隊)의 당당한 일원이었다. 핏발 선 눈으로 검을 움켜쥐는 그의 전신에서 결코 무시할 수 없는 살기가 쏟아져 나왔다.

이름만 걸려 있고 거의 버려지다시피 한 분타에 그만한 인물이 있을 것이라 생각지 못한 사내의 눈가에 이채가 떠올랐다. 그것도 잠시, 그의 턱이 살짝 치켜 올라감과 동시에 전후좌우에서 우자현의 공격이 쏟아져 들었다.

"네놈들 따위에게 당할 나 우자현이 아니다!!"

버럭 소리를 지른 우자현의 검이 크게 반원을 그렸다. 좌우에서 다가오던 공격이 그의 검에 가로막혀 주춤했다. 상대의 공격을 단숨에 무위로 만든 우자현이 허공으로 몸을 띄우며 검을 치켜세웠다. 그리고 보다 약해 보이는 적을 향해 무지막지한 힘을 실어 내려쳤다.

쨍!

검이 좋은 것인지 아니면 기세가 남달랐던 것인지 우자현의 검은 상대의 검을 두 동강이 내고도 멈출 줄을 몰랐다. 그의 검은 깜짝 놀라 바닥을 구르는 상대의 어깨에 깊숙한 상처를 내고서야 다시 회수되었다.

그런데 공격을 막아내고 완벽한 반격을 성공시킨 듯하던 우자현의 신형이 갑자기 중심을 잃고 비틀거렸다. 입에선 한줄기 선혈이 비치고 옷 이곳저곳에서 붉은 빛깔이 퍼지고 있었다.

그가 허공으로 뛰어오르고 상대의 어깨에 상처를 내는 순간 무수히 많은 암기가 그의 전신을 뒤덮은 것이었다. 암기라야 술잔을 기울이던 사내가 들고 있던 잔을 산산조각 내서 던진 것에 불과했지만 파편 하나하나에 상당한 공력이 실려 있었다. 파편은 살갗을 파고든 것은 물론이고 심줄과 뼈, 그리고 몸 안의 장기까지 손상시켰다.

"흐흐흐, 어림없다, 이놈들! 내가 이대로 죽을 줄 아느냐!"

비틀거리는 몸을 검에 의지해 힘겹게 바로 세운 우자현이 광소를 터뜨리며 사내에게 달려들었다. 하지만 거기까지였다. 미처 두 걸음을 내딛기도 전에 양쪽 허벅지에 표창이 작렬하고 그의 무릎이 꺾였다. 동시에 날아든 검이 그의 목을 몸과 분리시켰다. 미처 어떤 대응을 하기도 전에 벌어진 상황이었다.

"제법 강단이 있는 놈이었어. 역시 패천궁이라는 건가."

사내가 감기지 않은 우자현의 눈을 보며 중얼거렸다.

"어쨌든 이것으로 이곳의 일은 끝났다. 하지만 완전히 끝난 것은 아니다. 다른 조는 곧바로 귀환하겠지만 우리에겐 할 일이 하나 더 있다. 최대한 빨리, 그리고 은밀히 움직여 목표물로 향한다. 연성(燕晟), 너는 지금 즉시 귀환해라. 그만한 부상으로 따라올 수 없어."

"죄, 죄송합니다."

우자현의 검에 상처를 입은 사내는 고개도 들지 못하고 대답했다.

"죄송할 것 없다. 일이 틀어진 것은 아니니까. 자, 서둘러라."

사내가 앞서 분타주의 집무실을 빠져나가고 상처를 입은 연성이 일행 중 가장 늦게 그곳을 벗어나면서 우자현 이하 이십사 명의 무인과 식솔들의 목숨을 앗아간 참사는 끝이 났다. 그리고 인근에 위치한 열두 곳의 다른 분타에서도 비슷한 상황이 벌어지고 있거나 종료된 상황이었다.

오룡지회 첫째 날 밤에 벌어진 일이었다.

* * *

오룡지회 둘째 날 아침.

이른 아침부터 황보세가엔 수많은 사람들이 몰려들었다. 그들 모두가 정확히 정오부터 열리는 비무대회를 구경하고자 하는 사람들이었는데, 남들보다 좋은 자리를 차지하고 편히 관람하기 위해 그토록 서두른 것이었다.

비무대회가 시작되는 정오가 되려면 제법 많은 시간이 남았음에도 연무장에는 입추의 여지가 없을 정도로 많은 사람들이 들어섰다. 비집고 들어갈 틈이 없어 정문 밖으로 밀려난 사람들은 담벼락으로 기어올라 가기 시작했고 얼마 되지 않아 정문, 담벼락, 연무장을 에워싸고 있는 전각의 지붕 등 조금이라도 공간이 있는 곳이면 사람들의 모습이 보였다. 평소라면 상상도 못할 광경이었음에도 황보세가에선 아무런 말도, 제지도 하지 않았다. 그저 집안 살림을 책임지고 있는 황보공만

이 사람들의 발길에 미끄러져 깨지는 기와와 망가지는 담벼락을 보며
울상 지을 뿐이었다.

가로세로의 길이가 각 십여 장에 이르는 거대한 비무대(比武臺)는 연
무장의 중심에 세워졌다. 그 위쪽 집의전으로 통하는 계단에 황보세가
에서 특별히 초청한 참관인들의 자리가 따로 마련되었고, 비무대를 중
심으로 좌측과 우측에는 육대세가와 초청을 받은 명문정파의 자리가
마련되었다.

시간이 지나면서 각 자리의 주인들이 속속 도착하고, 무당파를 대표
해 참여한 천엽 진인(天曄眞人)이 제자들을 이끌고 그들을 위해 비워둔
자리에 위치하면서 비무대회의 모든 준비가 끝났음을 알렸다.

"이야, 인간들 정말 많네."

뇌전이 고개를 돌리며 말했다. 그와 함께 이리저리 고개를 돌리던
천도문이 혀를 내두르며 대꾸했다.

"그러게 말입니다. 많다고 하더니만 이렇게 많을 줄은 몰랐습니다.
적어도 삼, 사천 명은 되겠는데요. 그나저나 이놈들은 어디에 있나? 오
라, 저쪽에 있고만."

"뭐가?"

"팽가 놈들 말입니다. 저쪽에서 노려보고 있습니다."

해웅의 눈이 천도문이 가리키는 손가락을 따라 움직였다. 과연 그의
말대로 비무대의 맞은편 쪽에 황색 바탕에 청색과 적색의 그림과 글씨
가 수놓아진 옷을 입은 팽가의 무인들이 자신들을 보고 있었다.

"눈이 빠져라 쳐다보든 말든 신경 꺼. 우리가 왜 이 자리에 있어야
하는지를 생각하자고."

강유는 대응할 가치도 없다는 듯 손을 흔들며 자꾸만 그쪽으로 시선

을 주고 있는 천도문 등을 다독거렸다.

남궁세가는 당가, 제갈세가 등과 함께 비무대의 우측에 자리하고 있었다. 원래는 좌측에 악가를 포함한 육대세가의 자리가, 우측엔 소림사와 무당파 등 이름 높은 문파들이 자리하기로 하였으나 전날 있었던 남궁세가와 팽가의 충돌을 염려한 황보윤이 급히 자리 배치를 변경하여 혹여 생길지 모르는 불상사를 미연에 방지코자 한 것이었다.

"와아!!"

갑자기 천지가 떠나가라 함성이 터져 나왔다. 이번 오룡지회의 주최자라 할 수 있는 황보세가의 가주 황보윤이 비무대에 올랐기 때문이다.

함성은 한참 동안이나 이어졌다. 만면에 웃음을 머금은 황보윤이 애써 진정시키지 않았다면 언제까지 계속됐을지 몰랐다.

함성이 잦아들자 황보윤은 이런 저런 공치사를 늘어놓으면 오룡지회를 보기 위해 세가를 찾아온 모든 손님에게 감사의 말을 전했고 그의 말이 끝날 때마다 박수 소리와 함성이 터져 나왔다.

"늘 그랬듯 비무는 한 사람이 패할 때까지 계속하는 것으로 하겠소이다. 다만 비무대회가 생명을 걸고 다투는 것이 아니라 각 세가의 우의를 다지고 서로의 무공을 비교하여 단점은 고치고 장점은 키우자는 뜻으로 여는 것이니만큼 너무 과열되어 상대를 심하게 상하게 하거나 피를 보아서는 아니 될 것이오."

잠시 말을 끊고 다짐이라도 받듯 엄숙한 표정으로 각 세가의 무인들을 살핀 황보윤이 몸을 돌려 참관인석을 바라보았다. 집의전 바로 앞 계단에 마련된 참관인석엔 육대세가의 가주와 초청을 받고 황보세가를 찾은 무림명숙들이 자리하고 있었다.

"이번 비무대회를 위해 특별히 청하여 세가를 찾아주신 분이 계시외다. 가장 좌측에 계신 분이……."

참관인석에 앉아 있는 사람은 어림잡아도 삼십여 명이 넘는 인원이었다. 황보윤은 좌측부터 차례대로 소개했다. 어찌 보면 매우 형식적이고 지루한 시간이 될 수도 있었으나, 그렇게 생각하는 사람은 단 한 명도 없었다. 사람들은 이름이 호명될 때마다 비무대가 떠나가라 함성을 질렀다. 그중에서 특히 많은 박수와 환호성을 받은 사람이 있으니 무림십대고수로 손꼽히는 권왕 황보장과 무광 곽검명, 취광 단견이 그 주인공이었다.

창룡검객(蒼龍劍客) 운중학(雲中鶴)을 끝으로 모든 인사가 끝나자 황보윤이 부친을 향해 정중하게 허리를 숙였다.

"아버님, 부탁드리겠습니다."

비무대회의 시작을 선언해 달라는 요청이었다. 미리 약속이 되어 있다는 듯 담담한 미소를 보인 황보장이 천천히 자리에서 일어났다.

모든 이의 시선이 그와 비무대 가장 자리에 걸려 있는 석종(石鐘)에 집중되었다. 비무대회의 시작을 알리기 위해 석종을 울리는 것은 꽤나 오래된 전통으로 사람들은 과연 권왕이 어떤 신기로 석종을 울릴 것인가에 대해 잔뜩 기대하는 모습이었다.

"허허, 이것 참. 가주가 해도 될 것을."

그런 기대가 조금은 부담스러웠는지 너털웃음을 지어 보인 황보장이 석종을 향해 활짝 편 손을 뻗었다. 그리고 살짝 주먹을 쥐었다.

뎅~

조용했던 비무대 위로 한없이 맑고 아름다운 종소리가 들려왔다. 순간, 사람들은 그들의 눈과 귀를 의심해야 했다.

"이, 이건 도대체가!!"

"시, 신기다!!"

권왕이 있는 곳과 석종까지의 거리는 근 십여 장. 힘을 모으는 기색도 없었고 기를 뿜어내기 위해 주먹을 휘두른 것도 아니었다. 그저 폈던 주먹을 살짝 쥔 것이 전부였다. 한데도 끊임없이 울려 퍼지는 저 청명한 소리는 뭐란 말인가.

장내는 순식간에 놀람을 넘어 깊은 충격에 빠져 버렸다. 그리고 그것은 곧 엄청난 함성으로 바뀌어 버렸다.

"와아!!"

"최고다!"

그렇게 비무대회는 시작되었다.

*   *   *

패천궁 궁내의 가장 은밀하고 중요한 건물 중 하나이자 군사(軍師)인 신안(神眼) 온설화(溫雪花)의 집무실이기도한 밀은각(密隱閣).

곤히 잠을 자다 급보를 받고 자리에서 일어난 온설화와 비혈대의 대주 사중명(司衆鳴)은 새벽녘부터 지금까지 끊임없이 쏟아져 들어오는 정보의 진위를 파악하고 분석하는 데 여념이 없었다.

"이것으로 확실해진 것 같습니다."

사중명이 막 도착한 밀서(密書)를 내보이며 말했다.

"비혈대 대원에게 도착한 것인가요?"

온설화는 사중명이 건넨 밀서를 펼치며 물었다.

"그렇습니다. 청양 분타를 살핀 이십칠호에게서 온 것입니다."

"흠, 이 내용이 사실이라면 무림을 뒤흔들 중대한 사건이 발생한 것이로군요."

"분타가 초토화되면서 이미 시작된 일입니다."

사중명이 이를 갈며 대답했다. 그러나 슬쩍 고개를 돌려 그를 쳐다 보는 온설화는 그와는 다르게 더없이 차분했다.

"다들 모이셨나요?"

"예. 궁주님의 명령에 따라 아침 일찍부터 궁내에 있는 호법님들과 여러 대주, 전주들이 모두 모였습니다."

"독패청(獨覇廳)이겠지요?"

온설화는 그만한 인원이 모일 곳은 그곳밖에 없다는 것을 알면서도 확인차 물었다.

"저희가 처음 그 소식을 접하게 된 것은 새벽에 상주 분타에서 기르 고 있던 한 마리의 전서구(傳書鳩)가 도착하면서입니다. 그 주인이 참 변을 당했을 것이라 예상되듯 전서구 역시 도착하자마자 숨이 끊어졌 습니다. 아무튼 전해진 소식은 상주 분타가 괴인들에 의해 공격을 받 았고 전멸당하기 일보 직전이라는, 도저히 믿기지 않는 것이었습니 다."

무거운 침묵이 독패청에 흐르고 있었다. 안휘명을 비롯하여 모든 이 들이 온설화의 다음 말을 기다리고 있었다.

"그 즉시 상주 분타와 비교적 가까이에 있는 모든 분타에 전서구를 날렸고 현재까지 돌아온 전서구는 세 마리입니다."

"세 마리라니? 비록 허술하기는 하나 그쪽에 흩어져 있는 분타가 몇 개인데! 설마 그 많은 분타들이 전멸을 당했다는 말인가?"

날카로운 눈빛, 얼굴의 반이나 차지할 것처럼 보이는 거대한 매부리

코, 새하얀 수염이 얼굴을 뒤덮은 노인이 깜짝 놀라 되물었다. 태상호법을 제외하고 호법전(護法殿)의 가장 윗자리를 차지하고 있는 비부(飛斧) 뇌학동(雷壑潼)이었다.

"아마도 그런 것 같습니다. 청양, 남경, 상주 등을 비롯하여 열두 곳의 분타가 초토화되었습니다."

"음."

"죽일 놈들 같으니!"

온설화의 말이 끝나기가 무섭게 이곳저곳에서 노호성이 터져 나왔다. 손을 들어 그들을 제지한 안휘명이 계속하라는 듯 시선을 주었다.

"각 분타에 전서구를 날림과 동시에 인근에서 활동하고 있는 비혈대의 대원들에게도 연락을 취했습니다. 그리고 조금 전 청양 분타를 살핀 비혈대원에게서 전갈이 왔습니다."

"그래서 뭐라던가?"

"전해진 소식이 진정 사실이던가?"

갑자기 이곳저곳에서 질문이 쏟아졌다. 온설화는 대답 대신 안휘명을 쳐다보았다.

"누군가?"

간단하면서도 핵심이 되는 질문이었다. 이미 당한 이상 어째서 그런 일이 벌어진 것인지, 얼마나 많은 피해를 입었고 생존자는 없는지 등은 중요한 것이 아니었다. '왜?'라는 말도 필요없었다. 그저 누가 그런 짓을 저질렀는지가 중요한 것이다.

"일체의 건물과 시신이 소각되어 무슨 목적을 가지고, 또 얼마나 많은 적이 침입했는지를 알 수가 없었다고 합니다. 다만……"

자신이 말해야 하는 사안의 중요성 때문인지 지금껏 담담하기만 했던 온설화도 조금은 긴장하는 듯했다. 안휘명은 대답을 재촉하지 않고 물끄러미 그녀를 쳐다보았다.

"타다 남은 시신을 발견했는데 그의 몸에서 사건의 실마리가 되는 흔적을 발견할 수 있었다고 합니다."

"무공이겠군."

안휘명과 가장 가까이에 앉아 있던 노인이 단정하듯 말했다. 싸움터도 아니건만 회의를 하는 자리까지 도를 품고 있었고 모두 그것이 당연하다고 여기는 노인, 다름 아닌 도왕(刀王) 동방성(東方星)이었다.

"예, 어르신. 다만 무공이 아니라 무기예요. 비도(飛刀)가 발견되었다고 합니다. 희미하기는 하지만 비선(飛仙)이라는 글씨를 못 알아볼 정도는 아니라고 하는."

비도에 글자를 새기는 문파나 무인들은 많았다. 그러나 '飛仙'이라는 글을 새기는 곳은 오직 한 곳뿐이었다.

"비선문(飛仙門)!!"

"정도맹! 이놈들이 감히!!"

많은 문파들이 도검을 무기로 사용하는 데 반해 비선문은 특이하게도 비도를 무기로 사용하여 명성을 얻고 있었다. 특히 열여덟 자루의 비도로 펼치는 전일회천(轉日回天)은 무림의 일절로 손꼽히는 무공으로 지금의 비선문이 있기까지 절대적인 공헌을 한 무공이었다.

하나 문제는 그게 아니었다. 현 상황에서 중요한 것은 그런 비선문이 정도맹을 이루고 있는 많은 문파들 중 하나이고 무너진 청양 분타에서 그들이 사용하는 비도가 발견되었다는 것이다. 그 하나의 증거로 모든 사건은 명확해졌다.

"대충 어찌 돌아가는 것인지 알겠군. 결론을 말하자면 정도맹인가?"

"현 상황에서 가장 가능성이 큽니다."

"흠."

안휘명이 짧은 한숨과 함께 눈을 감았다. 쥐 죽은 듯이 침묵을 지키는 좌중의 시선이 오직 그의 입술로 향했다.

"어찌할 생각이신지요?"

온설화가 조용히 물었다.

"……."

"당장 받은 대로 되갚아줘야 합니다!"

더 이상의 침묵을 참지 못한 반혼귀(返魂鬼) 나후성(羅侯晟)이 벌떡 일어나며 소리쳤다. 여러 호법들 중 두 번째로 나이가 어린 그는 유난히 다혈질이었다.

"놈들이 본 궁을 우습게 보고 있습니다. 당장 응징해야 합니다."

뇌학동이 그의 말에 동의했다. 하지만 한번 감긴 안휘명의 눈은 떠질 줄을 몰랐다.

"궁주!"

답답했는지 뇌학동의 음성이 다소 커졌다. 그제야 천천히 눈을 뜬 안휘명이 동방성에게 물었다.

"태상호법께서는 어찌 생각하십니까?"

질문을 받은 동방성은 잠시 생각에 잠기는 것 같더니 곧 입을 열었다.

"글쎄, 이미 중론은 모아진 것 같네. 다만 그것을 받아들이느냐 그렇지 않느냐는 오직 궁주만이 결정할 수 있는 것. 우리는 궁주의 결정을 존중하고 따를 뿐일세. 어쩌면 이것은 자네가 품은 웅지(雄志)를 펼쳐보라는 하늘의 배려일 수도 있겠군."

"하늘의 배려라……."

희미한 미소를 보인 안휘명이 다시 눈을 감았다. 하지만 감겼던 눈은 금방 떠졌다. 분위기가 완전히 뒤바뀐 날카롭고 힘있는 눈빛을 빛내며.

"명을 내리겠소."

나직하면서도 거역하기 힘든 음성이 독패청을 울리자 좌중의 모든 이들이 벌떡 자리에서 일어났다. 호법들 중 그에게 유일하게 하대를 할 수 있는 동방성 역시 이때만큼은 정중히 허리를 숙이며 예를 표했다.

"무릇 기르던 동물이 해를 입더라도 가만히 있어선 아니 되는 법. 하물며 우리를 믿고 따르는 수하들이 목숨을 잃었소. 이들의 원혼이 구천(九泉)을 떠돌게 둔다면 어찌 고개를 들고 하늘을 볼 것이며 다른 수하들을 본단 말이오?"

안휘명의 음성이 점점 커졌다.

"평화를 원했으나 그것은 어느 한쪽만이 지킨다고 얻어지는 것은 아닌가 보오. 열두 곳의 분타가 무너지면서 지금껏 이어졌던 평화는 깨졌소. 그리고 이제부터는 그 대가를 받아낼 때요. 양단풍(楊丹楓)!"

"예, 궁주님."

혈참마대의 대주 양단풍이 직각으로 허리를 꺾으며 대답했다.

"지금 즉시 혈참마대를 이끌고 악양(岳陽)으로 떠나라."

"공격입니까?"

"도착하기 전에 연락을 주겠다. 우선은 최대한 빠른 시간에 도착을 해야 할 것이다. 가라."

"존명(尊命)!!"

다시 한 번 허리를 꺾은 양단풍이 빠른 걸음으로 뒤로 물러났다. 그가 미처 독패청을 벗어나기도 전에 계속 명이 떨어졌다.

"뇌 호법."

"예, 궁주."

"궁내의 모든 수하들을 점검하고 싸움에 대비해 주시오. 삼당(三堂)의 지휘권을 일임하겠소."

"알겠소이다."

뇌학동이 살짝 허리를 숙여 예를 표하고 물러났다. 흑기당(黑旗堂)과 적기당(赤旗堂), 그리고 백기당(白旗堂)의 당주(堂主)가 그의 뒤를 따랐다.

"냉혈(冷血)."

이름이자 별호인 혈영대(血影隊)의 대주 냉혈이 앞으로 나섰다.

"그대에겐 따로 명을 내리지 않겠다. 싸움이 시작되면, 아니, 기다릴 것도 없이 지금 즉시 움직여라."

따로 명을 내리지 않겠다는 말은 곧 모든 것을 알아서 행동하라는 것이었다. 그리고 그것은 핏빛 살수 혈영대에게 할 수 있는 최선의 명령이었다.

냉혈의 존재감이 사라지자 안휘명이 동방성을 향해 입을 열었다.

"태상호법께서는 장로전(長老殿)에 지금 벌어지는 일들과 저의 결심을 설명하여 주시지요. 원로원(元老院)은 제가 직접 찾아뵙겠습니다."

"그리하겠네."

"그리고 나머지 사람들 역시 모두 돌아가 만반의 준비를 해주시오."

"존명!"

무엇을 준비하라는 것인지는 묻지 않아도 알 수 있었다. 그들은 무거운, 그러나 어딘지 모르게 설레는 듯한 표정으로 독패청을 떠났다.

잠시 후, 모였던 이들이 모두 자리를 떠나고 독패청에는 안휘명과 온설화만이 남게 되었다.

"궁주님."

"하하, 우리 둘밖에 없을 땐 격식을 차리지 말라고 하지 않았더냐. 그래, 따로 남은 것을 보니 무슨 할 말이 있는 모양이구나?"

온설화가 고개를 끄덕였다.

"조심해야 합니다."

"조심이라니? 조심해야 할 정도로 정도맹이 강하다고는 생각하지 않는다. 물론 방심을 해서는 안 되겠지만."

"정도맹일 가능성이 거의 없다는 것은 숙부님도 아시잖아요?"

"허, 아니라니? 비도가 나왔다고 보고를 올린 것은 네가 아니냐?"

살짝 미소를 띤 안휘명이 되물었다.

"바보가 아닌 이상 그런 결정적인 증표를 남길 리가 없지요. 분명 정도맹과 패천궁을 이간질시켜 충돌케 하려는 제삼의 세력이 개입되어 있어요."

"상관없다."

"예?"

"애당초 이 일에 정도맹이 관련되어 있다고 생각하는 사람은 없을 것이다. 내가 그랬고 태상호법이 그랬으며, 당장 공격하자고 방방 뛰는 사람들 역시 십중팔구는 알고 있을 게다. 하나 군사인 너는 물론이고 그들 모두 모른 체하고 넘어갔다. 왜 그랬을까?"

"풀어줄 때도 되었으니까요."

"그것으로 된 것 아니냐? 본 궁의 힘은 커질 대로 커져 있다. 네 말대로 커진 힘을 한 번쯤은 외부로 폭발시킬 때도 된 것이야.”

“그것뿐일까요?”

온설화가 조용히 되물었다.

“인석아, 남자라면 천하를 호령하고 싶은 야망을 꿈꾸는 법이다. 충분한 힘도 지니고 있는 상황에서 그것이 잘못된 것이라더냐?”

“잘못이라고는 말씀드리지 않았어요. 그랬다면 처음부터 정도맹과 상관이 있다고 못을 박지는 않았을 테니까요. 다만 엉뚱한 자들에게 어부지리(漁父之利)를 줄 수 있음을 경계하자는 것이지요.”

“놈들을 찾아내고 경계하는 일은 네가 할 일이지 않느냐? 이미 움직이고 있을 것이라 생각한다만.”

“그러잖아도 근래 들어 무림의 공기가 심상치 않아 면밀히 관찰하고 있던 중이에요. 수상한 움직임도 있고. 비혈대를 총동원했으니 조만간 소득이 있을 거예요.”

“그럼 된 것이고, 우선은 정도맹이다. 그래, 정도맹을 어찌 공략해야 할지는 생각하고 있느냐?”

온설화가 대답 대신 의미심장한 미소를 머금었다. 그것만큼 확실한 대답이 없는 듯 안휘명이 크게 웃음을 터뜨렸다.

“하하하! 네가 있으니 내가 아무런 걱정도 없이 북벌(北伐)을 단행할 수 있는 것 아니겠느냐? 하하하하!!”

한번 시작된 안휘명의 웃음은 독패청이 떠나가라 한참 동안 계속되었다.

*   *   *

비무대회는 사람들의 예상과는 달리 매우 순조로웠다.

가장 먼저 비무대에 오른 사람은 약관이나 지났을까 의심스러울 정도로 어린 황보균(皇甫筠)이었다. 날렵한 솜씨로 비무대에 오른 그는 좌중을 향해 정중히 인사하고 상대를 구했다.

그의 상대는 당가에서 나왔다.

당가에서 출전한 사내 역시 황보균과 비슷한 나이였는데, 그는 정확히 여덟 개의 암기를 던졌고 그것을 황보균이 막아내자 스스로 패배를 자인한 뒤 비무대를 내려갔다. 사람들은 승자와 패자 모두에게 우뢰와 같은 박수를 보내며 다음 상대를 기다렸다.

당가의 무인에 이어 비무대에 오른 사람은 섬전도(閃電刀) 팽두연(彭斗然)의 제자 송령(宋鈴)이었다. 오색 수실로 장식된 도를 들고 출전한 그는 치열한 격전을 펼친 끝에 간발의 차이로 상대를 제압하고 승리할 수 있었다. 그리고 곧바로 다른 도전자가 나섰다.

그런 식이었다.

한 사람의 승자가 나오면 다른 세가에서 계속 도전을 하였다. 연속해서 승리를 거둔 사람은 없었다. 이는 각 세가에서 승리를 거둔 자의 무공 실력을 가늠하여 보고 그보다 조금 더 강한 제자를 내보냈기 때문이다.

그렇게 두 시진이 흐르고 각 세가마다 한두 명, 많게는 세 명까지 출전을 시켰지만 남궁세가에서는 단 한 명도 출전하지 않았다. 이를 괴이 여긴 사람들의 시선이 점점 남궁세가의 무인들이 자리잡고 있는 곳으로 쏠리기 시작했다.

"도대체 언제까지 도토리 키 재기식의 장난을 보고 있어야 합니까? 제가 나가서 싹 쓸어버리겠습니다."

끓어오르는 승부욕을 감추지 못한 뇌전이 엉덩이를 들썩이며 말했다. 하나 돌아오는 것은 핀잔뿐이었다.

"시끄러. 네 말대로 애들 장난하는 데 훼방을 놔서야 쓰겠느냐?"

"아무리 그래도 그렇지, 이대로 비무대회가 끝나면 어찌합니까? 금방 날도 어두워질 것 같은데."

"그만두라니까. 비무대회는 내일까지 이어져. 오늘은 말 그대로 어린애들을 출전시켜서 흥을 돋우는 수준이다."

을지호가 다소 불만 섞인 표정으로 서 있는 식솔들을 둘러보며 말했다.

"진짜 실력자들은 모두 내일 출전한다. 우리의 실력을 보여주는 것은 내일이다."

"내일은 내일이고 오늘은 오늘이잖습니까? 출전을 허락해 주십시오."

"시끄럽다니까!"

뇌전은 끈질겼다. 모두 고개를 끄덕이며 수긍하였음에도 그는 포기하지 않고 계속해서 출전시켜 달라고 졸라댔다. 물론 그는 출전하지 못했고 시간은 순식간에 흘러 첫날의 비무대회는 그렇게 끝이 나고 말았다.

오룡지회 셋째 날.

두 번째 비무대회가 열리는 날의 아침은 무척이나 화창했다.

비무대회가 열리는 황보세가의 연무장은 어제와 마찬가지로 새벽부터 몰려든 인파에 발 디딜 틈이 없었고, 황보윤의 간단한 인사와 함께 비무대회가 시작되었다.

가장 먼저 비무대회에 오른 이는 역시 황보세가의 무인이었다. 그런데 풍기는 분위기가 어제의 황보균과는 비교조차 되지 않았다. 비로소 각 세가의 실력있는 후기지수들이 출전을 시작한 것이다.

"와아!!"

갑자기 사람들이 환호성을 질렀다. 제갈세가가 있는 곳에서 깨끗한 청삼(靑衫)을 입은 문사풍의 청년이 등장했기 때문이다.

"흠, 제법인데."

그가 비무대에 오르는 모습을 지켜보던 을지호가 흥미롭다는 듯 눈을 반짝거렸다.

"이런, 자네가 내 첫 상대가 될 줄은 몰랐는걸."

"하하하, 어쩌다 보니 그렇게 되었습니다."

이미 후기지수들의 모임에서 안면을 익힌 황보진성(皇甫眞成)과 제갈염(諸葛炎)은 반갑게 인사를 했다.

"아무튼 잘 부탁하네."

"술로는 제가 졌지만 이번만은 제가 이길 겁니다."

"그건 해봐야 알지."

황보진성이 살짝 미소 지으며 말을 받았다.

그 말을 끝으로 둘은 한 걸음 뒤로 물러나 자세를 잡았다.

황보진성은 상체를 세우고 양다리를 교차시킨 뒤 무릎을 살짝 굽혔다. 커다란 바위라도 단번에 부숴 버릴 것만 같이 단단히 움켜쥔 주먹은 가슴 어귀에서 제갈염의 허점을 노리고 있었다.

"오시지요."

들고 있던 섭선을 활짝 펴 입을 가리고 한쪽 손은 뒷짐을 진 제갈염이 황보진성을 청했다.

어찌 보면 상대를 굉장히 무시하는 태도라고 할 수 있었으나 그것이 아니었다. 제갈염의 자세는 구초팔식으로 이루어진 영환선법(靈幻扇法)을 펼치기 위한 기수식이었다.

황보진성은 한가로이 산책이나 하는 것처럼 여유있는 제갈염의 모습에서 약점을 찾을 수가 없었다. 그러나 청하는데 가지 않을 만큼 자신을 약하다고 생각하지 않았다.

"타핫!"

힘찬 기합성과 함께 황보진성의 왼쪽 다리가 앞으로 쭉 뻗어 나가더니 오 장여의 거리를 단숨에 좁혔다. 동시에 천 근의 힘이 실린 주먹이 상대의 가슴을 노리며 파고들었다.

"빠르다!"

"뇌정추혼(雷霆追魂)!"

사람들의 입에서 절로 탄성이 터져 나오고, 그의 초식이 무엇인지 알아본 황보세가에서 환호성이 터져 나왔다. 황보진성이 선공부터 다짜고짜 뇌우산권(雷雨散拳)을 쓸 줄 몰랐다는 듯 놀란 모습이었다.

사람들의 놀라운 반응에도 불구하고 제갈염은 조금의 동요도 하지 않았다.

그는 침착하게 한쪽 발을 좌측으로 옮기며 폈던 섭선을 접어 번개같이 치고 들어오는 황보진성의 팔을 향해 내려쳤다. 섭선에 의해 살짝 방향이 틀어진 주먹이 제갈염의 몸을 스치고 지나가고 압력에 의해 옷자락이 흔들렸다. 순간, 몸을 빙글 돌린 황보진성이 왼팔을 쭉 펴며 휘둘렀다. 뒤쪽으로 크게 반원을 그리며 나타난 팔이 제갈염의 얼굴을 향해 무시무시한 속도로 달려들었다. 그 정도의 빠른 반응을 생각하지 못한 제갈염이 다급히 숨을 들이키며 섭선의 끝을 세워 주먹을 막았다.

딱.

바위라도 단숨에 부술 만큼 강맹한 주먹과 섭선의 끝이 허공에서 만나며 둘의 신형이 휘청거렸다. 그런데 서너 걸음 뒤로 물러나는 둘의 표정은 극명하게 엇갈렸다. 과감하게 공격을 시도한 황보진성은 황당하다는 눈으로 축 늘어진 자신의 어깨를 살피고 있었고, 제갈염은 다소 멋쩍은 표정으로 그를 응시했다.

"어, 언제?"

분명 공격은 자신이 시도했다. 상대의 적절한 방어로 인해 성공은 하지 못했어도 승기는 잡았다고 생각했다. 한데 충돌의 여운이 가시기도 전에 밀려오는 이 고통은 뭐란 말인가.

제갈염이 포권하며 허리를 숙였다.

"제가 조금 빨랐던 것 같습니다."

그것은 승리의 선언이었다. 제갈세가에서 함성이 터져 나왔다. 함성은 곧 비무대 주변을 휘감았다.

"이야, 그놈 참 제법인데."

글이나 읽을 듯한 여린 몸을 보고 싸움이 되지 않을 것이라 큰소리 쳤던 천도문이 두 눈을 휘둥그레 뜨며 탄성을 내질렀다.

"막는 데 급급한 척하는가 싶더니만 혈을 완벽하게 제압했네. 척택혈(尺澤穴)하고 협백혈(俠白穴), 두 곳인가?"

그가 자신의 팔꿈치 쪽을 쓰다듬으며 말하자 천양대의 부대주 염복(閻覆)이 고개를 흔들었다.

"아니, 그곳 말고도 어깨까지 제압했어."

"그래? 어깨 쪽으로 손이 올라가는 것은 못 봤는데."

그러자 염복이 자신의 손가락을 펼쳐 보였다.

"지공(指功)이지."

"지공이라면?"

깜짝 놀란 천도문이 되물었다.

지위의 상하(上下)가 없고 단지 무공의 고하(高下)만 있는 천양대에서 천도문의 무공이 발군이기는 했으나 잡다한 지식은 염복을 따라가지 못했다.

"손가락으로 기를 쏘아 보내는 거야. 익히기도 번거롭고 절정에 이르지 못하면 그다지 강한 위력을 발휘하지 못하기 때문에 익힌 사람이 그다지 많지 않은데, 자유자재로 사용하는 것을 보니 꽤나 오랫동안 수련한 것 같다."

청산유수처럼 쏟아지는 설명은 막힘이 없었다. 천도문은 물론이고 저마다 고개를 끄덕이는 것이 그럴듯하게 들린 모양이었다.

"대충 주워들은 지식으로 아는 체 좀 하지 마라. 지공은 무슨 얼어 빠질 지공!"

가만히 듣고 있던 강유가 어이없는 표정으로 소리쳤다.

"지, 지공 아니었습니까? 분명히 그런 것 같았는데."

"지공 때문에 그런 것이 아니라 섭선에 실린 힘을 감당하지 못하고 어깨가 빠져 버린 것이다."

"아, 그런 것이었군요."

염복이 겸연쩍은 표정으로 머리를 긁적였다. 곧바로 천도문의 호통이 터져 나왔다.

"그런 것이었군요? 에라이! 쥐뿔도 모르면서!"

"시끄러! 거기에 혹해서 고개를 끄덕인 주제에 말이 많아."

보다 못한 을지호가 한소리 하고 나섰다. 천도문은 아무런 대꾸도 하지 못하고 고개를 숙이고 말았다.

"그나저나 제갈세가가 엄청나게 변모했다더니만 과연 명불허전(名不虛傳)인걸."

초번이 조용히 입을 열었다..

"지난번 비무대회의 우승자도 제갈세가에서 나왔다고 들었습니다."

"음."

짧은 감탄성을 내뱉은 을지호가 자신들과 얼마 떨어지지 않은 곳에 위치한 제갈세가의 인물들을 찬찬히 살피기 시작했다.

제갈세가는 예로부터 무공보다는 천재적인 두뇌를 이용하여 기문진법(奇門陣法), 토목기관(土木機關), 오행(五行)과 역리(易理) 등에서 가히 독보적인 실력을 쌓아온 가문이었다. 하나 신의 섭리인지 아니면 자신들의 두뇌만으로도 충분하다고 생각하여 등한시한 것인지는 몰라도 전해져 오는 가전무공은 다른 세가들에 비해 상당한 손색이 있었다. 그리고 오십여 년 전 패천궁에 의해 크나큰 좌절을 맛본 제갈세가는 가히 획기적인 변신을 시도하게 된다.

싸움이 끝난 후, 무림에 평화가 찾아왔지만 제갈세가는 아직 싸움을 끝내지 않았다.

당시 가주였던 제갈공(諸葛孔)은 조사당에서 백일 동안 죄를 청한 후 세가 내의 모든 두뇌들을 한자리에 집합시켰다. 그리곤 은밀히 무림에서 사용되고 있는 모든 무공을 분석하라는 명을 내렸다. 그들 대부분은 하루 종일 경서(經書)를 읽으며 학문 도야에 힘쓰는 문사들로 무공과는 전혀 상관이 없는 사람들이었다. 하지만 그들은 제갈세가가 처한 입장을 알았고 제갈공의 고뇌도 충분히 이해했다. 이후 그들의 손에는 경서 대신 무공비급이 들려졌다.

방대한 무공들이 수집되고 분석되었다. 구하지 못하는 것은 직접 눈으로 보고 관찰하여 머리 속에 기억하였다. 그런 식으로 무려 십 년이란 세월 동안 온갖 무공들을 연구하고 분석한 제갈세가는 본격적으로 그들을 위한 무공을 만들기 시작했다.

그러나 듣는 것과 보는 것이 다르고 또 행하는 것이 달랐다.

무공이란 많은 시간과 공을 들여 발전되고 가다듬어져 온 것으로 아무리 하찮은 무공이라 할지라도 그 안에는 반드시 세월의 힘이 녹아 있었다. 단순히 지식만으로 만들 수 있을 만큼 간단한 것이 아니었다.

그나마 다행인 것은 그저 머리를 맑게 하고 잔병을 없애주는 줄로만 알았던, 옛날부터 전해져 내려오는 이름 모를 호흡법이 그 어떤 세가의 내공심법과 비교하여도 손색이 없다는 데 있었다.

아무튼 수많은 시행착오 끝에 그들은 귀원신공(歸元神功)이라 명명한 호흡법을 바탕으로 많은 무공을 만들어냈다.

장법과 검법이 있었으며 곤법(棍法), 도법도 있었다. 심지어 창술(槍術)과 궁술(弓術)도 만들어졌다. 하지만 채택된 것은 오직 군자칠검(君子七劍)이라는 칠초사십구식의 검법과 몽환포영(夢幻泡影)이라는 경공법(輕功法)뿐으로 제갈공 사후 칠 년, 처음 명이 떨어진 지 이십일 년 만에 비로소 영환선법과 더불어 뭇 세인들에게 당당히 내보일 수 있는 제갈세가의 독문무공이 완성된 것이다.

그들이 만든 무공은 십오 년 전, 기라성 같은 상대들을 모조리 꺾고 비무대회에서 우승한 화풍검(和風劍) 제갈능(諸葛凌)에 의해 증명이 되었다.

스물네 살이 되던 해 제갈능은 군자검법을 완벽히 익히지도 못한 상태에서 비무대회에 출전하였다. 그리고 모든 이들의 예상을 깨고 당당히 최후의 승자가 되었다.

당시 그의 무공을 감당하는 사람이 없었는데, 대개가 십 합을 견디지 못하고 무릎을 꿇었고, 삼십 합을 넘겨 그나마 박빙의 승부를 보여 준 사람은 현 황보세가의 가주인 황보윤뿐이었다. 그때 황보윤의 나이는 삼십 중반, 자존심 때문에 참가는 하였으나 후기지수라 부르기에도 민망한 나이였다.

황보윤마저 꺾은 제갈능의 이름과 실력은 나날이 명성을 떨쳤다. 삼십을 넘겼을 땐 이미 적수가 없었다. 호사가들은 곽화월이라는 거대한 인물이 없었다면 검왕이란 칭호는 그에게 갔을 것이라 단언했고, 그 누구도 이의를 다는 사람이 없었다.

이후 제갈세가는 단순히 지략뿐만이 아니라 강맹한 무공으로도 최고의 위치에 서게 되었다.

"무공을 익혔다고 그동안 축적된 지식들까지 사라진 것은 아닐 테고, 무공에 지략이라… 어쩌면 제갈세가야말로 최고의 가문이라 할 수 있겠군."

제갈세가에 두었던 시선을 거둔 을지호가 조용히 읊조렸다. 그러는 사이 새로운 인물이 비무대에 오르고 있었다.

제 23 장

비무대회(比武大會) 2

비무대회(比武大會) 2

"설마 전면전입니까?"

만종의가 놀란 눈으로 물었다.

"아마도 그런 것 같네. 대대적인 소집령이 떨어진 것으로 보아."

용철상이 무거운 얼굴로 고개를 끄덕였다.

"저, 전면전!"

"이런 일이!"

이곳저곳에서 무거운 신음성이 터져 나왔다.

연락을 받고 다급히 모인 노호문의 수뇌들은 정도맹과 전면전이 벌어진다는 사실을 도저히 믿을 수 없다는 표정이었다.

"패천궁에서 지급(至急)으로 날아온 소식에 따르면 동북쪽의 분타 대부분이 초토화되었고 그것은 정도맹의 소행으로 밝혀졌다고 합니다. 기습을 당한 패천궁이 참고 있을 리 없습니다."

기밀전 전주 가경이 말했다.

"음, 그랬던가? 여기엔 그런 사연이 적혀 있지 않은데."

황유화가 용철상으로부터 건네받은 밀지를 살피며 물었다.

"그건 공식적인 것이고 제가 받은 연락은 그 밀지가 도착하기 전 그곳에 상주하고 있는 기밀전 수하에게서 받은 것입니다."

황유화가 이해했다는 듯 고개를 끄덕이고 용철상에게 질문했다.

"문주께서는 어찌하실 생각입니까?"

"응해야겠지."

용철상의 입가에 씁쓸한 미소가 지어졌다.

사실상 흑도문파를 지배하고 있는 절대자의 명령이었다. 노호문이 비록 인근 지역의 패자로 군림하고 있다지만 패천궁의 명을 거역한다는 것은 꿈도 꾸지 못할 일이었다.

"응한다면 어느 정도의 인원을 보내실 생각입니까?"

"최대한 많이 보내는 것이 좋을 듯싶습니다."

용후의 말에 황유화의 얼굴이 굳어졌다.

"어째서? 많은 희생이 있을 걸세."

"모르지는 않습니다. 하나 패천궁의 명령을 거절할 수도 없습니다. 어차피 가야 한다면 우리가 할 수 있는 최대의 성의를 보여주는 것이 좋습니다."

"저들이 알아주기는 하겠는가? 또 알아준다고 해서 우리에게 얼마나 득이 되겠는가?"

다소 흥분을 했는지 황유화의 얼굴이 붉게 달아올랐다.

"아시다시피 현재 패천궁의 힘은 사실상 최강이라 해도 부족한 감이 있습니다. 백도에 정도맹과 오대세가가 있다고는 하나 전력에서 상당한 차이가 있습니다. 더구나 정도맹을 장악한 무당파의 독주로 인해 문파들 간에 많은 분란이 있다고 들었습니다. 생각해 보시지요. 패천궁을 중심으로 일사불란하게 움직이는 우리와 분열되어 흩어져 있는 저들과의 싸움을. 해보지 않아도 결과가 보입니다."

"싸움이라는 것은 막상 해보지 않고는 그 결과를 모르는 법. 너무 과신하는 것은 좋지 않네."

백도의 저력을 익히 알고 있는 황유화가 용후의 지나친 자신감을 경계했다.

"그렇게 판단할 만큼 전력의 차이가 크다는 말씀입니다. 어쨌든 싸움은 패천궁의 승리로 끝날 것이고 이후 전 무림을 장악하게 될 터, 싸움이 끝나면 승리에 대해 논공행상(論功行賞)이 있을 겁니다. 그때를 위해서라도 그들에게 노호문의 존재감을 확실히 각인시켜야 합니다."

맞는 말이었다. 용후의 말대로 패천궁의 승리는 기정사실처럼 보였다. 그리고 그들의 눈 밖에 나지 않기 위해서라도 성의를 보여야 했다. 그것을 모르지 않음에도 황유화는 왠지 마음이 내키지 않았다. 어쩌면 그것은 장기판의 졸로 전락할, 분명 최일선에서 온갖 위험한 일에 나서야 할 수하들의 안위를 걱정했기 때문일 것이다.

"마영문과 묵영도문은 벌써 움직이고 있다 합니다."

그 말이 결정적이었다. 늘 그들을 의식하고 있는 노호문으로선 그들의 움직임에 유난히 예민했다.

"그 말이 사실인가?"

용철상이 가경을 향해 황급히 물었다.

"예, 문주. 선발대로 보이는 인원이 출발한 것이 확인되었습니다. 곧 대규모의 인원이 뒤따를 것으로 보입니다."

"음."

용철상의 입에서 침음성이 흘러나왔다. 그는 황유화의 기분을 충분히 이해할 수 있었다. 그 역시 같은 생각을 했으니까. 하나 용후의 말에도 일리가 있었다. 어쩌면 이번이 노호문이 한 단계 더 도약할 수 있는 좋은 기회일지도 몰랐다. 마영문과 묵영도문이 벌써부터 발 빠르게 움직이고 있는 이유도 바로 그 때문이리라. 그들 말고도 얼마나 많은 문파들이 그들과 같은 생각을 하고 있을지 몰랐다.

생각은 길지 않았다. 그는 용후의 의견을 받아들이기로 결정했다.

"매 전주와 상 전주는 본 문을 호위할 최소한의 인원을 제외하고 모든 인원을 대기시키게."

"예, 문주!"

벌떡 일어난 매염교와 상문연이 동시에 대답했다.

"우리는 선발대 없이 곧바로 본진이 이동할 것이니 그리 알고 준비들 하게나. 특히 조 전주가 해야 할 일이 많을 게야."

"최선을 다하겠습니다."

싸움이 시작되면 노호문의 보급을 책임져야 할 조영산이 허리 숙여 대답했다.

"아, 그러면 저들은 어찌해야 합니까?"

"무슨 소린가, 저들이라니?"

용철상의 반문에 양구가 좌중을 둘러보며 입을 열었다.

"전면전입니다. 패천궁과 정도맹의 싸움이지만 사실상 오십여 년 만에 흑백대전이 벌어지는 것입니다."

"서설(序說)이 기네. 하고 싶은 얘기가 무엇인가?"

만종의가 답답하다는 듯 말했다.

"남궁세가 말입니다. 흑백대전이 벌어진 마당에 턱 밑에 저들을 방치해 두고 싸우러 갈 수는 없지 않겠습니까? 이번 기회에 지난번 빚도 갚을 겸……."

"쑥밭을 만들어 버리자?"

"당연히 그래야 하지 않겠습니까?"

"오룡지회에 참여한다고 대다수가 집을 비웠네. 남아 있는 이들이라 해봐야 무공도 모르는 하인에 불과하고. 그런 곳을 쑥대밭으로 만든다 한들 우리에게 돌아오는 것은 비웃음뿐. 쓸데없는 짓이야."

"상징적인 의미가 있습니다."

만종의의 만류에도 양구는 자신의 의견을 굽히지 않았다.

"만 장로의 말이 옳은 것 같군. 없던 것으로 하세나."

"하지만 궁주님!"

"그만 하게."

용철상이 전에 없이 강경한 음성으로 말을 잘랐다.

다른 사람들에게는 비밀로 했지만 그는 남궁세가에 어떤 인물이 관련되어 있는지 분명히 기억하고 있었다. 그리고 그의 비위를 거슬렀을 경우 어떤 결과가 벌어지리라는 것까지도.

그에겐 문파의 존립을 걸고 껍데기만 남은 남궁세가를 칠 이유가 조금도 없었다.

*　　　*　　　*

황보진성을 꺾은 제갈염은 이어 등장한 당가의 무인과 팽가의 무인 마저 가볍게 제압하더니 연승을 달렸다.

잠시 휴식을 취하고 맞이한 상대는 오룡지회에 처음으로 초청받아 등장한 악가의 무인이었다.

악가의 무인들이 주로 사용하는 무기는 창(槍)과 검이었는데 자신을 악부(岳缶)라 소개한 상대는 길이가 일 장은 넘어 보이는 창을 사용했다.

대결은 무척이나 단순했다. 악부가 창을 찌르면 제갈염이 이를 피하는 형식이었다. 모든 이들이 제갈염의 손쉬운 승리를 예상했다. 당가의 예리한 암기를 뚫고, 팽가의 무인마저 제압한 그의 솜씨라면 시작과 동시에 싸움을 끝내리라 여겼다. 그런데 시간이 갈수록 그들은 자신들의 눈을 의심해야 했다. 상황은 그들의 예상과는 정반대로 돌아갔다.

연속적으로 공격을 당하는 제갈염은 단 한 번의 반격도 하지 못했다. 아니, 방어를 하는 것만으로 힘에 부치는지 고통스런 모습이 역력했다.

막강한 내공을 지녔다거나 휘황찬란한 초식을 사용한 것은 아니었다. 그렇다고 제갈염의 움직임을 완벽하게 봉쇄하는 몸놀림을 보여준 것도 아니었다. 상대의 움직임에 따라 전후좌우로 놀리는 발 동작은 제갈염에 비해 오히려 손색이 있었다.

그런데도 제갈염은 반격의 실마리를 잡지 못했다. 이유는 간단했다. 제갈염을 향해 찔러 들어가는 악부의 창이 상상할 수 없을 정도로 빠르다는 데 있었다. 찌르는 것만이 빠른 것은 아니었다. 회수하는 동작 또한 경탄을 자아낼 정도로 빠르고 정확했다. 찔렀는가 싶으면 어느새 회수되어 있고 회수되었는가 싶으면 다시금 쏘아져 갔다. 더구나 창날과 창간(槍杆)에 묘한 회전이 걸려 있는지 스치기만 해도 옷가지가 찢어져 나갔다. 들고 있던 섭선은 뼈대만 앙상히 남아 제갈염이 처한 상황을 단적으로 보여주고 있었다.

"하아, 하아."

연신 어깨를 들썩이며 거친 숨을 내뱉는 제갈염은 몹시도 지친 모습이었다.

"이엿!"

특유의 기합성과 함께 창날이 그의 목을 노리며 다가왔다. 이를 악문 제갈염이 망가질 대로 망가진 섭선을 들어 공격을 막아보려 하였으나 맹렬한 기세로 다가오는 창을 막을 힘이 그에게는 더 이상 남아 있지 않았다. 제갈염의 눈에 아득함이 떠올랐다.

"그만!"

승부가 끝났다는 것을 알리는 황보장의 음성이 비무대를 울리자 제갈염의 목을 단숨에 꿰뚫어 버릴 것만 같았던 창날이 딱 멈추었다. 그의 목에서 고작 한 치의 거리였다.

"양보해 주셔서 감사합니다."

재빨리 창을 거둬들인 악부가 정중히 예를 표했다.

"악가의 창이 얼마나 무서운지 오늘 새삼 느꼈습니다. 소생의 완패입니다."

비록 패했지만 제갈염은 당당했다.

"와아!"

"최고다!"

제갈염의 패배 선언에 사람들은 비무대가 떠나갈 정도로 거대한 함성을 지르며 흥분했다.

"흠, 악가창법이 무림의 일절이라더니 헛된 말이 아닌걸. 세상에, 접근조차 못하고 끝나다니……."

"무기의 길이가 한 치라도 길면 유리하다는 말이 있지 않습니까? 섭선과 창이라. 차이가 나도 너무 났습니다."

뇌전의 탄성 섞인 말에 천도문이 별거 아니라는 듯 말했다.

"아니, 꼭 그런 것만은 아닌 것 같은데. 도검과는 달리 창이라는 놈은 제대로 쓰지 못하면 도리어 허점만 노출하는 무기야. 단순하면서도 꽤나 익히기 어려워."

강유가 악부의 창에 시선을 고정시키며 말했다.

"그랬기에 백일도(百日刀), 천일검(千日劍), 만일창(萬日槍)이라는 말이 생겼겠지."

해웅이 지그시 눈을 감고 맞장구를 쳤다. 어울리지 않는 그의 모습에 피식 웃은 강유가 재빠른 반격을 날렸다.

"천일검과 만일창이 바뀐 것 아냐? 천일창, 만일검으로 아는데?"

"그거나 저거나."

"너답지 않게 무게를 잡더라니. 제대로 알고나 말해야지. 누가 들으면 오해하기 딱 좋겠다."

강유가 살짝 얼굴을 붉히며 무안해하는 해웅을 놀리자 을지호의 주먹이 그의 머리로 날아왔다.

"자~ 알들 논다!"

강유에 이어 해웅의 머리까지 원정을 떠났던 주먹이 돌아오자 을지호는 모두에게 들으라는 듯 큰 소리로 말했다.

"천일창, 만일검이라고? 누가 그래?"

"아니, 옛말에……."

"웃기지 말라고 그래! 잘 들어. 무기는 말이야……."

잠시 말을 끊은 그는 힐끔 고개를 돌려 태상호법을 쳐다보더니 다소 엄숙한 음성으로 말을 이었다.

"백일도, 백일검, 백일창, 만일궁(萬日弓)이야!!"

"에? 그, 그런 말이."

"말도 안 되는 소리를……."

잔뜩 긴장하며 듣던 강유 등이 어처구니없는 눈으로 쳐다보자 을지호는 천연덕스럽게 되받았다.

"시끄러! 쓸데없는 소리들을 하니까 그렇지. 그것은 딱 이렇다 하고 규정할 수 없다는 거야. 도를 익히는 사람한테는 도만큼 힘든 무기가 없는 것이고, 검이면 검, 창이면 창 다 힘들다는 말이지. 율 대주, 아니, 저 고지식한 저 친구 말고 왕욱에게 한번 물어봐라, 뭐라 답하나."

모두의 시선이 왕욱에게 향했다. 왕욱은 조금도 머뭇거림없이 대답했다.

"다시 무공을 배우라면 때려죽여도 궁은 피할 겁니다."

사뭇 진지한 그의 말에 다들 입을 다물었다. 사제(師弟)의 연을 맺은 것은 아니나 사부나 마찬가지인 사람을 앞에 두고 그런 말을 하는 것을 보고 무슨 할 말이 있겠는가.

"자, 아무튼 그건 그렇고 이쯤 되면 우리도 뭔가 보여줘야 하지 않을까?"

을지호가 잠깐의 휴식을 취하고 비무대에 다시 오른 악부를 보며 말했다.

"전 준비가 되었습니다. 놈이 대단해 보여도 문제없습니다! 간단히 끝내고 오지요!"

말뜻을 이해한 천도문이 재빨리 앞으로 나서며 소리쳤다. 그런데 을지호가 바라보는 사람은 그가 아니었다.

"연능천."

"예, 호법님."

"실력 한번 보여주고 와."

아무런 대답 없이 일어선 그는 살짝 허리를 숙여 태상호법과 을지호를 향해 인사했다. 그리고 부러운 눈으로 쳐다보는 천도문에게 보일 듯 말 듯한 미소를 보이며 천천히 비무대로 향했다.

"남궁세가다!"

"드디어!"

연능천이 비무대로 향하자 일대는 흥분의 도가니에 빠져들었다.

"허허, 남궁세가에선 첫 출전인 듯하네."

남궁세가와의 인연으로 자신의 바로 옆에 남궁민의 자리를 배려한 황보장이 웃음 띤 얼굴로 말했다.

"예, 어르신."

남궁민이 공손히 대답했다. 기대 반 걱정 반인 그녀의 얼굴은 다소 상기되어 있었다.

"역시 소문이란 것은 믿을 것이 못 돼. 그래도 혹시나 하여 조금은 걱정을 했는데 저 친구를 보니 그런 생각은 접어야겠어."

남궁세가가 첫째 날 비무에 참가하지 않자 그 진위를 둘러싸고 말들이 상당히 많았다. 실력이 부족해서 그렇다는 둥 아니면 전날 팽가와의 충돌 때문에 보복이 두려워 대회를 포기했다는 둥 온갖 추측이 난무했었다. 황보장이 걱정할 정도였으니 얼마나 심각했는지 능히 짐작이 갔다.

"어르신을 실망시키진 않을 겁니다."

"허허허, 가주가 말을 하지 않아도 이 늙은이도 알고 있다네. 제법 단단한 몸을 지녔는걸. 자네는 어찌 생각하는가?"

황보장이 그의 좌측에 앉은 곽검명에게 물었다. 연능천의 모습을 찬찬히 살피던 곽검명이 고개를 끄덕였다.

"그러게요. 악가의 애송이도 강해 보이긴 하나 저 녀석을 따르지는 못할 것 같습니다. 남다른 예기가 뿜어져 나오는 것이 꽤나 강해 보입니다."

"허허허, 내 생각도 그러네. 아무튼 결과는 보면 알겠지."

뭐가 그리 좋은지 황보장은 연신 웃음을 터뜨리고 있었다. 그러나 겉으로는 태연한 척해도 한껏 긴장한 남궁민은 땀이 손아귀를 적실 정도로 주먹을 꽉 움켜쥐고 있었다.

"남궁세가의 연능천이라 하오. 한 수 배우겠소."

"별말씀을. 악부외다."

상대에 대한 인사는 그것이면 충분했다.

연능천이 검을 꺼내자 한 걸음 물러난 악부도 창을 치켜 올리며 자세를 취했다.

창을 움켜쥔 악부는 서서히 접근하는 상대를 보며 엄청난 압박감을 느꼈다.

'이자는 강하다!'

상대의 강함은 그와 직접 마주친 사람만이 제대로 느낄 수 있는 법이고 무공이 강하면 강할수록 보다 정확하면서도 빠르게 전달된다. 그런 의미에서 연능천의 강함을 알아본 악부도 절대 얕볼 수 없는 고수였다.

'칼날 같은 자다.'

연능천의 몸에서 피어오르는 기운은 한 자루 칼과 같은 날카로움이었다. 검을 휘두르지도 않았건만 벌써부터 난도질당하는 듯했다. 이런 상태로 조금만 더 시간이 흐르면 정말 아무것도 못하고 패배를 자인할 것만 같았다.

위기감이 그의 전신을 휘감았다.

'이대로는 당한다!'

악부가 이를 악물었다. 어찌나 세게 악무는지 얼굴 전체에 힘이 들어갔다. 그리곤 혼신의 힘을 다해 창을 찍었다. 창은 눈으로 감지하기 힘들 정도로 빠르게 회전하며 연능천의 허벅지를 노렸다.

"저런!"

사람들의 입에서 안타까운 비명이 터져 나왔다. 연능천이 피할 엄두도 내지 못한다고 여긴 것이다. 하나 연능천은 악부의 어깨에 힘이 들어가는 순간부터 이미 움직이고 있었다. 그리고 물이 흐르듯 유연한 자태로 창날을 피해냈다.

"이엿!"

악부는 제갈염도 쩔쩔맨 공격을 상대가 너무도 쉽게 피해내자 오히려 오기가 발동했다. 아예 움직이지도 못하게 만들어주겠다는 듯이 맹렬한 기세로 창을 찍어왔다.

한 번, 두 번, 세 번.

허리를, 옆구리를, 가슴을, 심지어는 머리까지 노리는 창날은 가히 숨 쉴 틈도 없이 밀어닥쳤다. 그럴 때마다 연능천은 몸을 틀기도 하고 때로는 걸음을 바꾸며 모든 공격을 능숙하게 피해냈다. 다급함이나 위급함 따위는 보이지 않았다.

"허! 대단하군, 대단해."

어느 정도 예상은 했어도 연능천이 보여주는 무위가 상상을 뛰어넘자 황보장은 무척이나 놀란 표정이었다. 특히 위험천만한 악부의 공격을 그다지 힘도 들이지 않은 채 피해내는 몸의 움직임은 분명 기억에 있는 것이었다.

그의 생각을 알기라도 하듯 곽검명이 말했다.

"간운보월(看雲步月)입니다."

황보장이 무릎을 쳤다.

"그렇군! 저토록 미려한 움직임을 보여줄 수 있는 보법이 세상천지에 얼마나 될까. 틀림없이 간운보월이네, 간운보월이야! 이 얼마 만에 보는 것인가!"

"그 옛날 검성께서 보여주신 이후로 기억에 없습니다."

곽검명의 음성도 조금은 떨리고 있었다.

'아!'

남궁민은 전신에 밀어닥치는 묘한 기분에 몸을 떨었다. 천하십대고수에게서 남궁세가의 무공이 인정받고 있는 것이 아닌가. 그녀는 자신도 모르게 흐르는 눈물을 조심스레 닦아냈다.

꽝. 꽝. 꽝.

연능천이 피한 자리에 창날이 적중하며 바닥이 흉할 정도로 크게 패었다. 패인 바닥만큼이나 악부의 얼굴도 일그러져 있었다.

근 이각 동안 일방적인 공격을 펼친 것은 악부였다. 연능천은 반격할 엄두를 내지 못했다. 안목이 짧은 사람이 보면 악부의 압도적인 우세라 할 것이나 실상은 그렇지가 않았다.

악부의 창은 가공하다 할 만큼 빨랐다. 하나 그토록 빠른 창의 움직임을 보여주기 위해서 악부가 소모하는 내공 또한 만만치 않았다. 게다가 혼신의 힘을 다한 공격임에야 말할 필요도 없었다. 그에 반해 연능천은 몸의 움직임을 최소한으로 하여 악부의 파상공세를 피해냈다. 때때로 검으로써 공격을 막아내 그가 들고 있는 검이 장식이 아니라는 것을 보여주기는 했지만 내공의 소모는 거의 없다시피 했다.

"끝났군."

비록 단 한 번의 반격도 없었으나 연능천의 우세가 확실해지자 을지호가 만족한 미소를 지으며 말했다.

"이쯤 되었으면 포기할 만도 한데 말이야."

그의 말이 끝나기가 무섭게 매섭게 공격을 가하던 악부가 창을 멈추었다. 그리고 고개를 절레절레 흔들더니 패배를 자인했다.

"대단하구려. 소생은 도저히 연 형의 움직임을 잡지 못하겠소이다."

"고생하셨소."

연능천이 살짝 고개를 숙였다.

보통 상대가 패배를 인정하면 양보가 어쨌느니 좋은 승부였다느니 하며 예를 차리는 것이 일반적이었다. 하지만 연능천은 그러지 않았다. 어찌 생각하면 상당히 거만하고 오만한 행동이었으나 사람들은 그렇게 생각하지 않았다. 연승을 달리던 제갈염을 격파한 고수를 무기도 사용하지 않고 그저 보법 하나로 패배시킨 인물이었다. 그들에게 연능천의 행동은 오만함이 아니라 당당함, 자신감으로 비쳐졌다.

"새로운 고수의 탄생이군."

"과연 남궁세가!"

사람들은 승자에게 아낌없는 박수와 환호성을 보내주었다.

"젠장, 뭐가 그리 대단했다고 저럴까? 나라면 단칼에 끝낼 수도 있었는데. 빨리 끝낼 수 있었으면서도 저렇게 시간을 끌 건 뭐야."

천도문은 사람들의 환호성을 한 몸에 받는 연능천의 모습이 부럽기만 한지 볼멘소리로 불만을 터뜨렸다.

"하하하, 지금 상대야 그냥 가벼운 몸 풀기지. 바로 다음 상대를 위한. 저기 나오는군."

연능천의 다음 상대를 살피던 을지호가 의미심장한 목소리로 말했다.

"지금부터 시작인가."

그러나 아무렇지도 않게 말을 하는 을지호와는 다르게 강유 등은 제법 긴장이 되는지 굳은 얼굴로 비무대를 응시했다. 비로소 팽가와의 다툼이 시작되었음을 느꼈기 때문이다.

"흠, 저 아이가 벌써 나오다니. 팽가가 아주 작심을 한 모양이구만."

연능천을 상대하기 위해 비무대로 올라오는 사람을 살피던 황보장이 이맛살을 찌푸렸다.

"아시는 아입니까? 괜찮아 보이기는 합니다만."

곽검명이 물었다. 태연히 비무대를 응시하고 있던 남궁민도 귀를 쫑긋 세우고 다음 말을 기다렸다.

"자네도 알지 않나, 팽과해(彭過海)라고."

"광풍도(光風刀) 말입니까?"

황보장이 고개를 끄덕였다.

"예, 알지요. 홀로 일가를 이루어도 될 만큼 뛰어난 무공을 지니고 있는 것으로 기억합니다만."

"그의 아들이라네. 이름이… 팽마군(彭磨君)이었던가? 아마 그럴 걸세.”

“흠, 그랬군요. 그 친구의 아들이라면 녀석이 강해 보이는 것도 당연하겠군요.”

“모르긴 몰라도 팽가의 아이들 중 다섯 손가락 안에는 들 게야.”

놀라운 말이었다.

한 지역의 패자라면 뛰어난 고수들을 많이 보유하고 있는 법이었다. 더구나 팽가같이 오랜 역사와 전통을 지니고 있는 명문정파의 후기지수들은 여타 문파들의 젊은 무인들과는 차원이 다른 실력을 지니고 있었다. 그 안에서도 다섯 손가락 안에 든다는 말은 곧 팽마군이 일신에 지닌 무공이 상당한 경지에 이르렀다는 것을 의미했다.

하지만 그들도 미처 생각하지 못한 것이 있었으니, 다름 아닌 팽동악이 천도문에게 패했다는 사실이었다. 팽동악보다는 팽마군의 실력이 약간 위라고는 해도 둘의 무공은 그다지 차이가 없었다. 그러나 연능천은 천도문보다 강했다. 무려 두 시진을 싸운 끝에 가까스로 얻은 승리였고 지금까지도 천도문에게서 인정받지 못하는 승리였지만 승리한 것은 변함없는 사실이었다.

채챙!

검과 도가 허공에서 얽히며 날카로움 충돌음을 발산했다.

첫 충돌에서 이득을 얻지 못한 연능천이 재빨리 한 걸음 뒤로 물러나며 상대의 반격에 대비했다. 그의 예상대로 팽마군의 공격이 곧바로 이어졌다. 그는 연능천의 발걸음을 잡지 못하면 승리하기 힘들다고 생각했는지 집요하리만큼 다리를 노렸다.

“타핫!”

비무대의 끝이었다. 더 이상 밀릴 곳이 없다고 생각한 연능천이 커다란 기합성과 함께 신형을 허공으로 띄웠다. 팽마군의 도가 곧바로 따라붙었다. 하나 이미 준비하고 있던 연능천이 싸늘한 기운을 뿜어내며 다가오는 도를 내려치고 그 반탄력을 이용하여 허공에서 한 바퀴 몸을 돌리더니 비무대의 중앙까지 날아갔다.

급박한 상황에서 보여준 연능천의 날랜 모습에 절로 함성이 터져 나왔다. 그러나 그 정도는 예상했다는 듯 몸을 돌려 다가오는 팽마군의 얼굴엔 동요하는 기색이 조금도 없었다. 오히려 약간의 미소가 입가에 그려지는 것이, 제대로 된 상대를 만났다는 반가움과 그런 상대를 꺾었을 때 전해져 올 승리감을 미리부터 기대하는 것 같았다.

"아니, 왜 저렇게 헤매? 나하고 싸울 때는 저렇지 않았는데."

"아직 본신의 실력도 제대로 발휘하지 않았는데 뭐가 그리 걱정이야. 기다려 봐. 나름대로 생각이 있겠지."

강유가 호들갑을 떠는 천도문의 입을 틀어막으며 말했다. 그의 말을 듣기라도 한 듯 가슴 높이로 세워져 있던 연능천의 검이 묘하게 움직이기 시작했다. 그의 변화를 눈치 챘는지 팽마군도 다소 조심스럽게 접근했다.

남궁세가의 무인들에게 창궁무애검법만을 가르치던 을지호는 이후 그가 남궁혜로부터 전해 들은 몇 가지 검법들을 각 개인의 특징에 맞게 전수해 주었다. 그러나 연능천만은 아니었다. 그는 어떤 검법을 원하느냐는 을지호의 질문에 고개를 저었다.

천도문이 천풍영(天風影)이라는 검법을 익히곤 좋아 날뛸 때도, 스스로의 한계에 부딪쳐 절망을 하면서도 그는 자신의 검이 조금씩 완성되어 가는 것을 기뻐하며 오직 창궁무애검법에만 매달렸다.

그리고 지금, 다른 검법은 몰라도 창궁무애검법만큼은 다른 누구보다 원숙한 경지에 이르렀다. 그것은 태상호법과 을지호가 특별한 관심을 가지고 애쓴 남궁민도 예외는 아니었다.

"저것이 진짜 창궁무애검법이다."

을지호는 현란한 움직임을 보여주며 팽마군을 몰아붙이는 연능천을 보며 말했다.

간운보월과 조화를 이루며 펼쳐지는 연능천의 검은 빠르면서도 느렸고 가벼워 보이면서도 휘두름에 만 근의 무게가 느껴졌다.

창궁약연의 빠른 공격으로 상대의 정신을 흔들어놓고, 상대의 반격은 부드러운 창궁무한의 초식으로 상대했다. 그리고 두 개의 초식이 적절히 연계하여 펼쳐지는 창궁조화는 상대로 하여금 아득함에 빠지게 만들었다.

팽마군은 정신을 차릴 수가 없었다.

좌측을 막으면 우측에서 검이 날아왔고 우측에서 막으면 어느새 뒤로 돌아가 배후를 노리고 들어왔다. 때로는 한 개의 검이, 어떤 때는 두 개, 세 개의 검이 동시에 전신의 요혈들을 노리고 들어왔다.

어느 것이 실초고 허초인지 도저히 구분할 수가 없었다. 실초인 듯하여 막으면 순식간에 흩어지고, 허초인 줄 알고 방관하면 그것이 실초가 되어 압박했다. 실초가 허초로 변하고, 허초가 순식간에 실초로 변하니 판단력이 흐려져 제대로 된 반응을 할 수가 없었다. 더구나 악부가 느꼈던 칼날 같은 예기가 전신에서 쏟아져 나오니 그 위력은 배가 되었다.

하지만 그것은 팽마군 입장에서의 생각일 뿐이었고 정작 공세를 취하고 있는 연능천도 상대의 강함에 감탄을 거듭하고 있었다.

조금씩 이득을 보고 승기를 잡고는 있어도 상대의 날카로운 반격은 좀처럼 수그러들 줄을 몰랐다. 간운보월이라는 뛰어난 보법이 없었다면 그의 도에 온몸이 산산이 바스러졌으리라. 또한 무엇보다 그를 당황하게 만든 것은 서로의 무기가 허공에서 부딪칠 때마다 검을 타고 흘러오는 막강한 기운이었다. 팽마군의 막강한 내공은 그의 팔과 어깨를 저리게 함은 물론이고 내부로까지 침투하여 오장육부를 뒤흔들었다.

　을지호가 아무리 엄청난 비용을 들여가며 온갖 약재로 내공을 키우려 하였어도 연능천의 내공은 정순함에서 팽마군을 따르지 못했다. 어려서부터 체계적으로 배우고 키운 내공, 게다가 팽가의 재력은 남궁세가에 비할 바가 아니었다.

　그러나 현재의 상황만큼을 놓고 보면 연능천이 팽마군보다 우위에 있음은 확실했다.

　"끝난 것 같습니다."

　상체를 앞으로 수그리며 무척이나 흥미롭게 싸움을 지켜보던 곽검명이 의자에 몸을 누이며 오랜만에 그럴듯한 대결을 봤다는 표정으로 말했다.

　"그런 것 같네. 박진감 넘치는 대결이었어."

　황보장이 고개를 끄덕이며 말을 받았다.

　남궁민은 둘이 주고받는 말을 이해할 수가 없었다. 비록 연능천이 최후의 기력을 짜낸 듯 거센 반격을 하던 팽마군을 다시금 몰아붙이고는 있었으나 승부가 결정난 것은 아니었다. 한데 마치 모든 것이 끝난 것처럼 말하고 있는 것이 아닌가.

　"허허, 가주는 이 늙은이들의 말이 이해 안 가는 모양이네그려."

"승기를 잡고는 있지만 그것으로 끝났다고 하기엔……."

생각을 들킨 남궁민이 살짝 얼굴을 붉히며 말을 얼버무렸다.

"무리도 아니겠지. 하나 잘 보게나. 잘 싸우기는 했어도 저 아이는 이제 견딜힘이 없어. 곧 끝날 게야, 바로 저 공격으로."

황보장이 재빨리 손을 들어 연능천을 가리켰다. 그의 말을 경청하던 남궁민의 고개가 손을 따라 돌아갔다. 그녀의 눈에 중심이 흐트러진 팽무군과 그런 허점을 놓치지 않고 뒤로 돌아가는 연능천의 모습이 들어왔다. 그것으로 승부는 끝이었다.

"아!"

남궁민의 입에서 자신도 모르게 기쁨의 탄성이 흘러나왔다.

"와아!!"

그녀의 탄성은 황보세가가 떠나가라 울리는 환호성에 곧 묻혀 버리고 말았다.

*　　　　*　　　　*

하남성의 정주에서 남서쪽으로 삼백여 리 떨어진 봉수현(蓬岫縣)에 위치한 정도맹(正道盟).

최초 구파일방(九派一幇)이 중심이 되어 만들어졌고 이후 수많은 문파들이 합세하여 패천궁만큼이나 커진 단체로 오십여 년 전 정도맹은 패천궁과의 싸움이 끝나면 곧 해체한다고 하였으나 처음의 약속과는 다르게 싸움이 끝난 이후에도 패천궁의 위협이 존재한다는 이유를 들어 해체되지 않고 지금껏 이어져 오고 있었다.

정도맹은 세월이 변해가면서 그 규모와 체제가 바뀌었는데 크게 일궁(一宮), 이전(二殿), 삼각(三閣), 사당(四堂)으로 나뉘었다.

일궁인 명심궁(明心宮)은 궁주의 거처이자 정도맹의 대소사를 관장하는 곳이었고, 이전은 각 문파의 어른들과 백도의 명숙들이 속한 장로전과 호법전을 의미했다.

정보를 총괄하는 첨밀각(添密閣), 신병이기(神兵利器)를 연구하고 무인들에게 필요한 무기를 만들어내는 기병각(奇兵閣), 맹 내 규율을 관장하는 계도각(啓導閣)을 삼각이라 했다.

사당은 정도맹의 실질적인 무력 부대로 청운(淸雲), 풍백(風伯), 명도(明道), 월훈(月暈)이라 했는데 보통 줄여서 청풍명월(淸風明月)이라 하였다.

중앙의 거대한 연무장과 수백 채의 건물, 그 건물을 에워싸고 있는 성벽의 둘레만 이십 리요, 상주하는 인원은 적게 잡아도 삼천에 이르렀다. 한시적으로 참여했던 오대세가가 떠나고 거기에 뜻이 맞지 않는다 하여 소림사와 화산파, 최근의 종남파에 이르기까지 몇몇 문파들이 탈맹하였으나 누가 뭐라 해도 정도맹은 패천궁에 맞설 수 있는 거의 유일한 세력이었다.

맹 내에서 가장 은밀하고 엄중한 보호를 받는 곳 중 하나인 첨밀각.

일의 특성상 평소에도 바쁘기 그지없지만 갑자기 날아든 전서구와 폭주하기 시작한 정보 속에서 첨밀각주 왕호연(王胡燕)과 그의 수하들은 정보를 분석하고 판단하느라 정신을 차릴 수가 없었다. 특히 새롭게 날아든 정보들이 모두 무림을 뒤흔들 만한 것들인지라 긴장감은 극에 이르렀다.

"단 하나도 놓쳐서는 안 될 것이다! 아무리 사소한 것이라도 인과 관계를 따져 보고 또 따져 보아라!"

곳곳을 누비며 독려하는 왕호연의 음성이 전에 없이 드높았다. 그만큼 중한 일이리라.

그때였다. 첨밀각이 떠나가라 고함을 치는 사람이 있었다.

"도대체 무슨 일이기에 바쁜 사람을 오라가라야?"

대낮부터 거나하게 취해 팔자걸음으로 다가오는 사내, 삼십 중반이란 나이로 개방 역사상 최연소로 방주 위에 오른, 백 년에 한 명이나 나올까 의심스럽다고 극찬을 받는 개방 방주 정소였다.

"또 처먹었냐?"

멀리서부터 풍기는 술 냄새에 오만상을 찌푸린 왕호연이 코를 막으며 소리쳤다.

"말버릇하고는! 내가 그래도 명색이 개방의 방준데 처먹었냐가 뭐냐? 드셨습니까? 해야지."

"그렇게 해주랴?"

왕호연이 정색을 하고 물었다.

"흐흐. 농담한 걸 가지고 삐치지 마라, 우리 사이에."

개방의 방도가 되기 전부터 함께 고아 생활을 해온 그와 왕호연은 목숨을 바꿀 정도로 서로를 아끼는 사이였다. 그것은 그가 방주라는 지위에 오른 이후에도 변함이 없었는데, 다만 방 내의 원로들이 있거나 대외적인 자리에선 사람들의 시선을 생각해 서로에게 예의를 차렸다. 그러나 그런 시선을 조금만 벗어나면 예전 그대로 서로를 대했다. 지금처럼 수하들이 있다 하더라도 그다지 예외될 것은 아니었는데 그들의 우의를 아는 수하들은 으레 그러려니 했다.

"제발 그놈의 술 좀 줄여라."

"나야 줄이고 싶지. 그런데 맹에 오랜만에 들러서 그런지 이곳저곳에서 불러대서 말이다. 하하하!"

"통하지도 않을 거짓말은 하지도 마! 네가 나를 알고 내가 너를 아는데. 후~ 이 독한 냄새!"

술로 목욕을 했는지 전신에서 뿜어져 나오는 주향이 장난이 아니었다. 냄새를 감당하지 못한 왕호연이 고개를 절레절레 흔들며 뒷걸음질 쳤다.

"사내란 자고로 밤을 새워 말술을 먹을 줄 알아야 하는 게야. 쯧쯧, 냄새만 맡고도 취하는 꼴이라니."

"시끄러! 술이라면 자다가도 벌떡 일어나는 네놈과 무슨 말을 하겠냐. 그렇게 태상장로님을 추종하더니만 하필 술 먹는 것을 닮아서는."

"흐흐흐, 그게 어때서? 인생의 희로애락(喜怒哀樂)이 모두 한 잔 술에 담겨 있느니."

꽤나 오랫동안 떨어져 있던 왕호연을 만나서 그러는지 정소는 무척이나 기분 좋은 듯했다. 하나 그의 기분은 그리 오래가지 않았다.

"일이 터졌다."

왕호연의 목소리가 더없이 진중했다. 아직 사태의 심각성을 파악하지 못한 정소가 건성으로 되물었다.

"일? 무슨 일?"

"피바람이 불게 생겼어."

멀뚱한 표정의 정소, 왕호연의 말은 계속됐다.

"아래쪽의 움직임이 심상치 않아."

"심상치 않다니? 패천궁 놈들이 쳐들어오기라도 한다는 거야?"

왕호연은 대답 대신 착 가라앉은 눈으로 그를 쳐다봤다. 정소는 여전히 분위기 파악을 못했다.

"하하하, 알았어. 이제 그만 마실 테니까 장난하지 말자고."

"내가 그런 일을 가지고 장난칠 사람이 아니잖아."

그제야 사태의 심각성이 전달됐는지 정소의 안색이 딱딱하게 굳었다.

"언제부터?"

"아직 자세한 것은 몰라. 그렇지만 뭔 일이 벌어지고 있는 것만은 틀림없다. 벌써 산발적인 전투도 있다 하고."

"사소한 다툼이야 늘 있던 것이니까 그렇다 치고… 설마 놈들이 직접 움직인 것은 아니겠지?"

그가 말한 놈들이란 바로 패천궁을 의미했다.

"흑도의 문파들이 규모가 큰 분타에 집결하고 있다는 소식이야. 그것도 약속이라도 한 듯 거의 동시에 이루어지고 있어."

"그렇… 다면?"

"그들 모두를 한꺼번에 움직일 수 있는 힘은 오직 패천궁뿐이잖아."

"음."

정소의 얼굴에선 이미 취기를 찾아볼 수가 없었다. 낯빛이 붉은 것은 변함이 없었지만 그것은 취기 때문이라기보다는 긴장감으로 인해 상기된 것이었다.

지난 오십여 년 동안 늘 평화롭기만 한 것도 아니었고 때로는 심각한 충돌도 있었다. 그러나 패천궁의 본대는 단 한 번도 움직이지 않았다. 그들이 움직였다는 것은 오직 한 가지 의미였다.

"전면전?"

"아마도."

왕호연이 무겁게 고개를 끄덕였다.

"맹주에겐 알렸어?"

"아직. 이제 알려야지. 뭐, 자세히는 몰라도 대충 알고는 있을 거야. 첨밀각에도 맹주의 눈이 있을 테니까."

"맹주의 눈이 아니라 재수없는 말코도사의 눈이겠지."

"그거나 저거나. 아무튼 멍청하기 짝이 없는 맹주와 말을 섞어야 한다고 생각하니까 벌써부터 골이 지끈거린다."

"으이구! 말 좀 가려서 해라. 아무리 그게 사실이라도 눈이 있는데. 어쨌든 빨리 알려야지. 멍청한 것을 떠나서 맹주는 맹주니까. 놈들이 작심하고 시작을 했다면 막을 수 있는 힘은 오직 정도맹뿐이잖아. 빨리 대책을 마련해야지. 참, 태상장로께서 황보세가에 가 계신 것은 알지?"

"오룡지회를 참관하신다고 들었다."

"최대한 빨리 소식을 전해. 오대세가 쪽에서도 알아야지. 오대세가의 힘 없인 절대로 못 이겨."

"이미 보냈다. 그리고 저들도 이미 알고 있지 않을까? 놈들이 특히 대규모로 집결하고 있는 악양은 제갈세가의 지척이야. 모를 리가 없지."

정소가 고개를 끄덕였다.

"그럴 수도 있겠다. 다른 곳도 아닌 제갈세가인데."

*   *   *

"확실한가?"

"예, 형님. 곳곳에서 이상 기류가 감지되고 있습니다. 아무래도 준비를 하는 것이 좋을 듯싶습니다."

제갈융(諸葛隆)의 안색이 어두워졌다.

"자네의 말이 틀림없다면 그래야겠지. 저들의 첫 번째 목표는 본 가가 될 터이니."

"걱정하지 마십시오. 본 가가 어떤 곳입니까? 제갈세가입니다. 놈들도 감히 함부로 하지는 못할 것입니다."

제갈극(諸葛克)은 자신만만해했다. 그럴 만도 한 것이 지금의 제갈세가는 과거 지략에만 뛰어났던 제갈세가와는 차원이 다르기 때문이었다.

"하필 아버님께서 자리를 비우신 때에 이런 일이 생기다니. 아무튼 방비는 철저히 해야겠지. 아우는 지금 즉시 진을 발동시키고 식솔들로 하여금 만반의 준비를 갖추도록 하게나. 장기전에 대비해 충분한 식량(食糧)과 식수(食水)를 확보하고 아울러 아버님께서 계신 황보세가로 전서구를 띄워 작금의 상황을 알리도록 하게."

"예, 형님."

"숙부님들께는 내가 말씀드릴 테니 자네는 식솔들을 챙기게나. 아, 그리고……."

대답과 함께 몸을 돌리려던 제갈극이 다음 말을 기다렸다.

"넷째와 막내는 돌아왔는가?"

"사람을 보냈으니 곧 산을 내려올 겁니다."

"후~ 그나마 다행이야, 그들이 세가에 남아 있어서."

문(文)의 제갈은(諸葛隱)과 무(武)의 제갈능. 사람들은 그들을 일컬어 문무쌍성(文武雙星)이라 부르며 존경해 마지않았다. 제갈세가가 나은 두 천재를 떠올리는 제갈융의 얼굴이 다소 밝아졌다.

*　　　*　　　*

　뜨겁게 내리쬐는 햇볕만큼이나 비무대회는 시간이 가면 갈수록 그 열기가 뜨거웠다.

　첫째 날을 그냥 보내고 둘째 날부터 대회에 참여한 남궁세가는 계속해서 연승을 거두고 있었다.

　악부와 팽동악, 그리고 이어 나온 팽일보(彭鎰寶)까지 격파하자 주변에 묘한 기운이 감돌았다. 주점에서 시작되어 비무대회까지 이어진, 바야흐로 남궁세가와 팽가의 자존심을 건 싸움이 본격적으로 시작된 것이다.

　팽일보와의 대결에서 힘겹게 승리를 거둔 연능천은 결국 팽요선(彭曜嬋)에게 패하고 말았다.

　여인의 몸임에도 팽가는 물론이고 오대세가에서도 손꼽히는 후기지수인 그녀에게 지칠 대로 지친 연능천은 상대가 되지 못했다.

　연능천이 패하자 을지호는 자신이 나서겠다고 방방 뛰는 천도문과 뇌전을 옆에 놓인 술병으로 후려치며 만류하고 태상호법과 얘기를 나눈 대로 곧바로 강유를 내보냈다.

　강유는 그의 기대를 외면하지 않았다.

　해남도를 떠나 남궁세가에 오기 전부터도 그는 상당한 실력을 지니고 있었다. 거기에다 지난 삼 년 동안 태상호법에게서 지독하리만큼 수련을 쌓으며 그가 원하는 대로 쾌검은 물론이고 그동안 깨우치지 못했던 검법 또한 상당한 진전을 보았다.

팽요선이 제아무리 뛰어난 무공을 지니고 있다 해도 그의 상대는 아니었다. 그것은 그녀에 이어 비무대에 오른 팽지인(彭知仁) 역시 마찬가지였다. 그는 수차례나 땅바닥을 기는 망신을 당하고서야 패배를 자인했다.

하나 무엇보다 사람들에게 충격을 준 것은 승천비룡(昇天飛龍) 팽연의(彭燃義)마저 패하고 말았다는 데 있었다.

그가 누구던가. 팽가의 자랑이자 하북무인들의 기대를 한 몸에 받고 있는 팽가의 장자로 같은 후기지수라 하나 지금껏 출전한 이들과는 차원이 다른 고수였다.

그와 강유의 싸움은 그야말로 숨 막히는 접전이었다. 한 치의 양보도 없이 치열한 싸움이 백여 합이나 계속 이어졌다. 그러나 결국 섬전과도 같은 강유의 검이 그의 허점을 파고들며 승리를 거두었다.

그만한 승리를 얻기 위해 강유도 상당한 출혈을 감수해야 했다. 쾌검이란 말 그대로 순간적으로 전신의 힘을 모아 폭발시키는 것이다. 그만큼 막대한 내공이 소모되기 마련이다. 힘겹게 팽연의를 제압한 이후 그에겐 고작 한 줌의 내공이 남아 있을 뿐이었다.

팽연의가 꺾이면서 팽가에서 더 이상 나올 상대는 없었다.

사람들의 시선이 그들에게서 떠나 다른 세가로 향했다. 무인으로서 그만한 대결을 보게 되면 자연 피가 들끓게 되는 법. 상대는 금방이라도 나타날 것 같았다. 하지만 그 누구도 나서는 사람이 없었다. 그들은 알고 있었다, 남궁세가와 팽가와의 싸움은 아직 끝이 나지 않았다는 것을.

강유가 숨을 돌리고 있을 때 팽가 쪽에서 비무대를 향해 천천히 걸음을 옮기는 사람이 있었다. 그가 비무대에 올랐을 때 그토록 뜨거운 열기와 함성으로 뒤덮였던 비무대엔 침묵만이 찾아왔다. 모두 너무나 놀랍고 경악스러워 미처 할 말을 찾지 못한 것이다.

"여, 열혈도!'

"팽한!!'

겨우 정신을 차린 몇몇이 그의 모습을 보며 두려운 듯 부르짖었다.

올해 나이 마흔아홉, 서른네 살에 얻은 별호만큼이나 감정에 충실한 삶을 살아온 팽한이 무너진 팽가의 자존심을 회복하기 위해 나선 것이었다.

"허, 저 친구가 나설 줄이야……. 이거야 원."

잘못 본 것은 아닌가 하여 한참 동안이나 비무대를 살피던 황보장이 어이없다는 듯 혀를 찼다.

"흠, 사정을 모르지는 않으나 조금 심한 것 같네."

제갈경도 못마땅한지 눈살을 찌푸리며 말했다.

이곳저곳에서 심기가 편치 않은 말들이 쏟아져 나오기 시작했다. 심지어 조롱의 뜻이 담긴 말들도 섞여 있었다. 그들과 나란히 앉아 있는 팽무쌍이 그런 야유를 못 들을 리 없었다. 그러나 그는 아무런 말도 하지 못했다.

"너무들 그러지 마시지요. 때때로 강한 녀석을 보면 한 수 가르쳐 주고 싶은 마음이 들기도 하는 법입니다."

곽검명만이 그를 두둔했다.

"하지만 이번엔 조금 심하지 않습니까?"

누군가가 말했다.

"어차피 비무대회입니다. 뭐, 전통적으로 후기지수들만이 참여하는 것으로 알고는 있으나 딱히 규정된 것은 아니라고……."

"그렇기는 하네. 지난 대회 때만 해도 삼십이 훌쩍 넘은 현 가주가 참여하기도 했지. 결국 패하기는 했어도."

황보장의 말에 조금 떨어진 곳에 앉아 있던 황보윤이 얼굴을 붉혔다.

"또한 자네 말마따나 세가의 어른들이 참여를 한 적도 있지. 하나 그것은 말 그대로 한 수 가르쳐 주려는 것이었네. 안계(眼界)를 넓혀주고 더 높은 곳으로 이끌어주려는 의도를 가지고 말이야. 결단코 지금처럼 감정에 치우쳐 나서는 경우는 없었네."

"감정에 충실한 것이 나쁜 것이 아니지요. 뭘 그리 걱정을 하십니까? 그저 즐겁게 관전하면 되는 것을."

곽검명의 눈은 벌써부터 흥미로운 빛을 띠며 비무대를 향하고 있었다.

제 24 장

비무대회(比武大會) 3

비무대회(比武大會) 3

"몇 번을 더 사용할 수 있겠는가?"

비무대에 오른 팽한이 물었다.

쾌검을 말함이었다. 강유는 자신의 한계를 너무나 잘 알고 있었다. 그는 조금도 주저함없이 대답했다.

"한 번 정도입니다."

고개를 끄덕인 팽한이 강유에게 다가왔다.

"선공을 양보하겠네. 최선을 다해보게."

사람들과 강유의 입에서 절로 침음성이 터져 나왔다.

그와 강유와의 거리라야 고작 반 장 정도. 검을 뻗으며 그대로 몸을 관통할 만한 거리였다. 더구나 강유는 눈에 보이지도 않을 정도로 무시무시한 쾌검을 자랑했다. 그런데도 선공을 양보하겠다는 것이었다. 어찌 보면 상대를 무시하는 태도였으나 반대로 생각하면 그만한 불리함을 안고 싸워도 이길 수 있다는 자신감이었다.

그것을 잘 알고, 또 그만큼 강해 보였기에 강유는 거절하지 않았다.

"조심하십시오."

강유가 손을 움직였다. 그의 검은 아직 뽑히지 않은 상태였다. 손의 움직임은 더없이 느렸다. 하나 손이 검의 손잡이에 닿는 순간 그 빠름은 말로 표현하지 못할 것이다.

'침착해야 한다.'

쾌검을 구사하기 위해선 무엇보다 냉정하고 침착해야 했다. 그래야만이 군더더기없는 움직임을 보여줄 수 있었다.

강유는 팽한의 눈을 바라보았다. 고요했다. 그는 상대의 눈에서 조금의 감정도, 동요도 느끼지 못했다. 하지만 그는 느끼고 있었다. 팽한의 눈이 자신의 일거수일투족을, 근육의 떨림은 물론이고 세포의 움직임까지도 세세히 관찰하고 있음을. '과연 할 수 있을까' 라는 의구심이 머리를 가득 채웠다.

'정신 차리자!'

그런 마음이 든다는 것 자체가 패배를 자인하는 꼴이었다. 강유는 마음을 다잡기 위해 조용히 눈을 감았다. 그사이에도 손은 검을 향해 움직이고 있었다.

그가 눈을 뜬 순간 차갑게 가라앉은 눈동자는 목표물을 쫓고, 손은 검의 손잡이에 닿아 있었다. 닿았다는 생각이 들 찰나 검은 검집을 떠났다. 공기를 가르며 나아간 검이 아무런 제지도 받지 않은 채 순식간에 상대의 가슴팍을 파고들었다. 불과 한두 치의 거리. 그러나 거기까지였다.

모두 끝났다고, 팽한이 무리한 행동을 한 것이라고 여기고 있을 때 강유 역시 짧았던 승부가 끝났음을 느꼈다.

"졌습니다."

강유가 뱉은 짧은 한마디에 팽한의 패배를 직감한 사람들은 영문을 몰라 했다. 그러나 그들은 곧 합장하듯 손을 모은 팽한의 모습을 볼 수 있었다. 그 짧은 순간 그는 강유가 젖 먹던 힘까지 끌어 모아 날린 검을 가슴에 닿기 전 손으로 잡아버린 것이다.

신기도 이런 신기가 없었다. 사람들은 팽한을 향해 미친 듯이 함성을 질렀다.

아이들 싸움에 어른이 끼어든다고 투덜거린 사람들, 자존심을 지키는 것이 아니라 도리어 팽개친다고 조롱하던 사람들도 그 대열에 합류했다.

그러나 팽한은 거기에 만족하지 않았다. 강유에게 승리를 거둠으로써 팽가의 존재감을 조금이나마 회복시키기는 했어도 애당초 그의 목적은 강유와 싸우는 것이 아니었고, 팽가의 무너진 자존심을 세우는 것도 아니었다. 물론 그것도 한 가지 이유가 될 수 있었지만 근본적인 것은 아니었다.

시작을 누가 했든, 잘잘못을 따지기 전에 팽동악은 그에게 하나뿐인 자식이었다. 그런데 자식의 팔이 잘렸다. 더구나 그 팔은 무기를 잡아야 하는 오른쪽 팔. 하루아침에 폐인이 된 것이나 마찬가지였다.

치미는 분노를 참기 위해 그는 무던히도 애를 써야 했다. 자신이 하지 않아도 조카들이 비무대회에서 남궁세가를 철저하게 짓밟을 것이라 자위하며 참고 또 참았다. 그런데 결과는 전혀 반대였다. 결국 욕을 먹더라도, 비웃음을 사더라도 그가 나설 수밖에 없었다.

그의 목적은 오직 하나, 빚을 갚는 것이었다. 강유 정도로는 절대로 만족하지 못했다. 하지 않았으면 모를까 기왕 시작한 것, 이자까지 단단히 쳐서 갚아야 했다.

강유가 돌아가는 것을 지켜보던 팽한이 돌연 몸을 돌렸다. 의당 비무대를 떠날 것이라 여기던 사람들이 괴이한 눈으로 그를 응시했고 그들은 또 한 번 경악을 금치 못하게 되었다.

"가주께 도전하겠소."

아무도 입을 열지 못했다.

비무대회를 주관하는 황보윤, 도전을 받은 남궁민은 물론이고 여러 참관인들과 비무를 지켜보던 사람들도 사상 유례가 없는 상황에 어찌할 바를 몰랐다.

삼백 년 가까이 되는 오룡지회, 그리고 비무대회의 역사를 돌이켜 보더라도 세가의 가주에게 직접 도전을 한 사람은 전무했다. 아니, 도전 자체가 이루어지지 않았다. 비무대에 오른 자는 그저 도전을 받을 뿐이지 도전을 하는 위치가 아니었기 때문이다.

물론 세상사 예외가 없을 수 없는 법인지라 비무대에 오른 자가 도리어 도전한 경우도 단 한 번이지만 있기는 하였다.

비무대회의 마지막 날 최후의 승자는 때때로 오대세가의 사람이 아닌 외부 문파의 무인들에게도 도전을 허락했다. 그러나 그들은 단 한 번도 패배한 적이 없었다. 이유는 간단했다. 남의 잔칫집에 와서 재를 뿌릴 수는 없는 데다가 자칫 잘못하면 오대세가의 미움을 받기 십상인지라 진정한 강자들은 도전하지 않았기 때문이다.

그런데 정확히 사십오 년 전, 패천궁과의 싸움이 끝나고 몇 년 후에 벌어진 비무대회에서 그해의 승자였던 팽도정(彭道正)이 도전자에게 꺾이는 초유의 불상사가 일어났다. 그것만으로 난리가 났는데, 그는 참관인 중 한 명이었던 암왕 당천호에게 당당히 도전장을 내밀었다.

많은 사람들이 그의 무례를 질타하고 나섰으나 당천호는 그의 도전을 선배에 대한 무례가 아닌 무인으로서의 기질로 인정하며, 도전을 받아들여서는 안 된다는 의견들을 일축하고 기꺼이 비무에 응해주었다. 결과는 당연히 암왕의 승리로 귀결되었고, 이후 그는 오대세가와 한동안 소원한 관계를 유지하게 되었다.

아무튼 그런 전례가 있기는 하였으나 그때의 도전자는 오대세가의 일원이 아니었기에 어찌어찌 넘어갈 수 있었다. 하지만 팽한의 도전은 도저히 묵과할 수 없는 일이었다. 자칫 잘못하면 팽가와 남궁세가가 자존심 싸움이 아닌 다시는 회복하기 힘든 감정의 골에 빠질 수도 있는 사건이었다.

"팽 가주!"

"예, 외숙(外叔) 어르신."

자신을 부르는 황보장의 음성에 노기가 느껴지자 긴장한 팽무쌍이 황급히 자리에서 일어나 대답했다. 비록 그가 팽가의 가주라지만 황보장은 그의 부친인 팽만호와 피를 나눈 형제보다 가까운 사이였고 또한 모친인 황보영(皇甫永)의 오라비였다. 몸가짐에 신경 쓰지 않을 수 없었다.

"꼭 이렇게 해야 하겠는가?"

"그, 그게……."

팽무쌍은 뭐라 할 말을 찾지 못했다.

"자네의 조카가 비록 팔이 잘렸다고는 하나 따지고 보면 자초한 면도 있지 않았는가? 게다가 서로의 무공을 비교해 가며 패자에겐 격려를, 승자에겐 수련의 결과를 축하해 주는 축제가 되어야 하는 비무대회의 분위기가 이게 뭐란 말인가. 마치 사생결단을 하려는 듯 덤비고 있지 않은가? 그것도 마땅치 않았거늘, 이제는 세가의 어른이라는 사람이……."

뒤의 말은 들어보지 않아도 알 수 있었다. 팽한이 비무대에 오를 줄은 꿈에도 생각지 못했던 팽무쌍은 황보장의 준엄한 꾸짖음에 대꾸할 말을 찾지 못했다.

"당장 그만두라고 하게나."

"그것이 좋겠네. 가히 보기가 좋지 않아."

제갈경도 한마디 거들었다.

백도무림의 큰 어른들인 황보장과 제갈경이 거듭 질책하고 전체적인 시선이 곱지 못하자 팽무쌍으로선 가문의 체면이고 뭐고 머뭇거릴 시간이 없었다.

"알겠습니다. 당장 그리하도록 하겠습니다."

하나 그가 서둘러 명을 내리기도 전 자리에서 일어난 남궁민이 그를 만류했다.

"되었습니다. 기왕 이리된 것. 제가 한 수 가르침을 받지요."

"그, 그것이……."

그녀가 나설 줄은 꿈에도 몰랐다는 듯 황망한 표정의 팽무쌍이 어찌할 바를 모르고 있자 황보장이 한껏 염려스런 표정으로 입을 열었다.

"허. 이보게, 남궁 가주. 그리 쉬운 문제가 아닐세."

"남궁세가는 지금껏 그 어떤 도전도 피하지 않았습니다."

"알지, 알다마다. 그러나 이것은 그것과 다르지 않은가."

"이미 주사위는 던져졌습니다. 지금 가주께서 도전을 그만두게 한다면 팽 선배가 얼마나 무안해하겠습니까? 또한 세인들의 눈에는 남궁세가가 도전을 회피했다고 보여 말들이 많을 것입니다. 저는 그것이 싫습니다."

또박또박 대꾸를 하는 남궁민은 시종일관 당당했다. 하지만 황보장이나 다른 참관자들의 눈에는 그것은 단지 그녀의 오기라고밖에 여겨지지 않았다.

"내 가주의 실력을 믿지 못하는 것은 아니나 그다지 좋은 방법은 아닌 것 같군."

황보장이 다시 한 번 만류했다. 남궁민은 공손히 고개를 숙이며 인사했다.

"저와 남궁세가를 생각해 주시는 어르신의 고마운 마음 고이 간직하겠습니다. 비록 실력은 부족하나 승패를 떠나 최선을 다해볼 생각입니다."

더 이상 만류해 봐야 소용이 없다는 것을 보여주기라도 하듯 말을 마침과 동시에 훌쩍 몸을 던진 남궁민은 가벼운 걸음으로 비무대를 향했다.

아무리 나이가 어리고 연륜이 적어도 남궁민은 남궁세가의 가주였다. 한 세가의 가주가 결정한 것을 왈가왈부할 수는 없었다.

"이후 벌어질 불상사에 자네의 책임이 없다고는 하지 못할 게야."

마치 무슨 일이라도 생길 것이라 단정 지으며 노려보는 황보장의 시선에 가뜩이나 죄스런 마음에 어찌할 바를 모르던 팽무쌍이 더욱 곤란한 표정을 지었다.

"최대한 사정을 봐주라 하겠습니다."

그로선 황보장의 마음을 조금이라도 풀고자 던진 말이었으나 돌아오는 것은 황보장의 역정과는 비교도 되지 않는 싸늘한 곽검명의 음성이었다.

"자네, 지금 장난하나?"

"예? 무, 무슨 말씀이신지……."

"자네가 한 말뜻이 무슨 의미인가?"

마치 사부가 제자를 혼내듯 하는 말투라 몹시 거북했으나 곽검명 또한 부친과 친분이 돈독한 어른이었다. 감히 경거망동할 수 없었다.

"아무래도 아우의 감정이 격한 상태인지라 혹여 잘못하다간……."

"그래서?"

곽검명의 눈빛이 더욱 차가워졌다.

"남궁 가주가 크게 상할 수도 있으니 손속에 사정을 봐줘서 적당히 싸움을 끝내는 것이 좋겠다. 지금 이 말을 하고 싶은 겐가?"

"그나마 최선 아니겠습니까?"

팽무쌍의 음성에도 다소 감정이 실리기 시작했다.

"자넨 지금 큰 착각을 하고 있군 그래. 자네의 눈엔 남궁 가주가 어리고 연약한 여인네로 보이겠지. 그것도 맞네. 자네뿐만 아니라 나도, 황보 형님도, 또 여기 있는 모든 사람들이 그리 생각할 테니까. 하나 누가 뭐라 해도 그녀는 남궁세가의 가주이네. 뻔히 상대가 안 될 줄 알면서도 도전을 받아들일 수 있는 그런 용기를 가진 가주란 말이네. 지금 사정을 봐주라 말하겠다고 했나? 설마 그것이 그녀를 배려한다고 생각하는 것은 아니겠지? 좋아, 자네의 입장에서야 일이 커지는 것을 막기 위해서라도 그럴 수 있겠지. 그렇지만 말이야, 그것은 자네의 큰 착각이야. 승부를 가리는 비무에서 사정을 봐줘가며 싸운다는 것이야 말로 그녀와 남궁세가를 조롱하고 무시하는 처사라는 생각이 들지는 않는가? 또한 이곳에 모인 사람들을 무시한다고는 생각하지 않는가? 도대체 팽가의 무공이 어느 정도기에 이 많은 사람들의 이목을 숨기고 적당히 승리를 거둘 수 있을지 실로 궁금하군."

"……"

구구절절 옳은 말이었다. 사건이 확대되는 것을 염려한 나머지 절대로 해서는 안 되는 행동을 할 뻔한 것이다.

"소생의 생각이 짧았습니다."

팽무쌍이 잘못을 시인하고 고개를 숙이자 곽검명도 더 이상 질책하지 않았다. 한결 부드러운 음성으로 말을 이었다.

"너무 나쁜 쪽으로만 생각하지는 말게. 기왕 벌어진 싸움이네. 말릴 수 없다면 즐겨야지. 어쩌면 지금까지의 일을 털어버릴 수 있는 기회가 될 수도 있겠고 말이야."

물론 후자의 말은 백분지 일의 가능성도 없는 것이었다.

"쯧쯧, 아무튼 말은 그럴듯하게 하는군. 하지만 자네도 그런 말을 할 입장은 아니잖은가."

"뭐가 말입니까? 틀린 말이 아니잖습니까?"

황보장의 혀 차는 소리에 곽검명이 퉁명스레 되물었다.

"애당초 비무대에 오른 사람이 도전하는 일은 없었네. 최소한 자네가 그런 전례를 만들기 전까지는."

"흠흠."

기세 좋게 일장 훈계(訓戒)를 늘어놨던 곽검명이 과거의 일을 꺼낼 줄은 몰랐다는 듯 무안해하자 곧바로 결정타가 날아들었다.

"설마 잊은 건 아니겠지, 암왕 어르신께 도전했던 그때의 일을 말이야?"

당시의 일을 똑똑히 기억하고 있던 이들의 입에서 슬그머니 웃음소리가 터져 나왔다

"허흠! 허허, 언제 적 일을 가지고……. 자자, 과거 얘기는 그만 하고 싸움 구경이나 하시지요."

곽검명의 그런 행동에 무겁게 가라앉았던 분위기가 약간은 회복되는 듯했다. 하지만 당황과 경악스러움에 착 가라앉아 있다가 남궁민이 도전을 받아들이면서 끓어오르는 비무대의 분위기와는 비교될 것이 아니었다.

"내 이럴 줄 알았다고요. 재밌는 싸움은 다 끝나고 시시한 승부만 남았잖아요."

"이놈아! 그게 어디 내 잘못이더냐? 네놈이 제때에 깨우지 않아서 그런 것이지."

"제때에 깨우지 않다니요? 세상에나!!"

너무 어이가 없으면 말을 잇지 못한다고 했던가. 투랑이 그 꼴이었다.

"분명 말하지 않았더냐? 비무대회가 있으니 아침 일찍 깨우라고."

적반하장(賊反荷杖)도 이런 적반하장이 없었다.

"아침 일찍이라고요? 제가 얼마나 싸움을 좋아하는 놈인지 아시지요?"

"암, 쩽쩽거리는 소리만 들려도 자다가도 벌떡 일어나는 놈이지."

"제가 얼마나 비무대회를 기대하고 있는지도 아시지요?"

"암, 쥐뿔도 없는 실력으로 우승자와 한번 싸워보겠다고 야무진 꿈을 꾸고 있는 놈이지."

밤새워 마신 술이 아직 깨지 않았는지 히죽거리며 받는 말의 어감이 어딘가 이상했다.

"그렇다면 제가 한 시진이 넘도록 할아버지를 깨웠다는 것도 아시겠네요?"

"흠, 그랬나?"

혹시나 남아 있을까 하여 주둥이까지 혀로 핥던 단견이 술병이 완전히 빈 것을 확인하고 냅다 던지며 말했다.

"그런데도 제가 깨우지 않았다고요?"

"시끄럽다, 이놈아! 사내놈이 그깟 일로 삐치면 아래 물건이 떨어지는 법이니라. 그리고 중요한 일전도 보았지 않느냐?"

"중요하긴 개뿔, 뭐가 중요해요. 고작 다 쓰러져 가는 놈하고 체면도 없이 자식 복수에 눈 뒤집힌 인간하고 싸우는 것을 본 것뿐인데."

"개, 개뿔? 혈, 이놈이 이제는 뵈는 게 없는 모양이구나!"

"몰라요! 눈이 뒤집혔나 보지요. 젠장, 꼭 봤어야 하는 건데."

단견이 짐짓 근엄한 표정을 지으며 소리쳤지만 이미 화가 날 대로 난 투랑은 콧방귀도 뀌지 않았다.

"이놈아, 너무 그렇게 날뛰지 말거라. 재밌는 싸움은 지금부터 시작인 거이니라."

"시작은 무슨 시작이요. 종 친 거지."

"쯧쯧, 돌아가는 머리 하고는."

숙취로 인해 머리가 아픈지 이마를 지그시 짚은 단견이 토라져 고개를 돌리고 있는 투랑의 귀를 붙잡았다.

"아, 아파요!"

"엄살 피우지 말고 묻는 말에 대답해 보거라. 저자가 누구냐?"

단견이 비무대에 올라 남궁민을 기다리는 팽한을 가리켰다.

"누구긴요, 열혈도라고 과분한 칭호를 받은 옹졸한 인간이잖아요."

"어허, 그래도! 네가 큰 분란을 일으키려 하는 것이냐? 함부로 입을 놀리지 말거라."

"알게 뭐랍니까?"

"그쯤 해두고 계속 대답해 보거라. 걸어 내려오는 상대는 누구냐?"

"남궁세가의 가주잖아요."

단견이 장난치는 것이라고 여긴 투랑이 신경질적으로 대답했다.

"그래도 느끼지 못하겠느냐?"

"느끼긴 뭘 느껴요. 둘 다 그냥 개망신당하는 거지. 옹졸한 인간은 옹졸하다고 망신당할 것이고, 남궁세가로서도 가주가 패했으니 망신 중의 대망신이지요."

"그럼 한 가지만 더 묻자. 어린애들이 싸우는 데 다 큰 어른이 싸움에 끼어들었다. 싸움에 끼어드는 것도 모자라 상대편 아이의 엄마, 음, 이건 아니군. 그냥 큰누나라고 하자꾸나. 어쨌든, 가만히 있는 큰누나까지 두들겨 팼다고 하자. 너라면 어쩌겠느냐?"

"어쩌긴 뭘 어째요? 당장 가서 박살을 내야지."

투랑이 양손을 모아 닭 목을 비트는 시늉을 했다.

"자, 어째서 내가 지금부터 시작이라고 했는지 이제는 알겠지?"

"……."

투랑이 멍한 눈빛으로 눈동자를 굴리자 당장 호통이 터졌다.

"쯧쯧, 성질만 더러웠지. 이놈아, 네가 터진 입으로 말하지 않았느냐? 가주가 패한 남궁세가는 개망신을 당한 것이라고! 그것도 애들 싸움에 갑자기 끼어든 어른 때문에. 그렇다면 남궁세가에서도 의당 어른이 나와서 상대를 하지 않겠느냐!!"

"아!"

그제야 뭔가 감을 잡았는지 투랑의 입에서 탄성이 터져 나왔다.

"다음에 나올 상대는 뻔하지."

말이 끝나기도 전에 투랑의 시선은 을지호를 향해 있었다.

사람들의 관심은 승부에 있지 않았다.

남궁민이 비록 남궁세가의 가주라는 위치에 있었으나 나이도 어린데다가 지금껏 무림에서 활약한 바도 전혀 없었다. 물론 감추어진 실력이 상당할 수도 있었다. 그래도 상대는 다름 아닌 팽한이었다. 열혈도라는 별호가 말해 주듯 그는 이미 충분히 검증받은 고수였다.

조금 전만 하더라도 뭇 후기지수들을 추풍낙엽(秋風落葉)처럼 쓰러뜨린 강유를 간단하게 제압하지 않았던가. 그가 이긴다는 것은 불을 보듯 뻔한 일이었다. 다만 그들은 남궁민이 얼마나 버틸 것이고, 작심하고 달려든 팽한이 어느 정도까지 몰아붙일까 하는 것에 모든 초점을 맞추고 있었다.

그러나 오직 두 사람은 의외로 태연한 모습을 하고 있었는데, 다름 아닌 태상호법과 을지호였다.

"힘들겠지요?"

비무대에 오르는 남궁민과 이미 전음을 주고받으며 대충 얘기를 끝낸 을지호가 태상호법에게 물었다.

"그럴 게다. 실력도 실력이지만 경험이라는 것은 단시일 내에 극복할 수 있는 간단한 것이 아니니. 그래도 좋은 경험이 될 게다. 어쩌면 지금 저 아이를 가로막고 있는 벽을 깨고 한 단계 발전할 수 있는 계기가 될지도 모르지."

"그래도 쉽게 지지는 않을 겁니다."

태상호법의 눈가에 살짝 주름이 잡혔다.

"아무렴. 명색이 남궁세가의 가주가 아니더냐."

그들의 단언대로였다.

모든 이들이 남궁민의 절대적인 열세를 예상하고 안쓰러워했지만 막상 뚜껑을 열어보니 그게 아니었다.

황보장이 놀라고 제갈경이 놀랐다. 싸움에 유난히 관심을 기울이던 곽검명과 뒤늦게 비무장에 모습을 드러낸 뒤 팽무쌍을 몰아붙이던 황보권의 입에서도 연신 감탄사가 터져 나왔다. 특히 은연중 남궁민의 선전을 기대했던 사람들은 미친 듯이 함성을 질렀다.

그녀의 진실된 실력을 모르고 있던 강유 등은 입을 쩍 벌리고 침착히 상대의 공격에 맞서는 남궁민과 의뭉스런 미소를 짓고 있는 을지호를 번갈아 쳐다보았다. 그러나 다른 누구보다 놀라고 있는 사람은 단연 팽한이었다.

욕먹을 각오까지 하고 나서기는 했어도 막상 남궁민이 도전을 받아들이자 그는 곧 자신의 행동을 후회하기 시작했다.

자신을 바라보는 세인들의 시선도 가히 좋지 않았고 참관인석의 분위기도 심상치 않았다. 가주인 팽무쌍이 여러 선배 고인들에게 쩔쩔매는 것을 보게 되자 보통 미안한 것이 아니었다.

그래도 이미 뱉은 말은 주워 담을 수 없는 법. 그냥 적당히 예우를 해주다 적당한 선에서 비무를 끝내리라 마음먹었다. 그런데 한없이 가볍게만 보았던 남궁민의 실력은 적당한 선에서 비무를 끝낼 수 있는 수준이 아니었다. 단 한 번의 충돌로 그는 남궁민의 실력이 결코 자신의 아래가 아니라는 것을 알게 되었다. 그녀는 전력을 기울이지 않으면 크게 낭패 볼 수도 있는 실력을 지니고 있었다.

"와! 저게 무슨 검법입니까?"

자신으로 인해 가주가 망신당할 상황에 이르렀다는 자책에 얼굴을 들지 못하던 천도문이 싸움이 전혀 다른 방향으로 흐르자 안색을 활짝 펴며 물었다. 말은 안 했지만 다른 사람들도 궁금한 표정이었다. 그도 그럴 것이 남궁민이 사용하는 것은 창궁무애검법도 아니었고 을지호가 선별해서 알려준 몇몇 검법과도 전혀 다른 검법이었기 때문이다.

"글쎄, 딱히 이름이 있는 것은 아닌데."

"예? 그럴 리가요."

"적수성연(積水成淵)이라. 천지의 물도 자그마한 아침 이슬로부터 시작되었음이니."

천도문을 힐끔 쳐다본 을지호가 남궁민의 공격과 발맞추어 그럴듯하게 입을 열었다.

"사방 천지가 꽃으로 뒤덮였으니 백화난만(百花爛漫)이로다."

지금 남궁민이 쓰고 있는 검법은 남궁민이 늦은 봄, 장백산의 천지(天池)를 둘러보다 주위에 피어 있는 기화요초(琪花瑤草)와 주변의 아름다운 풍광(風光)에 영감을 얻어 창안한 검법으로 그녀조차 이름을 짓지 못한 검법이었다.

"뭐, 꼭 붙이자면 답청검법(踏靑劍法) 정도가 적당할라나?"

답청이 무엇인가? 봄에 풀잎을 밟으며 산책한다는 뜻. 한마디로 남궁혜가 산책을 하다 만들었다는 의미였다.

"과연! 이름까지 멋지군요!"

화려하면서도 한없이 부드럽고 유려한 남궁민의 몸놀림에 감탄을 거듭하던 천도문이 무릎을 탁 치며 탄성을 내질렀다. 그러자 아무런 생각 없이 나오는 대로 지껄인 을지호는 민망하기가 그지없었다.

"험험, 쓸데없는 소리는 그만 하고 싸움에나 집중해. 잘 지켜보면 배울 게 많을 거다."

전후좌우로 몸을 틀면서 경쾌하게 발을 내디디며 팽한의 허점을 노리는 남궁민의 모습은 한 마리 물 찬 제비요, 우아한 백학(白鶴)을 연상시켰다. 한 번 휘두를 때마나 검에서 뿜어져 나가는 기운은 한없이 느린 것 같으면서도 빠르고, 부드러우면서도 날카로움을 지니고 있었다.

'꽤나 힘든 싸움이 되겠구나.'

예상치 못한 기세에 연신 뒤로 밀리던 팽한은 상대를 얕보고 너무 안일하게 상대하려 했던 자신의 만용을 자책했다. 그러면서 자세를 가다듬고 반격의 실마리를 찾기 위해 무척이나 애를 썼다.

바로 그때였다.

왼쪽 허벅지를 노리며 다가오던 남궁민의 검이 갑자기 방향을 바꾸며 위로 솟구쳤다. 깜짝 놀란 팽한이 몸을 틀며 사정거리를 벗어났으나 그 순간 검끝에서 희뿌연 기운이 모습을 드러내며 그의 상의를 완전히 반으로 가르며 지나갔다. 만약 반응이 조금만 늦어 뒤로 몸을 누이는 것이 늦었다면 큰 부상을 당했을 정도로 위험천만한 공격이었다.

"음."

아쉬워하는 남궁민을 뒤로하고 멀찌감치 물러난 팽한이 잘려 나풀거리는 상의를 보며 얼굴을 굳혔다.

부욱.

그의 거친 손길에 의해 잘린 상의가 완전히 벗겨져 나갔다. 그러자 단단한 그의 상체가 모습을 드러냈다. 구릿빛에 근육으로 잘 다져진, 그가 중년의 나이라는 것을 잊게 하는 멋진 몸매였다.

사람들은 남궁민의 재빠른 공격과 팽한의 멋들어진 근육에 갈채를 보냈다. 그러나 알 만한 사람은 알고 있었다. 팽한의 전신에서 점점 피어오르는 기운과 그로 인해 싸움이 더없이 치열해질 것임을.

*   *   *

"결심이 선 것이냐?"

"그렇습니다."

황보류(皇甫流)는 조금도 주저함없이 대답했다. 그러나 두 주먹을 움켜쥐고 무릎을 꿇고 있는 모습이 결심을 하기가 결코 쉽지는 않았음을 보여주고 있었다.

"정녕 그렇게 해야만 하겠느냐?"

안 된다는 것을 뻔히 알면서 그래도 혹시나 하는 심정으로 되묻는 음성은 안타까운 마음에 몹시 떨리고 있었다.

그 마음을 어찌 모를까. 할 수만 있다면 열 번이고 백 번이고 마음을 돌리고 싶었다. 하지만 그럴 수 없었다.

"천륜(天倫)입니다."

"천륜이라……."

황보격(皇甫激)의 입에서 짧은 침음성이 흘러나왔다.

"죄송합니다, 아버지. 몰랐다면 모를까 안 이상 핏줄을 외면할 수는 없었습니다. 지금껏 단 한 번도 본 적 없었고, 아니, 존재조차 몰랐던 사람이었습니다. 그런데도, 그저 먼발치에서 한 번 스쳐 지켜봤을 뿐인데도 결코 낯설지가 않았습니다, 마치 오랫동안 함께 알아온 사람처럼. 또한 가슴이 아려왔습니다. 홀로 남아 무너진 세가를 일으키고자 동분서주했을 모습을 생각하니 미칠 듯이 가슴이 아팠습니다."

피가 스며 나올 정도로 입술을 꽉 다문 황보류의 두 눈은 이미 붉게 물들어 있었다. 그것이 또 한 번 가슴을 후벼 팠다.

"그래, 어찌하겠느냐. 그것이 핏줄의 힘, 천륜인 것을. 그래도 이것 하나는 명심하여라."

황보격이 황보류의 어깨를 살며시 짚었다.

"때로는 인륜(人倫)이 천륜보다 단단하고 질길 수 있는 법이다. 네가 '황보'라는 성을 버리고 핏줄을 따라 '남궁'이라는 성을 쓴다고 해도 말이다."

어깨에 올려진 손에 힘이 들어가자 황보류는 황보격의 품에 안겼다.

"네가 세가를 떠나든, 무슨 일을 하든 간에, 훗날 일가를 이루고 자식을 본다 해도 너는 내 아들이며 그 아이들은 나의 손자다. 네가 부인을 해도, 천지가 개벽을 한다 해도 그것만은 변할 수 없는 것. 누가 뭐라 해도 너는 내 아들이다."

"……."

한 방울 눈물이 목덜미를 적셨다. 목덜미가 불에 댄 듯 뜨거웠다. 하지만 황보류는 아무런 말도 하지 못했다. 그저 몸을 통해 전해오는 뜨거운 부정에 몸을 떨 뿐이었다.

"어머니는 뭐라 시더냐?"

한참 만에 마음을 진정시킨 황보격이 물었다.

"많이 안타까워하셨습니다. 그래도 어쩔 수 없는 것이라며 못난 아들의 건강을 비셨습니다."

"그랬더냐?"

황보격이 쓴웃음을 보였다.

그녀의 아내인 당여교(唐璵喬)는 더할 나위 없이 훌륭한 아내이자 어머니로 세가 내에서 상당히 신망받고 있는 여자였다. 하지만 황보류에겐 더없이 냉랭하고 엄한 어머니였다.

차가워도 그렇게 차가울 수가 없었다. 수도 없이 충고하고 때로는 화를 내면서까지 그런 태도를 고쳐 보려 했지만 결국 실패하고 말았다. 그런 태도가 그녀의 자격지심에서 비롯된 것임을 알기에, 그것을 제외하고는 단 한 곳도 흠잡을 데가 없는 사랑스런 아내였기에 그냥 덮어 두고 지낼 수밖에 없었다.

황보류는 어머니를 두둔하기 위해 말했으나 그것이 사실이 아니라는 것을 그가 모를 리 없었다. 그랬다면 무덤까지 가져가기로 한 비밀을 일부러 말했을 리 없을 테니까. 그러나 더 이상 거론해 봤자 서로의 마음만 다칠 뿐이었다.

"언제 찾아갈 생각이냐?"

"오늘 밤에 갈 생각입니다."

"오늘 밤이라… 그래, 알았다. 할아버님께는 내 미리 말씀드리마. 누이에게 가기 전 찾아뵈어라."

"명심하겠습니다."

"특별히 준비할 것이 있겠냐마는 마음의 준비라도 해야 할 터, 잠시 혼자의 시간을 보내는 것도 좋겠구나. 나도 잠시 쉬어야겠다."

황보류의 대답을 기다리지도 않고 의자에 앉아 조용히 눈을 감는 황보격은 갑자기 십 년은 더 늙어버린 모습이었다.

함성과 감탄성에 빠져 있는 비무대회장과는 달리 황보세가의 수많은 전각 중 하나에서 일어난 부자(父子)의 침울하다 못해 슬픈 모습이었다.

*　　　　*　　　　*

마음속으로 꺼림칙한 것을 모두 버리고 본격적인 실력을 발휘하기 시작한 팽한은 그가 어째서 열혈도라는 별호로 불리게 되었는지를 여실하게 보여주었다.

용양호시(龍攘虎視)라는 절초를 이용해 끊임없이 이어오던 남궁민의 공세를 가까스로 차단한 그는 이후 태산처럼 장중하고 뇌전처럼 빠른 공격으로 반격하기 시작했다. 전신의 내공이 실린 그의 공격은 가히 상상도 할 수 없는 힘을 내포하고 있었다. 오죽했으면 그가 일으키는 기운에 비무대 아래에 있던 사람들이 오 장여나 뒤로 물러났을까. 하지만 남궁민은 조금도 물러서지 않았다.

순간적인 깨달음을 통해 만들어진 답청검법은 남궁혜가 평생 동안 익힌 무공의 정수가 담긴 것으로 천하에 짝을 찾아볼 수 없을 정도로 부드럽고 변화무쌍한 검법이었다. 막강한 내공을 바탕으로 한 팽한의 공격이 불과 같다면 이를 막는 남궁민은 물과 같았다. 싸움은 그 누구도 예측하지 못할 정도로 팽팽했다.

그런데 어느 순간부터 한 치의 기울어짐 없이 치열했던 싸움의 승부추가 아주 미세하게나마 조금씩 팽한에게 기울기 시작했다. 태상호법의 우려대로 실력은 엇비슷했으나 시간이 갈수록 경험에서 나오는 차이가 위력을 발휘한 것이다.

그러자 더 이상 버티기가 힘들다고 여긴 남궁민이 답청검법 대신 검성이 남긴 제왕검법(帝王劍法)으로 바꿔 사용하기 시작했는데, 팽한에게 조금씩 기울던 승부의 추는 바로 이때부터 급격하게 기울기 시작했다.

부드러움을 위주로 하는 답청검법과는 달리 제왕검법은 극강의 힘을 자랑했다. 남궁민으로선 답청검법보다 한결 위력이 강한 제왕검법으로써 위기를 만회하고 승부에 종지부를 찍기 위한 시도였으나 완벽하지 못한 검법은 오히려 그녀를 궁지에 몰아넣었다.

유능제강(柔能制剛)이라, 부드러움은 강함을 제압할 수 있고 설사 그렇지 못하더라도 정면으로 부딪치지 않고 흘려보내기에 치명적인 타격을 방지할 수 있었다. 하나 강함과 강함이 부딪치면 어느 한쪽이 부러지거나 꺾어지기 마련이었다. 그리고 그것은 무공의 완숙도와 내공에 의해 좌우되었다.

과거 금지에서 자신도 모르게 영약을 복용한 남궁민은 그 약효를 제대로 흡수하지 못한 채 방치하고 있었다. 그런데 오룡지회에 참여하기 위해 남궁세가를 떠나기 바로 며칠 전, 세가를 대표하는 가주의 무위가 걱정된 태상호법과 을지호는 그냥 묻혀버릴 뻔했던 영약의 기운을 살리기로 마음먹었고, 기대한 만큼은 아니었으나 나름대로 성공을 거두었다. 물론 상당히 위험한 과정이었고 또 약효의 절반도 흡수하지 못했지만 그것만으로도 충분했다. 그녀의 나이를 감안했을 때 그만한 내공을 가진 사람은 찾아볼 수가 없었다. 하지만 수십 년간 정순한 내공을 익힌 팽한에 비하면 약간의 손색이 있을 수밖에 없었다.

쫘꽝!

남궁민이 일으킨 검기와 팽한의 도기가 허공에서 부딪쳤다. 그러잖아도 초토화되다시피 한 비무대의 한쪽 면이 무너져 내릴 정도로 강력한 두 힘의 충돌이 주변을 휩쓸었다. 깜짝 놀란 사람들이 머리를 숙이며 몸을 피하기도 전 남궁민의 음성으로 추정되는 기합성이 들리고 한 줄기 검기가 하늘을 찌를 듯 치솟아올랐다.

쫘과광!!

자욱한 먼지가 하늘마저 가릴 기세로 피어올랐다.

잠시 후, 자욱했던 먼지가 걷히고 한 치 앞도 보이지 않던 비무대의 모습이 드러났다.

남궁민과 팽한은 정확히 삼 장의 거리를 두고 마주 보고 있었다. 흔들리는 신형, 연신 흘러내리는 피가 그들이 입은 피해가 결코 가벼운 것이 아님을 보여주고 있었다.

원래의 비무대회라면 이쯤에서 멈췄어야 했다. 당사자들이 멈추지 못해도 참관인석에 앉은 노고수들이 제지를 해야 마땅했다. 그러나 작게는 개인과 크게는 가문의 자존심이 걸린 지금 누구 한 사람 말리는 사람이 없었다. 어쩌면 승부의 끝을 보고 싶은 무인들의 어쩔 수 없는 기질 때문인지도 몰랐다.

'기회는 한 번뿐!'

자신의 몸은 다른 누구도 아닌 자기 자신이 잘 아는 법이었다.

심각한 내상을 입은 남궁민은 단 한 번의 공격으로 끝내지 않으면 더 이상 기회가 없다는 것을 느끼고 있었다. 자신은 한계였지만 상대는 여력이 있었기 때문이다.

'제대로만 익혔어도……'

힘겹게 중심을 잡으며 팽한을 응시하는 남궁민의 눈가에 아쉬움이 깃들었다. 그러나 머뭇거릴 여유가 없었다. 제왕검법은 막강한 위력만큼이나 익히기가 까다롭고 힘이 들었다. 그녀는 이제 겨우 오성의 성취를 얻었을 뿐이다.

그녀가 입술을 깨물었다. 그리곤 최후의 힘을 끌어 모았다.

"하앗!!"

목소리마저 탁하게 변한 그녀의 기합성이 비무대에 울려 퍼지고 전신의 힘이 검봉(劍鋒)을 통해 발출되었다. 목표는 당연히 팽한이었다.

"대단하다!"

진실로 상대의 힘을 인정한 탄성이 터졌다. 동시에 힘껏 치켜 올린 그의 도에서도 무시무시한 기운이 뿜어져 나왔다.

그 누구도 입을 열 엄두를 내지 못했다. 그저 찢어질 듯 부릅뜬 눈으로 둘의 모습을 응시했다. 그나마 멀리 떨어진 사람은 상관이 없었지만 비무대와 인접한 이들은 충돌하기도 전부터 무섭게 날아드는 충격파에 몸을 보호하고자 죽을힘을 다해야 했다.

"아악!"

"크윽!"

시차를 두지 않고 터져 나오는 비명성!

하지만 처한 상황은 달랐다. 한 명은 끊어진 연처럼 날아가 아무렇게나 처박혔고 다른 한 사람은 몸을 짓이기는 압력을 버티며 뒷걸음질 쳤다.

깨뜨리면 큰일날 것만 같은 적막감이 비무대를 휘감았다.

"와아!!"

갑자기 팽가의 무인들이 미친 듯이 함성을 질러댔다. 바닥에 처박힌 신형이 아니라 비틀거리며 중심을 잡는 사람이 팽한임을 알아본 것이다.

결국 남궁민이 세가의 자존심을 걸고 혼신의 힘을 다한 최후의 공격이 실패로 돌아가고 말았다.

"저, 졌습니다."

흐트러진 머리카락, 압력에 의해 쳐다보기가 민망할 정도로 찢겨진 옷을 애써 부여잡고 간신히 몸을 일으킨 남궁민이 떨리는 음성으로 패배를 인정했다.

"가주께서 양보를 해주신 것 같소."

자식으로 인해 이성을 잃은 자신이 무슨 짓을 했는지 비로소 깨달은 팽한의 목소리는 더없이 허탈했다.

"겨, 겸양의 마… 말씀……."

말은 더 이상 이어지지 못했다. 한 줌의 힘도 남지 않은 남궁민이 버티지 못하고 정신을 잃은 것이다.

"가주님!"

그녀가 쓰러지기 바로 직전 을지호의 신호로 황급히 몸을 날린 강유가 그녀의 신형을 부축했다. 그리곤 천천히 비무대를 내려갔다.

사람들의 시선이 강유를 따라 남궁세가로 향했다. 정당한 비무였다 지만 가문의 수장이 처절한 패배를 당했다. 과연 남궁세가가 어찌 대응할 것인지 모두 궁금해하는 눈치였다. 그리고 그들은 곧 남궁세가의 모든 무인들의 시선이 한 사람에게 모이고 있다는 것을 발견할 수 있었다.

제 25 장

궁귀(弓鬼)의 후예(後裔)

궁귀(弓鬼)의 후예(後裔)

"어쩌라고?"

자꾸만 자신에게 쏠리는 시선이 부담스러운지 을지호는 눈을 부라렸다. 그렇지만 누구 하나 고개를 돌리는 사람이 없었다. 말도 없었다. 그저 뭔가 간절히 바라는, 분노에 찬 눈빛으로 그를 응시할 뿐이었다.

"미치겠네."

어찌 그 시선의 의미를 모를까. 을지호는 양손으로 머리카락을 쥐어 짰다.

"네가 말한 대로 좋은 기회가 아니더냐, 남궁세가를 알릴 아주 좋은 기회."

남궁민의 상세를 살피던 태상호법이 약을 올리듯 미소를 지었다.

"놀리지 마십시오. 그나저나 어떻습니까?"

"괜찮다. 잠시 기절한 것뿐이야. 휴식을 취하면 곧 괜찮아질 게다."

"후우~"

을지호의 입에서 한숨이 새어 나왔다. 그는 피곤에 젖어 죽은 듯이 누워 있는 남궁민을 잠시 쳐다보았다. 그녀가 흘린 피로 입가는 얼룩져 있었고 전신에도 크고 작은 부상의 흔적이 보였다. 가녀린 어깨가 숨을 쉴 때마다 조금씩 들썩였다.

'젠장!'

어차피 이런 결과를 예상한 싸움이 아니었던가. 그래도 좋은 경험이 되리라 생각하여 말리지 않았건만 때늦은 후회가 밀려왔다.

남궁민의 어깨를 살짝 두들긴 을지호가 몸을 일으켰다. 그를 따라 수없이 많은 눈들이 일제히 움직였다.

"줘봐."

"예?"

난데없는 말에 강유가 눈을 동그랗게 떴다.

"검 말이다. 이건 잠시 가지고 있고."

을지호가 풍혼을 건네주며 강유의 검을 가리켰다.

"아, 예."

검을 달라는 말의 의미는 오직 하나였다. 그럴 줄 알았다는 듯 희색이 만면한 강유가 황급히 검을 풀어 건넸다.

"기왕 하려면 확실히 하고 오너라."

태상호법의 의미심장한 말 한마디가 그의 귓가에 와 닿았다. 을지호는 대답 대신 발길을 가로막는 의자를 냅다 걷어차며 비무대에 올랐다.

"으흐흐흐. 나왔구나, 나왔어!!"

무엇이 그리 신나는지 벌떡 몸을 일으킨 투랑의 얼굴은 벌써 붉게 상기되어 있었다.

"거봐라. 내 말하지 않았느냐. 당연한 수순이야."

어디서 구했는지 몰라도 또 하나의 술병을 들고 연신 술을 들이키던 단견도 이때만큼은 흥미가 이는지 을지호의 행보를 예의 주시했다.

"흠, 저 친구가 바로 그자로군."

을지호에 대해 미리 언질을 받았던 곽검명의 눈도 그 어느 때보다 반짝거렸다.

"아는 친구인가? 예사롭지 않아 보이는데."

황보장이 물었다.

"단견 아우가 만난 적이 있다고 합니다. 한데 아우도 그 실력을 추측할 수 없을 정도라더군요."

"허! 그 정도란 말인가?"

황보장은 물론이고 흥미를 가지고 귀를 기울이던 황보권, 제갈경 등도 믿지 못하겠다는 얼굴로 놀라움을 표시했다. 단견이라면 천하십대 고수 중의 일인이었다. 그런 그가 그렇게 말할 정도라면 도대체 어느 정도의 무위를 지녔단 말인가. 비무대에 오르는 사내는 이제 겨우 이십 대 중, 후반 정도로밖에 안 보이는 나이건만.

휘이이익!

을지호의 출전을 축하라도 하듯 날아오른 철왕이 비무대를 크게 선회하며 사람들의 시선을 끌어 모았다.

"을지호요."

퉁명스럽기 그지없는 말투였다. 순간 팽한의 아미가 꿈틀거렸다. 하나 가주가 그런 모습으로 당했다면 그 누구라도 감정이 격해질 것이었다. 더구나 자신이 자초한 일이 아니던가.

"팽한이네."

"일 초식만 막으면 패배를 인정하겠소."

말도 안 되는 선언에 이곳저곳에서 술렁임이 오갔다. 팽한의 부상이 결코 가벼운 것은 아니었으나 누가 보더라도 일 초식을 막지 못할 정도는 아니었기 때문이다.

"건방진!!"

팽한은 불같이 노했다. 남궁 가주에게 미안한 마음이 들기는 해도 미안한 마음은 미안한 마음이고, 단지 그런 이유로 후배에게 무시를 당하면서도 참을 수는 없었다.

"막아보시구려."

상대의 반응은 전혀 신경 쓰지도 않고 을지호의 검은 이미 움직이고 있었다.

"헉!"

팽한의 입에서 다급한 신음성이 터져 나왔다.

을지호가 검을 들어 그를 가리켰기 때문이다. 한데 아무렇지도 않아 보이는 그의 단순한 동작에 팽한은 숨이 막힐 것 같은 충격을 느꼈다. 마치 날카로운 칼로 전신을 난도질당하는 느낌. 그저 느낌일 뿐이건만 실제인 것처럼 너무나 생생했다.

"크으윽!"

팽한의 입에서 고통의 비명성이 터져 나왔다. 온몸을 강타하는 기운에 연신 뒷걸음질쳤다. 고통을 참기 위해 악문 이 사이로 검붉은 피가 흘러내리고 눈은 붉게 충혈되어 당장에라도 터져 나갈 것만 같았다. 그는 전신을 짓누르는 기운에 대항하기 위해 최후의 힘까지 끌어 모았지만 어림도 없었다. 몸이 정상이라면 모를까 심각한 내상을 당한 지금 을지호의 막강한 기운을 감당해 낼 여력이 없었다. 대응하면 할수록 고통이 해소되기는커녕 더욱더 큰 압박에 시달렸다.

"무, 무형상인(無形傷人)의 경지!!"

곽검명이 경악성을 내뱉으며 자리를 박차고 일어났다. 아니, 비단 그뿐만 아니라 참관인들 중 앉아 있는 사람은 아무도 없었다.

"세, 세상에! 어찌 저 나이에 그만한 경지를!!"

무형상인이 무엇이던가!

단지 몸에서 뿜어져 나오는 기운만으로도 상대를 해칠 수 있다는 극고의 경지가 아니던가. 최소한 삼 갑자 이상의 내공과 그에 병행하는 깨달음을 지니지 못한 자는 꿈도 꿔보지 못한다는 절대의 경지였다. 현 무림에서도 그만한 경지에 오른 사람은 많지 않았다. 참관인들 중에서도 황보장이나 곽검명을 비롯하여 고작 네댓 명에 불과할 정도였다.

"커흑!"

결국 버티지 못한 팽한이 입에서 한 사발도 넘는 피를 토해내며 쓰러졌다. 그러곤 곧 정신을 잃고 말았다.

"이거야 원, 아직 시작도 하지 않았는데."

을지호가 쓴웃음을 지었다.

고작 기수식이었다. 제왕검법이 어떤 것인지 확실히 보여주려고 했건만 팽한은 제왕검법이 미처 시전되기도 전 기수식을 감당하지도 못하고 쓰러진 것이다.

"저, 저것이 진정한 제왕검법?"

간신이 정신을 차리고 싸움을 응시하던 남궁민은 자신이 펼치는 것과는 비교도 되지 않을 위력에 입술을 떨며 물었다.

"그렇다. 과거 나를 꽤나 곤란하게 만들었던 검법이었지. 대단한 무공이야."

태상호법은 을지호의 모습에서 과거의 인물을 연상하고 있었다. 자신과 멋들어지게 검을 어울렸던 한 사내를.

사람들은 팽한이 어째서 기절했는지 잘 알지 못했다. 그저 막연한 느낌으로 을지호가 뭔가를 했다는 것을 느낄 뿐이었다. 그리고 그의 다음 행보를 호기심 반 두려움 반의 눈으로 주시했다. 그들의 마음을 짐작이라도 하듯 참관인석을 향해 몸을 돌린 을지호가 가히 청천벽력과도 같은 소리를 했다.

"가주께 도전하겠소."

받은 만큼 돌려주는 것이 평소 을지호의 성격이었다. 그는 팽한이 남궁민에게 했던 그대로를 팽무쌍에게 돌려주고자 했다.

사람들의 눈이 일제히 팽무쌍에게 향했다. 비록 패하기는 했어도 남궁민은 팽한의 도전에 당당히 응했다. 그러니 당연히 응해야 한다는 의미의 눈빛들이었다.

눈을 감은 팽무쌍은 쉽게 대답을 못했다.

'무형상인의 경지라……'

팽무쌍은 잠시 자신과 을지호의 실력을 가늠해 보았다. 쉽게 결론이 나지 않았다. 패배는 조금도 생각지 않았으나 그래도 승부라는 것은 모르는 것이었다. 혹여 실수라도 해서 패한다면 팽가의 명예가 땅에 떨어질 수도 있었다. 하지만 남궁민이 받아들인 도전을 그가 받아들이지 않을 수는 없었다.

"젊은 친구가 대담하군. 좋아, 도전을 받아들이겠네."

"와아!!"

팽무쌍의 말이 끝나기가 무섭게 조마조마한 심정으로 그의 답을 기다리던 사람들의 입에서 일제히 환호성이 터져 나왔다.

남궁민과 팽한의 싸움도 좀처럼 보기 힘들 정도로 대단한 비무였다. 그러나 팽한을 간단히 제압한 을지호와 장차 도왕으로 추대될 가능성이 높은 팽가의 가주 팽무쌍의 대결이야말로 평생에 한 번 볼까 말까 한 광경이 되리라. 사람들은 팽무쌍이 천천히 비무대에 오르기까지 가히 미친 듯이 함성을 질렀다.

"대단한 기세였네. 과연 자네만한 나이에 그만한 경지에 오른 사람이 누가 또 있을까?"

"과찬이외다. 아직 많이 부족한 몸, 가주께서 한 수 가르쳐 주시지요."

"나야말로 잘 부탁하네."

그것으로 간단한 인사치레는 끝이 났다. 이제는 자신들이 속한 세가의 명예를 위해 싸우는 일만 남았다.

휘유유웅—

비무대에 난데없는 바람이 불었다. 도를 치켜들며 자세를 가다듬는 팽무쌍을 중심으로 이는 바람 소리였다. 그것 하나만으로도 어째서 사람들이 그를 다음 대 도왕으로 치켜세우는지를 알 수 있었다.

'호~ 대단한데. 과연 소문이 헛된 것은 아니었군.'

솔직히 상대가 그 정도의 기세를 보여줄 수 있으리라곤 생각지 못한 을지호는 다소 놀라는 표정이었다. 그것도 잠시, 희미한 미소를 짓고는 갑자기 검을 집어 던졌다.

팽무쌍은 물론이고 난데없이 날아온 검을 잡아 든 강유, 한껏 기대를 하고 있던 사람들 모두 눈앞에 벌어진 어처구니없는 상황에 그저 멍한 표정을 지을 뿐이었다.

휘이익!

을지호가 휘파람을 불었다. 그러자 무려 육십 근이 넘는, 보통 사람이라면 제대로 들지도 못할 철궁을 집어 든 철왕이 을지호를 향해 날아왔다. 그리곤 손에 철궁을 떨어뜨리더니 힘차게 비상했다.

'이렇게 인사를 드리는 것도 나쁘지는 않을 겁니다.'

철궁을 잡아 든 을지호가 괴이한 표정으로 바라보는 곽검명을 보며 웃음 지었다.

"무슨 짓인가?"

을지호가 자신을 무시한다고 생각했는지 팽무쌍의 안색은 굳을 대로 굳어 있었다.

"검보다는 아무래도 이놈이 익숙해서 말이지요."

"좋을 대로 하게. 하지만 후회할 때는 이미 늦을 수도 있음이니."

그는 을지호가 잔꾀를 부린다고 생각했다. 검에 자신이 없는 나머지 거리를 두고 자신을 제압하려 한다 여기고 있는 것이다. 하지만 그는 잠시 잊고 있었다, 을지호가 조금 전 보여준 무위가 무형상인의 경지라는 것을. 그리고 그가 진실된 힘으로 자신을 상대하려 한다는 것을.

"선공을 양보하겠네."

팽무쌍은 실력을 떠나 팽가의 가주 된 입장에서 후배에게 선공을 양보하는 것은 너무나 당연한 처사라 생각했다.

"그러지요."

을지호는 기다렸다는 듯 고개를 끄덕였다. 그리곤 천천히 시위를 당겼다.

순간, 비무대에 일진광풍이 몰아닥쳤다. 조금 전 팽무쌍이 기를 끌어 모을 때와는 비교도 되지 않는 엄청난 바람이었다. 마치 대지의 모든 기운이 을지호에게 흡수되려는 듯 요동쳤다. 그뿐만이 아니었다.

드드드드!!

그렇지 않아도 초토화가 된 비무대가 흔들리기 시작했다. 벌써 한쪽 귀퉁이는 힘없이 무너져 내리고 있었다. 그것이 을지호의 몸에서 나오는 기운 때문이라는 것을 모르는 사람은 없었다.

'이, 이건 도대체가!'

팽무쌍은 눈앞에서 벌어지고 있는 상황을 이해할 수가 없었다. 상대가 한 것이라곤 그저 시위를 당긴 것뿐이었다. 화살도 없는 빈 시위를. 한데 마치 수백 수천의 화살이 날아와 몸을 관통할 것만 같은 이 기분은 뭐란 말인가.

'기세에서 밀리면 끝장이다!'

상대의 공세가 이미 시작되었음을 직감한 팽무쌍이 전신의 기운을 끌어 모았다. 그 기운은 비스듬히 세운 도를 통해 뿜어져 나가 마치 거대한 막을 형성하듯 몸 주변을 에워쌌다. 그를 향하여 쏘아가던 바람이 감히 접근하지 못하고 좌우로 흩어졌다.

"도, 도막(刀膜)이다!"

누군가의 입에서 탄성이 터져 나왔다.

검막이 있을진대 어찌 도막이 없을쏜가. 팽무쌍의 전신을 그물처럼 보호하고 있는 기의 장막은 틀림없는 최고의 고수들만이 만들어낼 수 있다는 도막이었다.

"차핫!"

기운을 일으켜 몸을 보호했다고는 하지만 아직은 열세였다. 충분히 선공을 양보했다고 생각한 팽무쌍이 몸을 움직였다. 그러나 그는 미처 한 걸음 떼어놓기도 전에 기겁하며 몸을 틀어야 했다. 막 발을 움직이는 순간, 팽팽히 당겨졌던 철궁의 시위가 놓아지고 뭔가가 엄청난 속도로 다가온다는 것을 느꼈기 때문이다.

형체는 보이지 않았으나 존재는 느낄 수 있었다. 화살을 대신하고 있는 막강한 기의 힘을.

꽝!

그가 물러난 곳에서 묵직한 충돌음이 들리고 무방비로 노출된 바닥이 흉측하게 파였다. 파편이 하늘 높은 줄 모르고 치솟았다.

"저, 저것은!!"

곽검명이 소리를 지르며 몸을 일으켰다. 그만이 아니었다. 정문 위에서 사뭇 긴장된 표정을 짓고 있던 단견은 물론이고 황보장을 비롯하여 나이 든 노고수들 중 놀라지 않는 사람이 없었다.

'서, 설마 이, 이것이……!'

황당한 눈으로 패인 바닥과 다시금 시위를 당기고 있는 을지호를 번갈아 살피는 팽무쌍의 뇌리에 그의 부친 팽만호가 해주었던 말이 떠오르고 있었다.

과거 천하제일이었던 한 사내와 함께 싸웠다는 것을 영광으로 생각한다며 해주었던 말들.

"그는 참으로 얼렁뚱땅하게 무림에 출현했지. 지금 생각해 보면 참으로 어이없는 이유였어. 그 때문에 많은 고초를 겪기도 했고. 하나 그의 출현은 무림에 크나큰 홍복(洪福)이었다. 수호신승이 꺾이며 결론적으로 패천궁에 패한 격이 되기는 하였으나 그가 없었다면 그렇게까지 싸우지도 못했을 게다. 화살도 없는 시위를 당기며 뭇 고수들을 쓰러뜨리던 그의 모습이 지금도 눈에 선하구나. 그 누구도 그의 앞에서는 고개를 들지 못했어. 언제 어느 순간에 형체도 없는 기의 화살이 날아들지 몰랐으니까. 이름이……."

'무영시(無影矢)라고 하셨지.'

"언제고 거무튀튀한 철궁을 든 상대를 만나면 일단 정중하게 대하여라. 그가 적이든 아군이든. 비록 그가 천하제일인의 후예가 아니더라도 그것이 내가 그를 생각하는 마음일지니."

'궁귀(弓鬼)란 말인가?'
나이를 보면 그럴 리는 없었다. 그러나 최소한 관계가 있을 듯싶었다. 그의 생각은 거기서 끝이 났다.
핑.
날카로운 소성과 함께 발출된 무영시가 또다시 팽무쌍을 노렸다.
명색이 한 세가의 가주였다. 과거의 명성에 짓눌릴 수는 없다고 생각했는지 그는 피하지 않았다. 또 왠지 모를 호승심이 무영시의 힘을 시험하도록 종용했기 때문이기도 했다.
그는 찰나의 순간에 지적에 이른 기의 화살을 침착히 막아갔다. 그런데 기의 화살은 마치 생명이라도 있는 것처럼 도를 피해 그의 좌측 허벅지를 노렸다. 기겁을 한 팽무쌍이 다급히 막지 않았다면 큰 낭패를 보았으리라.
"이기어시(以氣馭矢)!"
더 이상의 확인은 불필요했다. 무영시를 보면서도 혹시나 하는 마음을 품고 있던 곽검명은 이기어시를 보고 확신했다. 세상천지에 궁귀의 후예가 아니라면 누가 이기어시를, 그것도 무영시로 이기어시를 시전할 수 있단 말인가.

"혀, 형님, 보셨소?"

어느새 몸을 날려 참관인석에 올라온 단견이 떨리는 음성으로 물었다.

"보았네."

"틀림없이 소문 형님의 후예인 것 같소."

"말해 뭣 하겠나? 저 철궁, 그리고 무영시. 허허, 그리고 보니 비무대를 날던 새는 철면피의 자손인가 보네."

"하하, 그러게 말이외다. 어쩐지 처음 볼 때부터 이상하더라니. 그때 철궁만 확인했다면 금방 알았을 텐데."

이미 그들의 뇌리엔 연신 무영시를 날리는 을지호의 모습도, 처음 접할 때와는 달리 이제는 조금 적응이 되었는지 꽤나 훌륭한 방어를 하는 팽무쌍의 모습도 온데간데없었다. 그저 을지소문의 후예를 만나게 되었다는 감격에 젖어 어쩔 줄을 몰라 할 뿐이었다.

"그러니까 저자… 아니, 저 형님이 그분의 후예란 말씀입니까?"

얼떨결에 참관인석까지 따라온 투랑이 비무대에서 시선을 떼지 못하고 물었다.

"아무렴. 천하에 누가 있어 팽가의 가주를 저리 난처하게 만들겠느냐? 오직 궁귀의 후손만이 그리할 수 있지."

곽검명과 단견 못지않게 감격하고 있는 황보권이 입을 열었다.

"무영시… 이 얼마 만에 보는 무공이란 말인가!"

그런데 을지호의 무공을 알아본 사람은 그들만이 아니었다.

비무를 구경하는 사람들 속에는 그 옛날 을지호의 신위를 직접 본 노고수들도 있었고 또 보지는 못했어도 무공을 익히는 자들이라면 그들의 부모, 조부모, 선배들을 통해 귀에 못이 박히도록 들었기에 너무나 잘 알고 있었다. 그들의 반응은 참관인석에 못지않았다.

"구, 궁귀의 무공이다!"

"천하제일인의 후손이로구나!!"

이곳저곳에서 경악성과 환호성이 터져 나왔다.

참관인석이 과거 을지소문에 대한 추억이 담긴 놀라움이라면 다른 이들의 반응은, 이제는 하나의 전설이 되어버린 궁귀 을지소문의 무공을 직접 볼 수 있다는 데서 오는 경이로움과 감격이었다.

*　　　*　　　*

"심상치 않다니? 뭐가 말인가?"

한가로운 오후, 막 우려낸 차향(茶香)을 즐기던 천장 진인(天張眞人)은 다소 불쾌한 눈으로 왕호연을 응시했다. 오랜만에 즐기는 여유를 방해받았다고 생각했기 때문이리라. 하나 왕호연은 그의 기분을 생각해 줄 이유도, 필요도 느끼지 못했다.

"패천궁이 움직였습니다."

간단명료한 말이었다. 문제는 천장 진인이 그 말의 의미를 금방 깨닫지 못한다는 데 있었다.

"패… 천궁? 그들이 움직여? 무슨 이유로?"

한심하기 그지없는 대답에 왕호연도 일순 말문이 막혔다.

'미치겠구나! 명색이 무당파의 장로이자 백도의 구심점인 정도맹 맹주라는 자가 어찌 저리도 멍청할까! 생각 같아서는 당장에라도 멱살을 잡고 패대기쳤으면 딱 좋겠는데, 그랬다간 제명에 죽지 못할 테고.

젠장!!

"묻지 않는가? 패천궁이 움직이다니?"

잠깐 동안 수십 가지의 상상을 한 왕호연은 짜증 섞인 음성으로 재차 묻는 천장 진인의 말에 퉁명스레 대꾸했다.

"그들이 움직이는 이유는 하나지요. 정.도.맹.을 무너뜨리고 무림을 접수하겠다는 겁니다."

쨍그렁!

깜짝 놀란 천장 진인이 들고 있던 찻잔을 떨어뜨리자 화조(花鳥)가 춤을 추고 있던 찻잔은 그 형체도 알아보지 못할 정도로 박살이 나버렸다.

"처, 첨밀각주! 지금 그게 무슨 소린가? 그, 그렇다면 그들이 쳐들어오기라도 한단 말인가?"

"그들만이 아니라 전 흑도문파들이 움직이고 있습니다. 어쩌면 지금 이 순간에 싸움이 시작되었을지도 모르겠군요."

"버, 벌써? 허, 이를 어쩌나? 첨밀각주, 이를 어쩌면 좋겠나?"

천장 진인은 당장에라도 패천궁의 악도들이 들이닥칠까 두려움에 떨었다.

'돌겠군. 그걸 나한테 물으면 어쩌라는 말이야!'

욕설을 퍼붓고 싶은 욕망을 간신히 참은 왕호연이 입을 열었다.

"일단……."

그러나 그의 말은 뒤에서 들려온 말에 의해 끊어지고 말았다.

"일단 회의를 소집하셔야 합니다."

'왔군. 재수없는 말코도사.'

등 뒤에서 들려오는 음성이 누구의 것인지는 것은 고개를 돌리지 않아도 능히 알 수 있었다.

무당파의 장로이자 맹주인 천장 진인의 사제(師弟), 그리고 정도맹에서도 장로라는 직함을 가지고 있는 천강 진인(天剛眞人)만이 그토록 재수없는 음성을 지니고 있었으니까.

"아, 어서 오게나, 사제. 얘기는 들었는가? 패천궁이 쳐들어온다고 하네!"

"예, 조금 전에 들어서 알고 있습니다."

천강 진인이 공손히 대답했다.

'듣긴, 개뿔이! 내 어떤 쥐새긴지 걸리기만 하면 그날로 패대기를 쳐버리고 만다!'

자신도 모르는 사이에 첨밀각의 정보가 외부로 나간다고 생각하니 절로 짜증이 밀려들었다. 하나 겉으로야 감정을 그대로 표출할 수 없는 일. 황급히 몸을 돌린 왕호연은 천강 진인에게 자리를 양보하며 예를 표했다. 천강 진인은 그의 인사를 받는 둥 마는 둥 하며 자리에 앉았다.

"우선 맹 내의 주요 인물들과 장로, 호법들을 모시고 대책을 강구하셔야 할 것입니다."

"암, 당연히 그래야겠지. 그리고?"

"맹주령을 발동하셔서 각 문파에 패천궁의 야욕을 알리고 무인들을 끌어 모아야 합니다."

"아, 알았네. 한데 소림에는……"

천강 진인이 눈치를 살피며 말을 잇지 못하자 왕호연이 재빨리 거들었다.

"물론 알리셔야 합니다. 소림뿐만 아니라 화산과 종남파에도 알려야 합니다."

자신을 노려보는 천강 진인의 시선을 무시한 그는 단호한 어조로 말을 이었다.

"또한 오대세가와도 연합해야 할 것입니다. 그렇지 않습니까, 장로님?"

갑작스런 물음에 인상을 찌푸리고 있던 천강 진인이 황급히 표정을 고치더니 고개를 끄덕였다.

"험험, 그래야겠지. 비록 본 맹에 속하지는 않았지만 작금의 상황을 이겨내려면 다 함께 힘을 합쳐야 할 것이니. 아무튼 첩밀각주인 자네가 많이 애를 써야겠네. 이런 상황에 정보만큼 중요한 것은 없는 법. 인원이 부족하면 충분히 보충해 주겠네."

"뭘요, 인원은 충분하다 못해 넘칩니다. 쥐새끼들까지 난리를 쳐대는 마당이지요."

천강 진인의 은밀한 당부에 왕호연은 간단하게 대꾸했다. 그리고 일그러지는 천강 진인을 거들떠보지도 않고 맹주에게 예를 표하곤 몸을 돌렸다.

*　　　　*　　　　*

궁을 사용하기로 작정한 을지호가 사용하는 보법은 당연히 출행랑(出行狼)이었고, 출행랑은 팽무쌍의 접근을 허용치 않았다.

"그 보법도 천하제일인의 무공인가?"

팽무쌍이 도저히 예측하기 힘든 을지호의 움직임을 보며 고개를 절레절레 흔들며 물었다. 나름대로 빠른 움직임을 자랑하고 있었건만 이건 도저히 감당이 되지 않는 빠름이 아닌가.

"가문의 무공이외다."

을지호가 퉁명스레 대꾸했다. 묘한 반발심이 느껴지는 음성이었다.

"과연 대단한 무공! 감탄을 금치 못하겠네."

"과찬의 말씀이외다. 하나 이제는 끝내야 될 것 같소이다."

빠르게 움직이던 을지호가 걸음을 멈추었다. 그리곤 느릿느릿 시위를 당겼다.

그런데 뭔가가 이상했다.

무영시라면 말 그대로 형체가 없는 것이다. 한데 어느 순간부터 그의 손에 화살 하나가 잡혀 있는 것이 아닌가. 그것은 붉다 못해 푸르스름한 불꽃을 뿜어내는, 마치 염화지옥(炎火地獄)에서나 볼 법한 불의 화살이었다.

불꽃은 점점 번져 철궁과 양손을 뒤덮었고 곧 이어 그의 몸 전체를 휘감았다.

잠시 후, 사람들은 을지호의 모습을 볼 수 없었다. 단지 활활 타오르는 불꽃만이 눈을 부시게 만들 뿐이었다. 그리고 그 불꽃의 중심에 보다 특별한 광채를 뿜어내는 화살 하나를 똑똑히 볼 수 있었다.

괴사도 이런 괴사가 없었다.

팽무쌍의 무공이 아무리 막강하다 하더라도 도저히 막아낼 것 같지가 않았다. 궁귀의 무공이 출현했다는 것 하나만으로도 광분했던 사람들은 난생처음 경험해 보는 무공에 두려워하며 긴장감을 감추지 못했다.

"이거, 위험한데."

곽검명이 마른침을 꿀꺽 삼켰다.

"소문 형님도 저런 무공은 쓰지 않았잖아요? 처음 보는 무공 같은데요."

단견이 긴장감을 감추지 못하고 대꾸했다.

"아니, 처음 보고 안 보고가 중요한 것이 아니야. 느껴지지 않는가? 멀리 떨어진 이곳까지 전해지는 어마어마한 기의 힘을. 이런 힘은 소문이 검을 들었을 때만 보였던 기운이야."

아마도 절대삼검(絶代三劍)을 시전할 때를 말함이리라. 그의 말인즉슨 지금 을지호의 기운은 소문이 절대삼검을 사용할 때와 비견될 정도로 압도적이란 말이었다.

"막아야 되네."

"예?"

"팽 가주의 무공을 무시하는 것은 아니지만 지금 공격은 백 번을 죽었다 깨나도 막지 못해. 아니, 여기 있는 누구도 막지 못해."

"설마 그 정도인가?"

깜짝 놀란 제갈경이 되물었다. 아무래도 무공이라야 겨우 몸을 호신하는 정도뿐인 그는 을지호의 무서움을 느끼지 못하는 듯했다.

"그 이상입니다, 어르신. 자칫하다간 끔찍한 참사를 보게 될 수도 있습니다."

제갈경의 시선이 황보장에게 향했다.

"직접 상대를 해보지 않는 한 결과는 알 수 없는 것이지만, 솔직히 감당할 수 있다고 말씀드릴 수는 없소이다."

황보장이 더없이 심각한 표정으로 대답했다. 그의 한마디로 아무리 궁귀의 후예라지만 그래도 혹시나 하는 마음을 품고 있던 몇몇 이들의 얼굴이 그대로 굳어버렸다.

무광 곽검명, 주광 단건이 누구던가? 또 어두운 표정으로 비무대를 응시하는 권왕 황보장이 누구던가? 천하십대고수의 일원들이었다. 그런데 그들이 감당 못할 무공이라면 도대체 어느 정도의 위력을 지니고 있다는 말인가!

그것을 가장 잘 느끼고 있는 사람은 다른 누구보다도 도막을 펼쳐 필사적으로 전신을 보호하며 곧 들이닥칠 공격에 대비하고 있는 팽무쌍이었다.

'뜨, 뜨겁다!'

을지호에게서 밀려드는 열기는 인간으로서 감당할 만한 것이 못 되었다. 도막을 펼쳐 침범하는 기운을 완벽히 차단하려 했건만 열기는 그가 펼친 기의 막을 서서히 녹이며 다가들었다. 특히 도저히 눈을 떼게 만들지 못하는 하나의 점. 불의 화살은 지금이라도 단번에 전신을 관통할 것만 같이 느껴졌다.

'흠, 과연 팽가의 가주란 말인가? 대단하군.'

익히기는 했어도 지금껏 단 한 번도 사용하지 않았던 무공으로 팽무쌍을 압박하고 있던 을지호는 생각보다 굳건히 버티고 있는 상대를 보며 감탄했다. 비록 화살을 날린 것은 아니었으나 웬만한 사람이라면 지금쯤 무릎을 꿇어야 정상이었다.

'그만 끝내야겠군.'

위력이 강한 만큼 내공의 소모도 상당했다. 지금 시전하는 무공은 절대삼검을 쓰는 것 못지않게 막강한 내공을 필요로 하는 것이었다.

바로 그때였다. 그의 귓가에 다급한 전음성이 날아들었다.

[이 녀석! 당장 거두지 못하겠느냐!]

단 한 번도 대화를 나누어보지는 못했지만 을지호는 음성의 주인공이 누군지 금방 알 수 있었다.

[왔으면 당장 찾아와 인사를 할 것이지, 쓸데없는 분란이나 일으키고 있으니!]

[하하하, 진작 인사를 드렸어야 하는데. 사정이 여의치 않아서 그리 되었습니다. 곧 찾아뵙겠습니다.]

전음을 통해 싸움을 중지시키려 한 곽검명은 을지호의 전음성이 들려오자 거의 기절할 지경이었다. 물론 달리면서도 말은 할 수가 있는 것이니 그가 전음을 보낸다고 해도 사실 놀랄 일은 아니었다. 하지만 지금 을지호가 처한 상황이 어디 보통의 상황이던가. 혼신의 힘을 다해 공세를 펴고 있었다. 그런데 여유있게 전음까지 사용한다는 것은 감히 생각도 못할 일이었다.

[누가 이겨도 좋을 것 없다. 팽가와 남궁세가와의 사이만 벌어질 뿐이야. 그만 해도 남궁세가의 체면은 충분히 세웠을 게다.]

더 이상 놀랄 힘이 남아 있지 않은지 곽검명의 음성은 더없이 차분했다.

[어차피 끝낼 생각이었습니다.]

간단히 대꾸한 을지호는 팽무쌍에게 향하는 공세를 더욱 강화해 곽검명의 당부를 무색케 했다. 그리고 비무대에 울리는 한줄기 소성.

피잉!

"안 돼!"

곽검명의 입에서 안타까운 음성이 터져 나왔다.

모두 끝장이라 생각했다. 눈을 감는 사람도 있었다. 참관인들의 얼굴도 굳을 대로 굳어 있었다.

그러나 모든 이들이 걱정하는 그런 상황은 일어나지 않았다. 비무대를 휘감고 돌던 열기도 사라졌고 을지호의 전신에서 타올랐던 불꽃도 수그러들었다. 물론 팽무쌍도 멀쩡했다.

비무대를 울린, 모든 이들을 움찔하게 만들었던 날카로운 소리는 바로 철궁의 시위가 끊어지는 소리였다.

"이거야 원."

시위가 끊어진 철궁을 휘휘 내저은 을지호가 민망한 표정으로 머리를 긁적였다. 그리곤 팽무쌍에게 허리를 숙였다.

"철궁이 이리되었으니… 승부는 다음 기회로 미루는 것이 좋겠습니다."

"그, 그러세나."

갑자기 벌어진 상황에 무슨 생각을 할 겨를도 없이 팽무쌍은 고개를 끄덕이고 말았다.

"이해해 주셔서 감사합니다."

다시 한 번 예를 표한 을지호는 조금의 미련도 없다는 듯 비무대를 내려왔다. 곽검명의 말대로 남궁세가의 자존심은 충분히 세웠다는 판단에서였다.

"와아!!"

숨죽이고 있던 사람들의 입에서 환호성이 터져 나왔다. 비록 승부는 나지 않았으나 잠깐 동안 보여주었던 무위에 압도당한 이들이 쏟아내는 찬사였다.

"한심하군."

팽무쌍의 입가에 자조의 미소가 떠올랐다.

멀쩡했던 시위가 갑자기 끊어질 까닭이 없었다. 그것이 상대의 배려라는 것은 생각해 보지 않아도 금방 알 수 있었다. 젊은 나이에 그토록

막강한 무공을 지닌 상대에 대한 알 수 없는 질투심과 체면을 구겼다
는 자괴감이 그의 얼굴을 어둡게 했다. 그래도 최소한의 자존심을 지
키게 해준 것에 대한 고마움도 있었다.

"후~"

자리로 돌아가는 을지호의 뒷모습을 보는 그의 입에서 나직한 한숨
이 흘러나왔다.

두 번째 비무대회는 그렇게 끝이 났다.

*　　　*　　　*

"큰애야, 정말 이래도 되는 것인지 모르겠다."

용천방(龍泉幇)의 방주 여강(呂絳)은 무엇이 그리 불안한지 연신 앓
는 소리를 해댔다.

"아버님, 패천령을 받은 이상 어쩔 수 없는 일입니다. 하니 너무 걱
정하지 마십시오. 제가 알아서 처리하겠습니다."

가장 앞장서 무리를 이끌고 있던 여회(呂回)가 간곡한, 그러나 어딘
지 모르게 무게가 느껴지는 어조로 대꾸했다.

"공격을 하라는 소리는 아니었지 않느냐? 단지 정도맹과의 싸움에
대비하여 만반의 준비를 갖추고 병력을 집결시키라는 명이었다."

"그게 그겁니다. 어차피 싸움은 벌어진 것이고 힘없는 우리야 단순
한 소모품처럼 쓰일 게 뻔하잖습니까? 그러니 기왕이면 선수 쳐서 공
을 세우자는 겁니다. 그러면 아무래도 대우가 달라지겠지요."

"둘째 형님 말이 바로 제 말입니다. 아버지는 그냥 굿이나 보고 떡
이나 잡수시면 됩니다. 조용히 말이에요."

여강의 두 아들, 여몽(呂夢)과 여전(呂全)은 심약하기만 한 부친이 도움은 주지 못할망정 자꾸만 이상한 소리로 수하들의 사기를 꺾자 불편한 심기를 대놓고 드러냈다. 그러자 곧 불호령이 떨어졌다.

"네놈들! 지금 뭐 하는 것이냐!"

"아, 아니, 저희는 그냥."

"닥쳐랏! 아버님께 당장 용서를 구하지 못하겠느냐! 내가 찢어진 입이리고 함부로 놀리지 말라고 누누이 말했을 텐데!"

두 동생을 노려보는 여회의 눈자위가 급격히 붉어졌다. 이럴 때 다른 소리를 했다간 어찌 된다는 것을 그동안의 경험으로 너무나 잘 알고 있는 그들은 그 즉시 땅바닥에 무릎을 꿇었다.

"죄, 죄송합니다, 아버님."

"저희들이 잘못했습니다. 부디 용서해 주십시오."

그들의 모습을 보며 짧게 한숨을 내쉰 여강이 여회를 불렀다.

"큰애야."

"예, 아버님."

안색을 푼 여회가 공손히 대답했다.

"두 아우를 용서해 주거라. 다 이 아비가 못나서 그런 것을."

"아, 아닙니다. 제가 이 녀석들 버릇을 단단히 고쳐 놓겠습니다."

"아니다. 네 아우의 말도 일리가 있다. 그래, 어쩌면 이것이 우리 모두를 위해 옳은 결정일지도 모르는 터. 지금 이 순간부터 네게 모든 것을 일임할 테니 수하들을 잘 이끌도록 해라."

한마디로 일선에서 물러나겠다는 말이었다. 그리곤 방주의 상징인 승천검(昇天劍)을 건넸다.

"아, 아버님!"

여회가 깜짝 놀라 소리치자 여강은 씁쓸한 미소를 지었다.

"능력도 없는데 너무 오랫동안 앉아 있었다. 방을 세우신 조부님을 생각하면 그러지 말았어야 했는데. 방주를 잘못 만나 욱일승천하던 용천방이 오늘날 이런 모습이지 않느냐?"

"아닙니다, 아버님. 소자, 아직은 자격이 없습니다. 더구나 아버님이 이토록 정정하신데."

"아니다. 물러날 때가 되었어. 원래는 조만간 날을 잡아 정식으로 방주에 앉히고 싶었는데 일이 이렇게 되었구나. 싸움이 금방 끝날 것도 같지 않고 또 그럴듯하게 포장된 것보다는 이렇게 전해주는 것도 나쁘지는 않을 것 같다. 부디 이 검으로 본 방의 이름을 사해에 떨쳐주거라."

여회는 거듭해서 사양했으나 여강의 고집을 꺾을 수는 없었다. 더구나 여몽과 여전이 허락하기를 청했고 방의 주요 인사들마저 그렇게 하기를 청하자, 그는 결국 승천검을 받아들임으로써 정식으로 용천방의 방주 직을 계승했다.

그의 첫 번째 명령은 정도맹 석주 분타(石柱分舵)를 공격하라는 것이었다.

*   *   *

천하 만물이 완전히 어둠에 잠긴 밤이었다. 하나 낮에 있었던 비무 대회의 뜨거운 열기는 좀처럼 가라앉을 줄 몰랐다. 온갖 주점, 객점, 그리고 황보세가 내에서도 사람들은 술잔을 기울이며 남궁세가와 팽가의 치열하면서도 처절한 비무에 대해 얘기꽃을 피웠다. 특히 궁귀의 후예가 등장했다는 것은 그들에게 좋은 얘깃거리였다.

노고수들과 각 세가의 가주들이 모인 황보장의 거처 안심거에도 단연 화제가 된 것은 을지호였다.

"허허허, 일이 그렇게 된 것이로구나. 그래, 남궁세가에 온 지가 삼 년째라고?"

"예, 큰할아버님."

"아무튼 잘된 일이야. 남궁세가가 힘들어하는 모습이 늘 마음에 걸렸었는데. 허허, 남궁혜 소저가 결국 소문을 따라갔다니……. 그런 소문이 있기는 했지만 설마 했었다. 그러고 보니 벌써 오십여 년이란 세월이 흘렀구나. 무심한 사람 같으니. 한 번쯤 안부라도 전해줄 것이지."

곽검명의 말투엔 을지소문을 그리워하는 마음이 가득 담겨 있었다. 그의 말이 끝나기가 기다렸다는 듯 단견이 호통을 쳤다.

"이 녀석아! 그건 그렇고 지난번엔 어째서 모른 척했느냐?"

"하하, 어쩌다 보니 그렇게 되었습니다. 원래는 비무대회가 끝난 다음 정식으로 인사를 드리려고 했는데."

"흥, 핑계없는 무덤이 어디 있을까?"

"죄송합니다, 용서해 주시지요."

"벌주(罰酒) 석 잔을 받으면 고려해 보마."

짐짓 노기 띤 모습을 한 단견이 술병을 기울였다.

"흐흐흐, 석 잔이 아니라 백 잔이라도 받지요."

냉큼 잔을 들어 술을 받은 을지호가 단번에 들이키며 대꾸했다.

"시끄럽다, 이놈아! 어이구, 느글느글한 태도 하며 그 징글맞은 웃음소리가 어찌 그리 소문 형님과 똑같은지."

고개를 흔드는 단견, 하나 그의 표정엔 흐뭇함이 가득했다. 술잔을 비우기가 무섭게 황보장이 잔을 채웠다.

"핏줄이 어디 가겠는가? 닮는 것은 당연하겠지. 자, 내 잔도 받게나."

"감사합니다, 어르신."

"아무튼 정말 반갑네. 자네를 보니 그 친구를 다시 보는 것 같아."

"예, 어르신. 할아버님께서도 권왕 어르신 말씀을 많이 하셨습니다."

"허허, 그랬는가? 무슨 할 말이 있다고."

말은 그리했어도 황보장은 을지호가 자신을 잊지 않았다는 것에 몹시 기분이 좋은 것 같았다. 그러자 곁에 있던 황보권이 대뜸 끼어들었다.

"혹시 내 얘기는 없었는가?"

"웬걸요, 벽력권 어르신의 말씀도 많이 하셨지요."

"흠흠, 그랬는가? 자자, 어서 잔을 비우게나. 내 잔도 받아야지."

황보권이 반색하며 술병을 들었다. 어린아이와도 같은 그의 행동에 술자리는 잠시 웃음바다가 되었다. 하지만 모든 이들이 그런 것은 아니었다. 그 옛날 을지소문과 악연이 있었던 당가의 가주 당욱, 그로 인해 누이인 제갈영영을 잃었다고 생각하는 제갈경은 다 같이 웃고 분위기를 맞추기 위해 노력은 하는 듯했으나 다소 불편한 기색이었다.

웃음이 잦아들쯤 팽무쌍이 남궁민에게 조용히 말했다.

"몸은 좀 괜찮으시오?"

"휴식을 취하고 나니 많이 좋아졌습니다."

"그만 하길 천만다행이오. 가주께서 쓰러지실 때 얼마나 놀랐는지 모른다오."

"염려해 주신 덕분입니다."

남궁민이 공손히 사의를 표했다.

"아무튼 지금 이 시간부로 팽가와 남궁세가 간에 있었던 불미스러운 일은 모두 불문에 붙이기로 합시다."

"따지고 보면 잘못은 그쪽에서 먼저 하지 않았는가? 주점에서 먼저 소란을 피운 것은 팽가의 식솔이라고 들었네만."

을지호와 술잔을 주고받다 잠시 귀를 기울이고 있던 황보권이 못마땅하다는 듯 말했다.

"그만 하게나."

황보장이 재빨리 말을 막고 나섰으나 황보권은 아랑곳하지 않았다.

"누누이 말하지만, 비무대회에서 그렇게 감정적으로 처신을 한 것은 보기 안 좋았네. 아무리 자식이 귀하다고는 해도 열혈도 그 친구가 나선 것 또한 분명 잘못된 것이야."

"예, 잘 알고 있습니다."

입이 열 개라도 무슨 할 말이 있겠는가. 무안함에 얼굴이 벌겋게 달아올랐으나 팽무쌍은 그저 잘못을 인정하며 고개를 숙일 뿐이었다.

"어허, 그만 하라니까. 이미 모두 지난 일이고 팽가와 남궁세가가 화해를 한 마당에 자네가 나서서 또 분란을 일으키려 하는가?"

"그냥 그렇다는 게지요."

황보장이 역성을 내자 황보권도 더 이상 책망할 수는 없었다. 더구나 아무리 잘못된 점이 있기로서니 한 세가의 가주를 그리 몰아붙인다는 것은 가주인 팽무쌍이나 팽가에 대한 예의가 아니라는 생각도 했다.

분위기를 바꾸기 위함인지 곽검명이 화제를 바꾸었다.

"아참! 그건 그렇고, 아까 그게 무엇이었느냐?"

"무슨 말씀이십니까?"

"비무에서 말이다. 무영사나 이기어시는 수도 없이 봐서 알고는 있었으나 불꽃이 이는 수법은 처음 보았다. 예사롭지가 않던데."

곽검명의 눈이 가장 맑게 빛나는 순간은 비무를 할 때나 무공에 대해 논할 때였다. 바로 지금이 그랬다. 그런 곽검명의 성격을 익히 들어 알기에 을지호의 입가엔 절로 미소가 지어졌다.

"화염시(火焰矢)라는 겁니다."

"화염시?"

"아버지가 만든 무공입니다. 몸에 쌓인 극양(極陽)의 힘을 유형화시켜 발출하는 것이지요."

"흠, 그럴듯하구나."

그런데 뭔가가 이상한지 고개를 갸웃거렸다.

"한데 이상한 것이 하나 있다. 내가 기억하기론 소문의 내공이 상상할 수 없을 정도로 막강했으되 극양의 기운을 띠고 있지는 않았는데?"

"예, 무위공(無爲功)은 음양(陰陽)의 조화가 완벽히 균형을 이루고 있는 공부라 어느 한쪽에 치우치지 않습니다. 다만 몇 가지 무공을 익히는 과정에서 극양의 힘을 얻게 되었지요. 화염시는 그것을 응용한 겁니다."

"몇 가지 무공이라… 아, 그렇구나! 이제야 알겠다. 그분의 무공까지 얻은 게로구나."

그는 과거 패천궁의 궁주였던 구양풍(邱暘風)과 환야가 소문을 따라갔다가는 것을 상기하고는 입을 쩍 벌렸다. 그리곤 을지호를 한참이나 쳐다보았다. 천하제일이었던 궁귀 을지소문과 그 이전의 천하제일이었던 구양풍의 무공마저 익혔다고 생각하니 도저히 인간으로 보이지 않았다.

곽검명이 어떤 생각을 하고 있는지 짐작한 을지호가 은밀히 전음을 날렸다.

[어쩌다 보니 그렇게 되었습니다. 그 외에도 몇 가지 더 익혔지요.]

"허허, 무슨 비밀 이야기를 하기에 그렇게 은밀히 말을 전하는가? 이 늙은이는 알면 안 되는 것인가?"

권왕이 어떤 고수인데 을지호의 행동을 눈치 채지 못할까? 짐짓 섭섭하다는 표정을 지으며 던지는 말에 을지호의 얼굴이 빨갛게 달아올랐다.

"그러게 말입니다. 어디 나도 한번 들어보자꾸나!"

단견이 맞장구를 치며 소리쳤다. 말하지 않으면 혼을 내주겠다는 듯 주먹까지 치켜세운 채였다. 그런 단견의 모습에 또 한 번 웃음이 터져 나왔다. 그러나 그들의 웃음은 얼마 가지 못했다. 술자리에 난데없이 두 명의 불청객이 찾아들었기 때문이다.

찰나의 차이를 두고 먼저 들어선 사람은 제갈세가의 장자인 제갈청(諸葛靑)이었다.

"할아버님!"

"아니, 청아가 아니냐? 왜 그러느냐?"

세인들은 제갈은과 제갈능을 일컬어 문무쌍성이라 하며 제갈세가가 낳은 천재들이라 칭하기를 마다하지 않았지만 그들마저도 제갈청의 능력엔 엄지손가락을 치켜세우니 제갈청은 그 능력을 철저하게 감추고 있는 잠룡(潛龍) 중의 잠룡이었다. 이미 무공 실력만큼은 제갈세가 내에서도 세 손가락 안에 들 정도였다.

한데 제갈청이 핏기가 하나도 없는 얼굴에 허둥대는 것이 아닌가. 그런 손자의 모습을 단 한 번도 본 적이 없었던 제갈경은 일이 나도 큰일이 났음을 직감했다.

"본 가가 위험하다는 전갈입니다!"

꽝!

엄청난 충격이 제갈경의 뒷머리를 때렸다. 아니, 자리에 있는 모든 이들이 그와 같은 충격에 사로잡혀야 했다.

"그게 무슨 소리더냐! 위험하다니, 어째서?"

"그러니까……."

제갈청의 음성은 뒤이어 나타난 사내에 의해 가로막혔다.

"태상장로님!"

예의라고는 전혀 찾아볼 수 없을 정도로 무례하게 방문을 걷어차고 들어선 사내는 삼십 중반 정도로 보이는 개방의 제자였다.

"아니, 너는 태안 분타(泰安分舵)의 낭선(狼筅)이 아니더냐?"

"그, 그렇습니다!"

어찌나 다급히 달려왔는지 그는 연신 거친 숨을 몰아쉬고 있었다.

"무슨 일이기에 그리 급한 모습인 게냐?"

제갈청도 그렇고 낭선도 그렇고 연이어 달려온 것이 뭔가 심상치 않은 일이 일어나고 있는 것 같았다.

"크, 큰일났습니다!"

"네 모습을 보니 말 안 해도 알겠다. 그래, 무슨 일이냐? 그리 헐떡거리지만 말고 어서 말을 하여라!"

단견의 음성이 절로 높아졌다.

"패, 패천궁이 움직였습니다. 전 흑도문파에 패천령(覇天令)이 떨어졌다는 급보입니다!"

"패, 패천궁이?!"

"패천령!!"

또 한 번의 충격이 좌중을 휩쓸었다.

패천령이 무엇이던가!

패천궁의 궁주가 흑도의 전 문파와 무인들에게 내리는 절대적인 명령. 말하자면 총동원령이나 마찬가지였다.

"저것이더냐?"

제갈경이 다급히 물었다.

"그렇습니다. 벌써 상당수의 세력들이 집결하고 있고, 특히 악양 분타에는 엄청나게 많은 인원이 모였다는 소식입니다!"

"음."

제갈경의 입에서 절로 침음성이 터져 나왔다. 패천궁이 움직였다면 그들과 가장 가까이에 있는 정도맹의 몇몇 분타와 제갈세가가 일차 목표가 될 것은 자명한 일. 어쩌면 비중으로 보아 제갈세가에 힘을 집중시켜 우선적으로 점령하려 할 것이 틀림없었다.

"다른 것은? 다른 말은 없었더냐?"

단견의 물음에 가쁜 숨을 다소 진정시킨 낭소가 왕호연으로부터 전해져 온 소식을 찬찬히 전하기 시작했다.

흥에 겨웠던 술자리는 이미 심각해질 대로 심각해졌다. 왕호연의 말 한마디 한마디에 모두의 표정이 점점 굳어지고 이곳저곳에서 탄식과 한숨이 터져 나왔다. 소림에서 온 공선 대사(空宣大師)는 '얼마나 많은 피를 봐야 하는가'라고 읊조리며 연신 불호를 되뇌고 있었다.

"할아버님, 당장 돌아가셔야 합니다."

"그렇게 서둘러서 될 일만은 아니다."

"하지만 전력의 반이 이곳에 와 있습니다. 놈들이 작심하고 본 가를 노란다면 그 인원으로 막기란 사실상 불가능합니다."

그러나 제갈경은 단호히 고개를 흔들었다.

"제갈세가는 네가 생각하는 것처럼 그렇게 약하지는 않아."

과거 제갈세가는 물밀듯이 밀려드는 패천궁에 점령당하며 씻지 못할 수모를 당했다. 이후, 다시는 그와 같은 일을 당하지 않기 위해 세가 주변에 가히 상상도 못할 많은 절진과 기관매복을 깔아놓았고 치밀한 계획 아래 많은 고수들을 키워냈다. 무엇보다 그는 차기 가주인 제갈융과 문무쌍성 제갈은, 제갈능을 믿고 있었다. 그들이 지키고 있는한 제갈세가는 결코 쉽사리 무너지지 않으리라는 확신을 하고 있었다.

"네 아비와 숙부들을 믿어보거라. 대책을 의논하고 내일 아침에 떠난다 해도 늦지는 않다."

당장에라도 본 가로 달려갈 것만 같은 제갈청을 달랜 제갈경이 좌중을 둘러보았다.

"자, 절대로 있어서는 안 되는 일이 벌어진 것 같소. 요즘 들어 동태가 심상치 않더니 결국 이렇게 되고 말았소이다. 어찌하면 좋겠소?"

"맹주께서도 맹주령(盟主令)을 발동하셨을 겁니다. 하니 정도맹을 중심으로 놈들의 야욕을 분쇄해야 할 것입니다."

무당파의 대표로 온 천엽 진인이 기다렸다는 듯 입을 열었다.

"또한 오, 아니, 육대세가는 물론이고 곽 문주께서도 삼광문의 힘을 보태주시리라 믿습니다."

그의 말에 곽검명이 피식 웃음을 터뜨렸다.

"정도맹의 밑으로 들어가란 말이오?"

"아니, 꼭 그런 것은……."

정곡을 찔린 천엽 진인이 할 말을 찾지 못하자 제갈경 또한 다소 냉랭한 어투로 입을 열었다.

"물론 함께 싸울 것이오. 과거에도 힘을 합쳐 함께 싸운 적도 있고. 하나 그때도 연합(聯合)이었지 예속은 아니었소이다."

육대세가를 정도맹 밑으로 끌어들일 생각은 아예 하지도 말라는 선언이었다. 얼굴을 붉힌 천엽 진인은 더 이상 말문을 열지 못했다.

황보윤이 조심스레 의견을 내놓았다.

"우선 이 사실을 이곳에 모인 모든 이들에게 알리는 것이 좋겠습니다. 우리만의 싸움은 아니니까요."

"그렇습니다. 또한 즉시 각 본가에도 연락을 취해 만반의 준비를 갖추어야 할 것입니다. 가급적 한곳으로 힘을 집중시켜야 합니다. 흩어져 있다가는 각개격파당하기가 십상입니다."

당욱의 말에 고개를 끄덕인 제갈경이 악위군에게 물었다.

"악 장문인은 어찌 생각하시는가?"

"함께 힘을 모아 싸운다면 저들의 야욕을 헛된 망상으로 만들어줄 수 있으리라 생각합니다."

"허허, 자네의 말을 들으니 당연히 그리될 것으로 느껴지는군. 가히 천군만마(千軍萬馬)를 얻은 느낌이네."

"과찬입니다."

그때였다. 단견이 남궁민에게 넌지시 물었다.

"그나저나 남궁 가주는 어찌할 생각인가?"

사람들의 시선이 남궁민에게 모아졌다. 제갈세가의 사정도 급하다지만 무엇보다 위험에 빠진 곳은 패천궁 세력권에 자리하고 있는 남궁세가였다. 어쩌면 벌써 끔찍한 일을 당했을지도 몰랐다.

"글쎄요, 아직 잘……."

홀로 근심에 사로잡혀 있다 질문을 받은 남궁민은 대꾸할 말을 찾지 못하고 말끝을 흐렸다. 그녀의 낯빛은 이미 창백해질 대로 창백해져 있었다.

"아무래도 이 일은 가주가 독단으로 결정할 일은 아닌 것 같습니다. 이곳에 남아 함께 싸워야 할지, 아니면 세가로 돌아가야 할지 식솔들과 우선 상의해 봐야 할 것 같습니다."

남궁민을 대신해 대답한 을지호가 그녀의 옆구리를 툭 건드렸다. 자리를 뜨자는 신호였다.

"패천궁이 움직였다면 이미……."

단견은 차마 뒷말을 잇지 못했다. 눈을 동그랗게 뜨고 쳐다보는 남궁민의 시선 때문이었다.

"아직은 모르는 일입니다. 죄송합니다만 먼저 일어나겠습니다."

누가 말릴 사이도 없이 자리에서 일어난 을지호는 뒤도 돌아보지 않고 걸음을 옮겼다. 엉거주춤 일어난 남궁민 또한 변변한 예를 차리지 못하고 물러났다.

바로 그때 황보장이 황급히 그녀를 불렀다.

"이보게, 남궁 가주."

잠시 걸음을 멈춘 남궁민이 뒤를 돌아봤다.

"혼란스럽겠지만 잘 부탁하겠네."

"예? 아, 예."

남궁민은 그저 건성으로 대답하곤 서둘러 을지호의 뒤를 좇았다. 황보장이 한 말의 의미도 제대로 파악하지 못한 채.

"후~ 내 말은 아직 끝난 것이 아닌데. 하긴, 정신이 없기도 하겠지. 그나저나 하필 저들이 떠난 시기에 사건이……."

제아무리 패천궁이라 해도 을지호가 남궁세가에 버티고 있었다면 뭔가 대책이 나왔을 것이다. 하지만 그와 남궁민을 비롯하여 남궁세가의 전 전력이 떠나온 마당에 남궁세가는 미풍에도 흔들리는 촛불과도 같은 신세에 불과했다.

그들 누구도 황급히 자리를 뜨는 을지호와 남궁민을 탓하지 못했다.

제 26 장

참화(慘禍)

참화(慘禍)

잠룡각의 이층.

남궁민과 을지호가 초대를 받고 안심거로 간 이후 강유와 해웅 등은 새로 인연을 맺은 투랑과 술잔을 주고받고 있었다.

선대의 인연은 후대에까지 미치는 법이다. 곽검명과 을지소문이 의형제를 맺었듯, 투랑도 을지호와 형제의 예를 맺었고 자연적으로 강유 등과도 형님 동생 하며 지내게 되었다.

"아~ 그러니까 그렇게 비무를 다닌 것도 다 누이를 찾기 위함이란 말이로구나."

"뭐, 그런 셈이지… 요. 또 실력을 키우기 위함이기도 하고… 요."

투랑은 며칠 전만 해도 반말을 해대던 강유에게 갑자기 존대를 쓰는 것이 조금은 어색한 모양이었다.

"하하, 넌 참 재밌는 녀석이야. 또한 대단하기도 하고."

투랑이 부끄러운 듯 손사래를 쳤다.

"뭘요, 대단해지려면 아직 멀었지요. 저는 말이지요, 두 분 할아버지를 뛰어넘는 고수가 될 겁니다. 명성도 얻고요. 그래서 잃어버린 누이도 찾고 그럴듯한 문파도 하나 세울 겁니다. 늘그막에는 제자들도 왕창 받아들일 거고요."

목표가 있는 사람의 눈에선 광채가 난다고 했던가. 강유는 담담히 말하는 투랑의 눈에서 피어오르는 불꽃을 느낄 수 있었다.

"아니, 다른 것은 모르겠는데 귀찮게 문파는 뭣 하러 따로 세워? 가만히 있어도 삼광문인가 뭔가 하는 문파가 굴러들어 오잖아. 그리고 제자를 받아들이는 것도 때가 있는 법이라고 들었는데, 다 늙어서 제자는 무슨 제자?"

뇌전은 이해할 수 없다는 표정이었다. 피식 웃은 투랑이 고개를 흔들며 말했다.

"삼광문은 말이지요, 한마디로 미친 문파예요."

"……."

투랑은 자신의 조부가 문주로 있으며 또한 그가 속해 있는 문파를 너무나도 당연하다는 듯 미친 문파라고 단정 짓고 있었다.

황당함도 정도가 있는 법이었다. 해웅은 막 털어 넣던 술을 도로 쏟아냈고, 강유는 의자째 뒤로 넘어질 뻔했다. 천하의 뇌전도 할 말을 잃고 멍하니 쳐다볼 뿐이었다.

투랑은 그들의 반응엔 조금도 신경 쓰지 않았다.

"삼광문은 말 그대로 어느 한 가지에 미치지 않으면 들어올 수가 없는 문파입니다. 술에, 검에, 도에, 음(音)에… 거기서 며칠 지내다 보면 나까지 돌 것 같다니까요."

"너도 무공에 미쳐 있잖아?"

뇌전이 대뜸 물었다.

"그건 그거구요. 아무튼 나하곤 적성에 맞지 않아요. 난 그저 강한 상대를 찾아다니며 마음껏 겨뤄보고 싶을 뿐입니다. 늙어서 제자를 받는다는 것도 아무래도 나이가 들면 돌아다니면서 상대를 찾는 것이 귀찮고 힘들 것 같아서……."

"그러니까 그때는 제자를 키워 싸우겠다? 하하, 이거야 원. 정말 할 말이 없다."

강유가 어이없어할 때였다.

"어쩌면 네 말대로 원없이 싸울 수도 있겠다."

"벌써 오십니까?"

해웅이 생각 외로 빨리 돌아온 을지호를 보며 물었다. 을지호는 아무런 대꾸 없이 초번에게 명했다.

"모두 불러와."

"누구를?"

"모두 다. 뇌전은 위층에 가서 태상호법님을 모셔오고."

을지호의 음성이 더없이 무거웠다. 직감적으로 무슨 일이 생겼다고 느꼈는지 초번과 뇌전은 토를 달지 않고 즉시 움직였다.

"무슨 일이라도……."

강유가 을지호의 안색을 살피며 조심스레 물었다. 그러고 보니 을지호뿐만 아니라 뒤따라온 남궁민 역시 몹시 어두운 얼굴이었다. 하지만 그는 모두 모이면 얘기해 준다는 말에 입을 다물어야 했다.

잠시 후, 천도문을 비롯한 천양대와 천음대, 그리고 천뢰대의 모든 인원이 도착했다. 끝으로 태상호법이 도착하자 을지호는 한 발 뒤로 물러나며 남궁민에게 눈짓을 했다. 짧게 한숨을 내쉰 그녀가 천천히 말문을 열었다.

"패천궁이 북상하고 있다고 하는군요."

그녀의 말뜻을 파악한 사람은 아무도 없었다. 천도문이 두 눈을 깜빡거리며 되물었다.

"북상이라니요? 그렇다면… 설마!!"

질문하는 사이 말의 의미를 알아챘는지 그의 눈이 화등잔만해졌다.

"전면전이에요. 패천궁과 정도맹, 아니, 백도와 흑도라 하는 것이 맞겠군요. 전 무림인들이 뒤엉켜 싸우게 될 테니."

"그, 그런 일이!"

너무나 갑작스런 말에 모두 당황스러움을 금치 못했다. 언제고 일어날 일이라 막연히 생각하고는 있었으나 막상 눈앞에 닥치자 어떤 말을 해야 하고 또 어찌 행동해야 할지 감을 잡을 수가 없었다.

"사실이더냐?"

가만히 듣고 있던 태상호법이 을지호에게 물었다.

"그렇다는군요. 아주 대대적으로 밀고 올라올 모양입니다."

"흠. 하긴, 터질 때도 되었지. 꽉 차면 넘치게 마련이니까. 그나저나 대책을 세우느라 난리들 났겠구나?"

을지호가 너털웃음을 지었다.

"후후, 보시지 않아도 알 수 있잖습니까? 난리도 그런 난리가 없지요. 벌써부터 이곳저곳에서 소식이 날아들고 정도맹과 연합을 해야 하느니 말아야 하느니 말들도 많습니다."

고개를 끄덕인 태상호법이 시선을 돌려 남궁민을 바라보았다.

"그래, 가주는 어쩔 생각이더냐?"

"아직 아무런 결정도 내리지 못했습니다. 다들 모인 자리에서 의논해 보려고 합니다."

"음, 그것도 좋겠지. 하나 이미 결론은 나 있는 것 같은데… 어쨌든 얘기들 나눠보거라. 그리고 너는 잠시 나 좀 보고."

태상호법은 을지호를 따로 불러냈다.

"어떤 상황까지 이른 것이냐?"

"자세한 것은 모르겠습니다. 다만 정도맹에서 전해져 온 소식과 제갈세가에서 보내온 소식에 따르면 패천령인가 뭔가가 흑도문파에 전해졌다고 하는데 그게 뭔지는 잘 모르겠습니다."

"패천령."

태상호법의 입에서 짧음 신음성이 터져 나왔다.

"꽤나 대단한 것인가 보군요."

어느 정도 감이 오기는 했어도 다른 사람들은 다 알아듣는데 자신만 모르는 것 같아 일부러 묻지 않았던 것이 바로 패천령이 지닌 의미였다. 한데 담담한 표정으로 묻던 태상호법의 얼굴에 처음으로 놀람의 빛이 떠올랐다. 그로서도 자연 긴장하지 않을 수 없었다.

"대단하긴 하지. 모든 흑도의 문파들과 무인들에게 명을 내리는 것이니까, 절대로 거부할 수 없는. 네 말대로 녀석이 패천령까지 동원했다면 붙어도 아주 단단히 붙을 모양이구나."

"정도맹에서도 대거 무인들을 모을 모양입니다."

"그렇겠지. 그러지 않고는 감히 상대하지 못할 테니. 지난날의 빛을 갚을 좋은 기회라고 생각하는 이들도 있겠고. 그나저나 이것은 또 무슨 묘한 인연이더냐? 지난 싸움에선 네 할아비가 끼어들더니 이번엔 네가 엮이게 생겼구나."

"휴우~ 그러게 말입니다. 가능하면 피했으면 좋겠는데요."

을지호는 심각한 표정을 짓고 있는 남궁민의 모습을 힐끔거리며 한숨을 내쉬었다.

"알아서 잘 판단하겠지. 그래, 어떤 결론을 내리고 있는지 들어나 볼까?"

간단히 대화를 마친 태상호법과 을지호가 한창 갑론을박을 벌이고 있는 곳으로 걸어갔다.

"이곳에서 다른 세가들과 행동을 함께해야 합니다. 어차피 돌아가는 길은 막혀 있을 것이고, 소수로 움직이다가는 당하기 십상입니다."

뇌전의 말에 초번이 곧바로 반박했다.

"하지만 세가에는 곽 노인을 비롯하여 여러 식술들이 남아 있습니다. 그들을 버릴 수는 없습니다. 물론 힘든 길이 되리라는 것엔 이견이 없으나 그래도 뚫고 가야 합니다."

의견은 두 가지였다.

다른 세가와 함께 움직이며 싸우느냐? 아니면 세가로 돌아가 이후의 상황을 살필 것이냐?

천도문과 뇌전 등은 함께 남아 싸울 것을 주장했고, 연능천과 초번은 싸울 때 싸우더라도 일단은 세가로 돌아가는 것이 좋겠다는 의견이었다. 두 가지 의견은 어느 하나가 우위라 할 수 없을 만큼 팽팽했다.

"결국 결론은 가주가 내리는 거다. 힘든 결정이지. 자칫 잘못하면 힘겹게 가꾸어놓은 지금까지의 노력이 물거품이 될 수도 있으니까."

자신의 의견을 묻는 시선에 을지호는 고개를 흔들며 모든 것을 남궁민에게 맡겼다. 그녀는 한참 동안이나 말문을 닫고 생각에 잠겼다. 모두 입을 다물고 그녀만을 주시했다.

그렇게 일각이란 시간이 흘렀다.

마침내 결정을 내린 남궁민이 좌중을 둘러보았다.

"결론을 듣기 전에 하나만 말해 두마."

그녀가 막 입을 여는 순간 태상호법이 끼어들었다.

"말씀하세요."

"첫째는 나와 이 녀석이 있는 한 남궁세가로 돌아가는 길에 패천궁의 무인들과 만난다 하더라도 별일은 없을 것이라는 게야."

태상호법은 반문하려는 남궁민에게 손짓을 하고는 말을 이었다.

"또한 이곳에 남아 싸운다 하더라도 세가의 식솔에겐 아무런 해도 없다라는 것이지."

"놈들이 가만 놔두겠습니까?"

초번이 물었다.

"패천궁이 전력이 빠져나간 문파 따위를 어찌할 것이라 보느냐? 패천궁을 너무 우습게 보지 말거라."

초번은 아차 하는 심정으로 뒤로 물러났다. 다른 사람은 몰라도 그는 느끼고 있었다. 태상호법과 패천궁은 분명 어떤 식으로라도 관계가 있다는 것을.

태상호법의 말이 끝나기를 기다리던 남궁민이 입을 열었다.

"제가 가장 걱정했던 부분이 바로 그것이었지요. 과연 본 가가 무사할 것인가? 하나 태상호법님의 말씀을 듣고 보니 패천궁이 무공을 익힌 사람이라곤 한 명도 없는 본 가를 공격할 것 같지는 않군요."

"그렇다면?"

"예, 이곳에 남아 싸울 생각입니다."

"처음부터 그럴 생각이었지?"

을지호가 쓴웃음을 지으며 물었다. 남궁민이 고개를 끄덕였다.

"어차피 돌아간다 해도 늦었을 테니까요. 부디 염려한 일이 벌어지지 않기를 기원할 뿐이지요."

천도문이 방이 떠나가라 웃음을 터뜨렸다.

"자, 이제는 남궁세가가 어떤 곳인지 놈들에게 똑똑히 보여주는 일만 남은 겁니다! 하하하하!!"

"누가 저놈 입 좀 막아라, 다 같이 처박히고 싶지 않으면!"

을지호가 신경질적으로 소리치자 해웅이 몸에 어울리지 않게 번개 같은 몸짓으로 천도문을 덮쳤다.

바로 그때였다.

인연을 맺기는 했어도 아무래도 외인인지라 다소 떨어진 곳에 홀로 앉아 있던 투랑이 남궁민을 불렀다.

"가주 누님, 손님 왔는데요."

그의 말이 끝나기도 전에 한 사내가 방 안으로 들어섰다.

"누구신가요?"

남궁민의 물음에 사내는 조금은 들뜬, 그러나 힘찬 목소리로 대답했다.

"황보… 아니, 남궁류라고 합니다."

"전 가주님과 가모님께서는 그다지 원만한 사이가 아니셨습니다. 가주께서는 세가를 일으키기 위해 애를 쓰시느라 정신이 없으셨고, 훗날 알게 된 것이지만 가모님 또한 원해서 혼인한 것이 아니고 당가에서 옛날부터 내려오는 두 가문의 돈독한 인연을 계속 이어가기 위해 억지로 혼인을 시킨 것이라 하더군요. 두 분의 혼인은 아가씨가 다섯 살 나던 해 더 이상 참지 못한 가모님께서 당가로 돌아가시면서 끝이 났지요. 그런데 당가로 돌아가신 가모님의 뱃속에 또 다른 생명이 자라고 있었습니다. 가주께서 그것을 아신 것은 꽤나 오랜 시간이 흐른 다음이었지요. 가주께서는 그 즉시 아이를 세가로 데려오려 하셨지만 늦어도 너무 늦고 말았습니다. 그때는 이미 가모께서 황보세가와 새로운 인연을 맺은 후였고 태어난 아이도 황보라는 성을 쓰고 있었으니까요. 결국 가주께서는 황보세가의 문 앞에서 몸을 돌리고 마셨습니다. 가모님의 새로운 부군이자 친자식의 부친이 된 인물과 한 잔 술을 나누고 한 번도 품어보지 못한 자식의 이름만을 가슴에 담고 말입니다. 황보류라는……."

'후~ 힘들겠어. 하필이면 이럴 때……'

남궁민이 머물고 있는 방문 앞.

세가를 떠나기 직전 곽 노인에게서 전해 들은 말을 떠올린 을지호는 땅이 꺼져라 한숨을 내쉬었다.

"젠장, 잘되겠지."

머뭇거릴 시간이 없었다. 일단 어떻게든 해결을 해야만 하는 일이었다. 마음을 다잡은 그가 조심스레 방문을 열었다.

"저를 설득하려 하지 마세요, 듣기 싫으니까!"

아직도 흥분된 마음을 가라앉히지 못하고 있는지 붉게 상기된 얼굴로 연신 술잔을 기울이던 남궁민은 슬그머니 걸어 들어오는 을지호를 보며 소리쳤다.

"내가 무슨 말을 했다고 그래? 입도 뻥긋하지 않은 사람에게."

을지호는 억울하다는 듯 손을 내저으며 그녀의 맞은편에 앉아 술잔을 들었다.

"혼자 무슨 맛으로 술을 마셔, 잘 마시지도 못하면서. 그러지 말고 나도 한잔 줘라."

남궁민은 별말없이 빈 잔에 술을 채웠다. 을지호는 그녀가 따라준 술을 단숨에 들이켰다. 그리곤 잔을 건넸다. 그렇게 주거니 받거니 하면서 단숨에 세 병의 술을 비웠다. 세 병의 술을 비우는 동안 그들은 한마디도 하지 않았다.

"힘드냐?"

탁자 위에 있던 술이 완전히 바닥난 것을 확인한 을지호가 한참 만에 한마디 던졌다.

"……."

"많이 혼란스러운 것 같다."

"혼란스러울 것도 없어요."

남궁민이 다소 짜증나는 어투로 대꾸했다.

을지호는 본격적으로 말을 나눌 때가 되었다고 생각했는지 크게 심호흡을 했다. 낌새를 눈치 챈 남궁민이 재빨리 말문을 막았다.

"지금은 아무 말도 하고 싶지 않아요."

"지금 하지 않으면 언제 할까? 당장 내일 아침 어디로 떠나야 할지 모른다. 정도맹으로 갈 수도 있고 제갈세가를 돕기 위해 갈 수도 있지. 하지만 확실한 것은 오늘 밤이 지나고 나면 한가롭게 고민할 시간이 없다는 것이야. 왜 그런지는 말 안 해도 알겠지?"

남궁민은 별다른 대꾸를 하지 않고 애꿎은 술잔만 만지작거렸다.

"단도직입적으로 물으마. 어떻게 할 생각이냐?"

"어찌하다니요?"

되묻는 목소리에 절로 한기가 느껴졌다.

"너는 부정할지 몰라도 그 녀석은 틀림없는 남궁세가의 핏줄이야.

네 친동생이기도 하고."

"거짓말이에요! 난 동생이 없어요."

"세가를 떠나기 전 곽 노인에게 들었다."

"곽 노인이 잘못 알고 있는 거예요. 분명히 말하지만 내겐 동생이 없어요."

"아니, 너는 알고 있었어, 동생이 있다는 것을. 그렇지 않다면 녀석이 찾아왔을 때 그렇게 놀라지는 않았을 테니까. 곽 노인은 네가 모른다고 했지만 그렇지 않아. 너는 분명히 알고 있었어. 어떤 식으로 알게 되었는지는 나도 모르겠지만, 틀림없이 알고 있었어."

팍!

힘을 견디지 못한 술잔이 조그만 파편이 되어 바닥으로 흘러내렸다. 그녀의 손에서 한줄기 핏물이 흘렀다.

"알고 있으면서 왜 부정하는 것이냐?"

"……."

그녀가 동요하고 있었다.

"너를 이해한다는 말은 하지 못한다, 나는 네가 아니니까. 그렇지만 애써 찾아온 핏줄을 외면한다는 것도 좋은 생각은 아닌 것 같다."

"그래요, 알고 있었어요. 그렇다고……."

떨려오는 가슴을 잠시 진정시키느라 그런 것인지 아니면 하기 싫은 말을 억지로 해야 하기 때문인지 잔뜩 인상을 찌푸리고 입술을 잘근잘근 깨물고 있던 남궁민의 말문은 제법 오랜 시간이 흐른 다음에야 다시 열렸다.

"그렇다고 변하는 것은 없어요. 핏줄이라고요? 그것까지는 부인할 수 없겠지요. 하지만 피는 남궁세가의 것일지는 몰라도 지금의 그는 머리에서 발끝까지 황보세가의 사람이니 우리와는 관계가 없어요."

"그게 녀석의 잘못은 아니다."

"그럼 내 잘못인가요? 한때는 그 여자를 그리워하며 울며불며 날뛰었던 적이 있었지요. 그리고 이십 년 가까이 떠나간 여자를 그리워하며, 또 뒤에 태어난 아이를 보고파 하며 남몰래 눈물짓는 아버지의 모습을 보면서 자랐어요. 이 마음에 무엇이 남아 있을까요? 남편과 어린 자식을 버리고 떠난 그 여자에 대한 이해? 동정심? 아니면 핏줄에 대한 그리움?"

남궁민의 입가에 싸늘한 웃음이 피어올랐다.

"오로지 증오뿐이에요. 아니, 이제는 증오도 하지 않아요. 그저 경멸할 뿐."

"네 어머니를 증오하든 경멸하든 그것은 네가 판단할 일이니까 내가 알 바 아니다. 다만 그 따위 이유로 핏줄을 부정할 수 있다고 생각하는 것은 아니겠지?"

"왜 못해요? 그가 아버지의 얼굴을 단 한 번이라도 본 적이 있나요? 세가가 어디에 있고, 어떤 건물이 있으며, 식솔들이 어떤 음식을 먹는지 단 한 가지라도 알까요? 조사당에 어느 분들의 위패가 모셔져 있는지 아는 것이 있을까요?"

남궁민은 점점 흥분하고 있었다.

"아까도 말했지만 그가 아는 것은 모조리 황보세가의 것이에요. 당장 입고 있는 옷, 살고 있는 집, 먹고 있는 음식, 익히고 있는 무공 또한 황보세가의 것이지요. 그와 남궁세가가 연관된 것은 아무것도 없어요. 그저 있다면 아버지의 피를 받았다는 것뿐!"

"그것이면 충분하잖아."

"······."

"넌 도대체 핏줄을 뭐라고 생각하는 거냐? 고작 먹고, 자고, 입는 것 따위와 바꿀 수 있다고 생각하는 거냐? 새끼 호랑이가 늑대 굴에서 자란다고 해도 늑대가 될 수는 없는 거다. 어느 정도 동화가 되기는 하겠지만 그 본성은 바뀌지 않아. 그 몸속에 흐르는 제왕의 피는 절대로 바뀌는 것이 아니란 말이다. 네 말대로 녀석이 자란 환경은 황보세가다. 당연히 모든 것들이 황보세가와 관계가 있겠지. 하지만 여기."

을지호가 손을 가슴에 대었다.

"이곳에서 뿜어져 나오는 피는 황보세가의 것이 아닌 바로 남궁세가의 것이야. 너와 같은 피를 지닌, 아버지에게서 물려받은 남궁세가의 피란 말이다. 그 피 속에는 배워서 알게 되는 것이 아닌 본능적인, 수백 년이 넘는 오랜 세월 동안 쌓인 무엇인가가 함께 전해져 온다. 결코 부정할 수 없고 부정해서도 안 되는 그 무엇인가가."

"······."

남궁민은 아무런 말도 하지 않았다. 여전히 입술만 잘근잘근 씹을 뿐이었다.

"더 이상 다른 말은 하지 않으마. 다만 스무 해 동안 알고 지냈던 모든 사람들과 환경을 버리고 단지 핏줄을 찾겠다고 힘겨운 발걸음을 한 녀석의 입장을 한 번만이라도 생각해 봐라. 그동안 네가 살아오면서 겪은 고통과 절망감이 녀석에겐 단 며칠 사이에 찾아왔을 것이야. 아무튼 이곳에 머물게 하겠다."

을지호는 반발하려는 남궁민의 말을 가로막으며 재빨리 말을 이었다.

"너무 즉흥적으로 생각하지 말고 또 네 생각만 하지 마라. 모든 것을 버리고 너를 찾은 녀석의 마음과 동생을 그리워하시던 부친의 마음을 차분히 헤아려 봐. 그래도 정말 아니라면 네가 원하는 대로 해줄 테니까."

"……."

자리에서 일어난 을지호는 묵묵히 고개를 숙이고 있는 그녀의 어깨를 툭 건드리고는 발걸음을 돌렸다.

"아, 그런데 한 가지만 물어보자."

문 앞에서 들려오는 을지호의 말에 남궁민이 살짝 고개를 들었다.

"아까 그 녀석을 볼 때 아무런 느낌도 없든? 녀석 말을 들어보니 몰래 너를 봤을 때 미친 듯이 심장이 뛰었다고 하던데. 뭐, 그게 핏줄이라는 것이겠지."

멀어지는 발걸음 소리를 들으며 남궁민은 길게 한숨을 내쉬었다. 그리곤 한참이 지난 후에야 자신의 손에서 피가 흐른다는 것을 느낄 수 있었다.

"정말 최악의 밤이야!"

그녀가 신경질적으로 소리쳤다.

그러나 그녀와 남궁세가에게 최악의 밤은 황보세가가 아닌 다른 곳에서 소리없이 다가들고 있었다.

*   *   *

"너… 희들은… 누구냐?"

"그런 것이야 죽으면 저절로 알게 되지 않겠소?"

곽 노인의 가슴을 밟고 있는 사내의 입가에 미소가 지어졌다.

"도, 도대체 남⋯ 궁세가와 무슨 원한⋯ 이 있어서⋯⋯."

심상치 않은 부상을 당했는지 곽 노인은 점점 감기는 눈을 억지로 치켜뜨며 물었다.

"원한이라? 뭐, 그 딴 것은 없소. 우리야 그저 위에서 시키는 일을 할 뿐. 아니지, 따지고 보면 큰 원한이 있기는 있는 것 같소이다. 옛날 옛적의 일이지만."

"보, 본 가엔⋯ 지금 무, 무공을 익힌 사람이 한 명도 없⋯ 다⋯⋯."

"알고 있소. 오룡지환가 뭔가 하는 곳에 간 걸로 알고 있소만."

"세, 세상에⋯ 무공⋯ 도 모르는 사, 사람들을 이리 잔⋯ 인하게 해칠 수는 어, 없는 법이다⋯⋯."

쥐어짜듯 간신히 내뱉는 곽 노인의 말에 사내는 싱긋 웃음을 지었다.

"법이야 만들면 되는 것이고, 중요한 것은 그들 역시 남궁세가의 식솔이라는 것이외다. 우리의 목적은 남궁세가를 지상에서 깨끗이 사라지게 만드는 것이라오. 사람은 물론이고 기르던 가축, 심지어는 자라고 있는 풀잎도 하나 없이 말이오. 알아들으시겠소? 하하하하!"

"네, 네놈들이!!"

최후의 기력을 짜낸 곽 노인이 사내의 발을 낚아채려고 손을 움직였다. 하나 그러기엔 천천히 가슴을 짓눌러 오는 힘이 너무도 강했다. 손이 사내의 발에 닿기는 했지만 아무런 힘도 쓸 수가 없었다.

'아, 아가씨.'

곽 노인은 혼미해지는 정신 속에서 환하게 웃고 있는 남궁민을 보았다. 그리고 을지호와 강유 등을 떠올리며 입가에 엷은 미소를 머금은 채 숨을 거두었다.

그의 죽음을 끝으로 남궁세가엔 더 이상 숨을 쉬고 있는 존재가 아무것도 없었다.

동녘에서 어슴푸레 빛이 보이는 이른 새벽의 일이었다.

*   *   *

"혀, 형님!"

거의 박살이라도 나듯 요란스런 소리와 함께 문이 열리고 밤새 술을 마시다 새벽녘에 돌아간 투랑이 옷도 제대로 여미지 못한 채 허겁지겁 들어섰다.

아침 일찍 대책회의를 하러 집의전으로 간 남궁민을 대신해 세가의 주요 인물들을 모아놓고 앞으로의 일들에 대해 당부하고 있던 을지호는 난데없는 불청객에 이맛살을 찌푸렸다.

"이놈아, 그러다가 문이라도 부서지면 어쩌려고 그래? 네가 물어줄 것도 아니면서. 그리고 꼴은 또 그게 뭐냐? 사내놈이 그깟 술 조금 먹었다고 헤매기는. 쯧쯧쯧."

투랑과 함께 밤을 새워 술을 마셨지만 쌩쌩하기만 한 해웅이 한심하다는 듯 혀를 찼다.

"지금 그게 중요한 게 아니라고요!"

"무슨 일인데 그래?"

투랑의 행동에 뭔가 심상치 않은 것을 느낀 을지호가 해웅의 입을 막고 물었다.

"남궁세가가……."

"남궁세가? 남궁세가가 뭐?"

"그, 그러니까……."

투랑이 머뭇거릴 정도의 일이라면 일이 터져도 단단히 터진 것이 분명했다. 을지호는 그의 멱살을 잡아채듯 붙잡으며 물었다.

"뜸 들이지 말고 빨리 말해! 남궁세가가 어째서?"

"무너졌답니다. 젠장할!"

마치 고자질을 하는 아이처럼 고개를 숙인 투랑, 어느새 손을 푼 을지호는 멍한 눈으로 그를 쳐다봤다.

"다시… 말해 봐. 뭐라고?"

"남궁세가가 무너졌다고요. 놈들에게 당했답니다."

"누구한테 들었어?"

"조금 전 태안 분타에서 연락이 왔어요."

"누가, 언제? 아니, 지금 어떤 상황이야?"

빠르게 질문을 던지는 을지호의 눈은 살기로 번들거리고 있었다.

"그것까지는 잘 모르겠어요, 잠결에 듣고 달려와서. 보다 자세한 것은 집의전인가 뭔가 하는 곳으로 가신 두 분 할아버지께 물어보는 것이……."

을지호는 그의 말이 끝나기도 전에 몸을 일으켰다.

"당장 움직일 준비를 해둬. 아직 자세한 것은 모르니까 쓸데없이 입놀리지 말고."

강유 등이 뭐라 대답할 땐 이미 그의 모습은 방 안에서 사라지고 없었다.

"지, 지금 그게 무슨 말씀이세요? 보, 본 가가 어찌 되었다고요?"

벌떡 일어나 묻는 남궁민은 제정신이 아니었다.

"무, 무너졌다고 하셨나요?"

거의 울먹이다시피 하는 물음에 단견은 무겁게 고개를 끄덕였다. 남궁민은 양손으로 머리를 감싸 쥐며 그대로 자리에 주저앉았다.

"그게 무슨 소린가? 남궁세가가 무너지다니?"

황보장이 설마 하는 표정으로 물었다.

"믿기지 않지만 그리되었다고 합니다. 조금 전 전해져 온 소식에 따르면……."

한없이 어두운 표정의 단견은 슬그머니 남궁민을 쳐다보곤 깊게 숨을 들이켰다. 안타까운 일이지만 할 말은 해야 했으니까. 하지만 그의 말은 황급히 뛰어온 을지호에 의해 막히고 말았다.

"어찌 된 것입니까?"

을지호는 예를 차릴 겨를도 없이 물었다.

"소식을 들은 모양이구나."

"투랑에게 들었습니다. 도대체 어떤 상황입니까?"

"태안 분타에서 온 전갈이다."

단견이 그에게 한 장의 서찰을 전해주었다. 을지호가 그것을 읽어가는 사이 단견은 서찰의 내용을 궁금해하는 사람들에게 남궁세가에 일어난 일을 설명하기 시작했다.

"공격은 패천령이 떨어진 직후에 시작된 것으로 보이고, 상황은 최악인 것 같습니다."

이런 상황에서 최악이란 말은 절대로 함부로 써서는 안 되는 말이었다. 그럼에도 단견은 서슴없이 최악이란 단어를 사용했다. 그것은 남궁세가가 처한 상황이 그만큼 좋지 않다는 것을 반증하는 것이었다.

그런데 모두 한 가지 사실을 간과하고 있었다.

"그, 그 정도인가?"

황보장이 떨리는 음성으로 물었다. 단견이 힘없이 고개를 끄덕였다.

"몰살… 입니다."

순간, 이곳저곳에서 안타까운 탄식성이 터져 나왔다.

"이럴 수가!"

"허!"

"있을 수 없는 일입니다!"

팽무쌍이 분노에 찬 어조로 입을 열었다.

"제가 듣기로 남궁세가의 전력은 오룡지회에 참여하기 위해 여기 계신 남궁 가주를 비롯하여 황보세가를 찾은 이들이 전부인 것으로 압니다."

"나도 그리 알고 있네."

"허면 지금 현재 남궁세가에 남아 있는 사람은 그저 집안일을 보고 있는 하인들이라는 말이 아닙니까?"

"아마도 그렇겠지."

"더러운 놈들 같으니! 그래도 명색이 무인이라는 놈들이 무공도 모르는 사람들을!!"

"이게 사실입니까?"

잔뜩 구겨진 서찰을 탁자 위에 힘없이 늘어뜨린 을지호가 물었다. 도저히 믿을 수 없다는 표정, 그러나 단견의 입에선 혹시나 하는 그의 마음을 철저하게 무너뜨리는 절망적인 대답이 흘러나왔다.

"그런 것 같구나. 다른 곳도 아니고 개방에서 전해져 온 소식이니."

하지만 개방에서 올라온 정보가 신빙성이 높다고는 해도 남궁세가에 일어난 참사는 지난 새벽, 시간으로 따지자면 고작 서너 시진 전에 일어난 일이었다. 전서구를 날려도 그렇게 빨리 전해질 수는 없었다.

"아, 아니, 이런 천인공노할 놈들이!!"

그사이 탁자 위에 놓인 서찰을 읽은 팽무쌍이 몸을 부르르 떨었다.

"아니, 왜 그러는가?"

깜짝 놀란 제갈경이 물었지만 그는 대답하지 않았다. 대신 침울한 표정을 하고 있는 단견에게 물었다.

"무광 어르신! 이, 여기에 써 있는 말이 진정 사실이란 말입니까?"

단견은 긴 한숨으로써 대답을 대신했다.

"어허! 도대체 무슨 일인데 그러는가?"

답답했는지 재차 묻는 제갈경의 음성이 다소 높아져 있었다.

"차마, 차마 입으로 말하기가……."

팽무쌍은 천천히 고개를 드는 남궁민을 의식하며 말끝을 흐렸다.

남궁민의 시선이 을지호에게 향했다.

"다… 른 얘기가……."

그녀 또한 단견으로부터 들은 내용이라 봐야 남궁세가가 무너졌다는 것뿐. 그 외의 것은 아무것도 몰랐다. 그런데 팽무쌍의 말을 들어보니 뭔가 다른 것이 있는 듯했다.

을지호는 물끄러미 그녀의 눈을 바라보았다. 눈물 자국은 보이지 않았으나 붉게 충혈된 눈, 덜덜 떨리는 입술은 그녀가 얼마나 격동하고 있는지를 단적으로 보여주고 있었다.

말을 해줘야 하는지 잠시 고민에 빠졌다. 그렇지만 감춘다고 될 일이 아니었다. 언제 되어도 알게 될 일, 그는 차라리 자신이 말해 주는 것이 나을지도 모른다고 생각했다.

"아무도 살아남지 못했다. 건물은 모조리 불에 탔고 남궁세가에 적을 두고 있는 사람들은 물론이거니와 가축이며 초목 등 남은 것이 없다고 하는구나."

"아!"

남궁민의 몸이 휘청거렸다.

"오직… 불에 그슬린 정문만이 남아 있을 뿐인데… 그곳에 사… 람들의 시신이……."

"그만! 그만 하… 컥!"

참담한 마음을 이기지 못한 남궁민은 결국 시뻘건 피를 토해내고 말았다.

"이보게, 가주!"

"정신 차리게나!"

을지호는 기겁하며 달려드는 사람들에게 손을 들어 접근을 막았다. 그리고 재빨리 그녀의 장심(掌心)에 기를 불어넣었다.

한참 만에 정신을 차린 남궁민이 힘없이 말했다.

"다 제 잘못이에요. 세가로 돌아갔어야 하는 것인데……."

남궁민의 눈가에서 참고 참았던 눈물이 흘러내렸다.

"그것과는 상관없는 일이었어. 우리가 세가로 돌아간다 해도 이미 늦었을 거다. 결코 네 잘못이 아니야."

을지호가 그녀의 어깨를 안으며 달랬으나 남궁민은 고개를 흔들었다.

"아니요, 그렇지 않아요. 모든 것이 제 잘못이에요. 오룡지회에 참석하겠다고 고집만 부리지 않았다면, 오라버니의 말대로 그대로 세가에 남아 있었더라면 이리되지는 않았을 거예요. 할아범도, 식솔들도 이렇게 비참하게 죽지는 않았을 거예요."

남궁민은 그들의 죽음이 오룡지회에 참가하기 위해 자신이 고집을 부린 것 때문이라며 심한 죄책감에 사로잡혔다. 그런 상황에서 뭐라 말해 봤자 도움이 되지 않는다고 여긴 을지호는 그저 그녀의 어깨를 토닥여 줄 뿐이었다.

"가히 금수(禽獸)만도 못한 놈들입니다. 무공도 모르는 사람들을 해한 것도 부끄러운 짓이거늘. 그것도 모자라 죽은 사람들을 욕보이다니!!"

분노에 찬 팽무쌍이 벌떡 일어나며 소리쳤다.

"애당초 그런 놈들이 아니겠습니까? 남궁 가주에겐 미안한 말이나 놈들이 야욕을 드러냈다고 했을 때 이미 지금의 결과를 예측하고 있었습니다. 지금쯤 놈들은 남궁세가라는 상징적인 이름을 지워 버리고 서전(緖戰)을 장식했다고 떠벌려 댈 것입니다. 패천궁은 무인으로서 최소한의 자존심도 없는 쓰레기 같은 놈들의 집합체일 뿐입니다!"

당욱은 더욱 신랄하게 패천궁을 욕했다.

바로 그때였다.

꽝!

여덟 개에 달하는 집의전의 문 중 하나가 박살이 나며 싸늘한 음성이 들려왔다.

"패천궁은 그런 곳이 아니다."

깜짝 놀란 이들이 분분히 자리에서 일어나 난데없이 등장한 사람에게 경계의 눈빛을 보냈다.

"어, 어르신!"

을지호는 천천히 걸어오는 태상호법을 보며 기겁했다.

"좀 어떠냐?"

"안정을 취하면 괜찮아질 것 같습니다만, 어찌 아시고?"

"그나마 다행이구나."

하나 괜찮다고 말은 해도 태상호법은 남궁민이 꽤나 큰 충격을 받았다는 것을 알 수 있었다. 자신을 보았음에도 멍한 표정에, 아니, 그것은 둘째 치고 입가에 묻은 피는 분명 울혈을 토해낸 것이었다.

'하긴, 충격이 컸을 테지.'

태상호법의 눈가에 안타까움이 묻어 나왔다. 그것도 잠시, 그는 자신을 쏘아보는 눈초리를 의식하며 고개를 돌렸다.

"적이라고 함부로 지껄이지 말거라. 패천궁은 네놈이 생각하는 것만큼 막돼먹은 곳이 아니다."

"말이 너무 심하십니다!!"

당욱이 의자를 박차며 일어났다. 그런 당욱의 반응을 냉소로 무시한 태상호법은 무거운 표정으로 사람들의 눈치를 살피는 을지호에게 물었다.

"너도 그렇게 생각하느냐?"

"예?"

"너도 패천궁이 그리 만들었다고 생각하느냔 말이다."

"모르겠습니다. 하지만 모든 정황이……."

"아니, 뭔가 착오가 있을 게다. 이곳에 오기 전 네가 만난 사람이 누군지 잊었단 말이더냐? 그 녀석은 다른 누구보다 남궁세가와 너의 관계를 잘 알고 있다. 미치지 않고서는 그런 짓을 하지 못해."

을지호와의 관계뿐만 아니라 태상호법 자신이 관련된 일이 아니던가. 그는 남궁세가를 멸문시킨 곳이 패천궁이 아니라는 것을 확신하고 있었다.

"어르신 말씀이 맞을 것입니다. 저도 그렇게 생각하니까요. 아마도 그들을 추종하는 다른 문파에서 저지른 짓이겠지요. 그렇지만 남궁세가가 너무도 처참하게 무너졌다는 것은 부인할 수 없는 사실이고, 패천궁 또한 거기에 책임이 없다고는 말할 수 없을 겁니다."

"싸울 생각이냐?"

태상호법의 음성은 무척이나 경직되어 있었다.

남궁세가가 패천궁과 싸우는 것은 이미 결정된 사항. 호법인 을지호가 그 싸움에 참여하는 것은 너무도 당연했다. 하지만 지금 태상호법의 질문은 그것과는 조금 다른 무게감이 실려 있었다.

"아마도요."

"음."

을지호의 대답에 태상호법의 입에서 안타까운 탄식성이 터져 나왔다.

'하필이면 곤히 자고 있는 맹수를 깨우다니……'

비록 패천궁에 적을 두고 있는 것도 아니었고 별다른 관여를 한 것은 아니라지만 그래도 인연이라는 것은 쉽게 끊어지지 않는 법이었다. 무심하려 해도 염려가 되지 않을 수 없었다.

"아무래도 녀석을 한번 만나봐야겠구나. 어찌 된 일인지 확실히 해둘 필요가 있겠어. 일이 어디에서 틀어진 것인지 모르나 뭔가 모르게 이상해. 느낌이 좋지 않아."

잠시 혼잣말을 한 태상호법은 갑자기 생각이 났다는 듯 단견에게 고개를 돌렸다.

"그 전갈이 개방에서 온 것이 맞더냐?"

어처구니없는 질문이었다. 아니, 질문 자체가 문제될 것은 없었다. 질문보다는 질문을 하는 태상호법의 말투가 문제라면 문제였다.

느닷없는 반말에 단견은 물론이고 좌중에 앉아 있던 이들은 저마다 입을 쩍 벌리며 황당해했다. 특히 태상호법을 귀머거리에 벙어리로 소개받은 황보권과 당사자인 단견의 반응은 가관이었다.

단견이 누구던가? 천하에서 강하기가 열 손가락 안에 든다는 고수요, 개방에서도 가장 큰 어른이었다. 한데 많이 봐줘야 단견보다 한두 살 정도 많은 것 같은 인물이 다짜고짜 반말에 어투는 마치 어린아이를 다루는 듯하지 않은가.

그들의 반응이 어떻든 간에 태상호법은 태연하기만 했다.

"개방에서 온 것이냐고 물었다."

더 이상 참을 단견이 아니었다. 그런데 버럭 화를 내려는 순간 곁에 있던 곽검명이 재빨리 소매를 잡아끌며 전음성을 보냈다.

[어제 녀석이 했던 말과 행동을 생각해 보게. 결코 예사 인물이 아니야. 일단 참아.]

아닌 게 아니라 을지호가 태상호법의 말이 나왔을 때 당황하며 말을 얼버무리는 것이 영 수상했다. 제자들을 풀어 뒷조사한다고 농을 하며 넘어가기는 했어도 곽검명의 말대로 뭔가 있는 듯했다. 단견은 치미는 화를 간신히 억누르며 대꾸했다.

"개방에서 온 것이오."

"안의 내용도 확실한 것이겠지?"

끝까지 반말이었다. 울화가 목에까지 차 올랐지만 그래도 참았다.

"확실하오."

"확실해야 할 것이다. 혹여 거짓된 정보라면……."

태상호법의 전신에서 묘한 기운이 피어올랐다.

"내 약속하건대 개방을 피로 씻을 것이다."

실로 충격적인 발언이었다.

반발은 태상호법의 기세를 간파하고 어느새 경계의 자세를 취하고 있는 단견이 아니라 곁에 있던 당욱 등에서 터져 나왔다.

"지나치십니다!"

"아무리 선배라지만 할 말이 있고 하지 말아야 할 말이 있소이다. 선배 대접을 받고 싶으면 그에 맞는 처신을 해야 하지 않겠소이까? 또한 이곳은 남궁세가가 아니외다."

태상호법을 남궁세가의 어른으로 알고 있었던 당욱은 남궁세가가 아니라는 말에 유난히 힘을 실었다. 한마디로 가세가 기운 가문의 어른이랍시고 나서지 말라는 비웃음이었다.

"계속 지껄여 보거라."

태상호법이 담담히 대꾸했다. 그의 음성을 들은 을지호는 심장이 덜컥 내려앉는 듯한 기분을 느껴야 했다. 더구나 입꼬리가 살짝 올라간 것이 이미 폭발하기 직전의 모습이 아닌가.

'미치겠구나. 죽으려고 환장한 것도 아니고.'

무슨 수를 쓰더라도 말려야만 했다. 까딱 잘못하다간 엉뚱한 송장을 치우게 될지도 몰랐다. 그런데 문제는 그가 나서기엔 너무 늦고 말았다는 데 있었다.

"또한 아까 보니 패천궁을 두둔하는 말을 한 것 같은데, 도대체 무슨 근거로, 또 어떤 목적을 가지고 그리 말한 것인지 해명을 해야 할 것이오."

조금 전과는 말투부터가 달라져 있었다. 당욱의 말은 상당히 도전적이며 은근한 적의가 섞여 있었다.

"해명? 해명이란 말이지."

태상호법의 입가에 차가운 미소가 지어졌다.

"난 평생 해명이라는 것을 모르고 살았다. 또한 할 필요도 없었지. 아무튼 묻자꾸나. 네가 당가의 가주냐?"

"그렇소."

"그게 널 살렸다."

태상호법의 말뜻을 헤아리기도 전, 당욱은 자신을 향해 들이닥치는 끔찍한 살기에 기겁하며 몸을 피해야 했다. 순식간에 방 안을 휘감은 살기는 그의 발길을 완벽하게 차단하며 몰아붙였다. 무작정 피하다가는 목숨을 부지하지 못할 것이란 생각에 급히 진기를 모아 다급히 손을 휘둘렀으나 태상호법이 일으킨 힘은 결코 간단한 것이 아니었다.

"크헉!"

막기는 했어도 그 힘을 감당하지 못한 당욱이 피분수를 뿜어내며 날아가 벽에 부딪쳤다.

아무도 입을 열지 못했다. 그저 망연자실한 표정으로 눈앞의 상황을 이해하려 애쓸 뿐이었다.

독왕 당욱이 누구던가. 황보장이나 곽검명에 비해 연배는 낮아도 명색이 강호오왕 중 한자리를 차지하고 있는 절대고수였다. 물론 갑자기 기습을 당한 데다가 장소가 좋지 않았다. 특히 그가 지닌 무공의 특성상 함부로 사용할 수 없다는 말로 지금의 상황을 설명할 수도 있었다. 하나 그런 변명 따위가 태상호법이 보여준 압도적인 실력을 감출 수는 없는 것이었다.

믿을 수 없는 현실에 누구보다 충격을 받은 사람은 당욱 자신이었다. 그는 경악에 찬 눈으로 태상호법을 응시했다.

"암왕의 체면을 생각해 주는 것은 이번뿐이다."

무심한 눈길로 그를 쳐다보던 태상호법이 을지호에게 말했다.

"녀석을 만나보고 연락하마. 경솔하게 판단하여 함부로 움직이지 말 거라."

그러나 을지호는 쉽게 대답을 못했다. 당장 태상호법을 막아선 사람들에게 무슨 말을 해야 할지도 몰랐다.

"무슨 뜻이냐?"

태상호법이 발길을 가로막는 팽무쌍 등을 응시하며 물었다.

"해명을 하셔야지요."

팽무쌍이 공손히 대답했다. 그 눈길에 깃든 적의를 느끼지 못할 태상호법이 아니었다.

"해명 따위는 하지 않는다고 말했을 텐데."

"그것은 곧 조금 전 당가의 가주께서 하신 말씀을 인정한다는 뜻으로 해석해도 되겠소이까?"

"그거야 네 마음대로겠지."

태상호법의 태도는 여전했다. 마치 할 테면 해보라는 듯 태연자약했다.

보다 못한 황보장이 짧은 한숨을 내쉬며 물었다.

"한 가지만 여쭙겠소. 물론 그런 일은 있을 수도 없고 있어서도 안 되겠지만 혹여… 패천궁과 관계가 있는 것이오?"

태상호법이 을지호를 쳐다봤다.

'지금은 안 됩니다, 어르신.'

을지호는 슬그머니 고개를 흔들어 부정할 것을 부탁했다. 그의 마음을 뻔히 알면서도 태상호법은 자존심 때문에라도 그리할 수 없었다.

"그렇다면?"

"이대로는 보낼 수 없소."

황보장이 당연하다는 듯 대꾸했다. 그의 대답과 동시에 자리를 박차고 일어난 사람들이 태상호법의 주변을 에워쌌다.

"그래도 간다면 어찌하겠느냐?"

"그럴 수는 없을 것이오."

"흥, 기습으로 이득을 본 주제에 말이 무척이나 많은 자로군. 말이 필요없습니다. 일단 제압하고 추궁하는 것이 좋겠습니다."

정도맹의 대표자 격으로 남아 있던 천엽 진인이 곤란한 표정으로 서 있는 황보장에게 말했다. 그러나 황보장은 그의 의견을 아예 무시했다. 그의 눈은 오직 태상호법에게 고정되어 있었다.

지금 집의전에 있는 사람들은 육대세가의 가주들과 아직 돌아가지 않은 명숙들을 포함해 열댓 명에 이르렀다. 그들 모두가 한다하는 고수들, 이름 하나만으로도 천하를 호령할 수 있는 대단한 인물들이었다. 한데 그런 고수들에게 둘러싸여 있음에도 태상호법은 조금도 두려워하는 기색이 없었다. 오히려 가소롭게 미소를 짓고 있었다.

'이해할 수가 없구나. 도대체 어디서 이런 여유로움이… 아니, 그보다는 남궁세가와는 어떤 관계란 말인가?'

비록 본인의 입으로 패천궁과 관계가 있다고 했지만 현재 그는 남궁세가의 태상호법이란 신분이었다. 함부로 다루다간 낭패를 볼 수가 있었다. 남궁세가와의 관계도 그렇지만 무엇보다 을지호와 마찰이 있어선 안 됐다.

제 27 장

검왕(劍王) 비사걸(飛赦傑)

검왕(劍王) 비사걸(飛赦傑)

황보장이 머뭇거리는 사이 사태는 일촉즉발의 상황으로 치달았다. 태상호법의 정면엔 어느새 기운을 차린 당욱이 작심한 듯 녹피(鹿皮)로 만든 장갑을 손에 끼고 있었고, 팽무쌍과 악위군이 그의 좌우를 호위하듯 늘어섰다. 뒤쪽은 천엽 진인과 황보권, 단견 등이 막고 있었지만 천엽 진인을 제외하고는 그다지 내켜하는 표정이 아니었다.

그들의 마음을 알기라도 하듯 을지호가 나섰다.

"그만들 하시지요. 이분께서 패천궁과 다소 연관이 있으시기는 하나 지금은 남궁세가의 태상호법이십니다."

"남궁세가의 태상호법? 그게 어쨌다는 것인가? 중요한 것은 저자가 패천궁과 연관이 있다는 것이고, 또한 나와 증조부님, 나아가 당가를 모욕했다는 것이지."

당욱이 코웃음을 치며 을지호의 말을 무시했다.

"당가를 모욕했다? 내가 말이냐?"

태상호법의 눈빛이 서늘해졌다.

"네놈이 증조부님의 별호를 들먹이며 나를 욕보이는 순간 운명은 이미 결정되었다!"

'미쳤구나!'

깜짝 놀란 을지호가 재빨리 만류하려 하였으나 이미 늦고 말았다.

당욱의 말에 살짝 이맛살을 찌푸리며 걸음을 옮긴 태상호법은 탁자 위에 놓인 술잔을 들었다. 그리곤 안에 담긴 호박 빛의 술을 단숨에 들이킨 후 을지호를 쳐다봤다.

"나보고 네놈이라는구나."

한마디로 관여하지 말라는 언질이었다. 을지호는 하늘이 노래지는 느낌에 두 눈을 감고 말았다.

"암왕과 직접 손속을 겨룬 것은 아니나 그는 내가 인정해 줄 만한 무인이었다. 한데 그의 핏줄이 앞뒤 분간도 할 줄 모르는 멍청이라니!"

태상호법이 당욱을 향해 몸을 돌리는 순간, 그의 손에 들린 술잔이 한 줌 모래가 되어 바닥에 흘러내렸다.

"암왕이 지금 살아 있다 해도 네놈같이 뻣뻣하게 고개를 들지는 못할 것이다!"

격한 노호성과 함께 아무것도 들려 있지 않던 태상호법의 손에서 희뿌연 기운이 솟구쳤다. 그것이 무엇인지 알아본 곽검명이 믿을 수 없다는 듯 눈을 부릅떴다.

"무, 무형검(無形劍)!!"

형태가 없는 검이라는 뜻이다. 하나 희미하긴 해도 태상호법이 일으킨 기운은 분명 검의 모습을 하고 있었다. 어찌 보면 검기를 유형화시킨 검강(劍罡)과 비슷했는데 곽검명은 태상호법이 보여주는 것이 검을 통해 검강을 일으키는 것보다 몇 배는 힘들고 지고한 경지라는 것을 알고 있었다.

곽검명이 을지호를 향해 다급히 전음을 보냈다.

[누구냐? 저 노인은!!]

근래 들어 어렴풋이 깨닫고 있는 경지를 보여주는 노인에 대한 두려움과 호기심, 경외심이 섞인 음성이었다.

[지금은 싸움을 말리는 것이 중요합니다. 결국 모든 이가 덤빈다면 저분을 막을 수는 있겠지요. 단, 얼마의 피해가 있을지는 아무도 장담을 못합니다.]

맞는 말이었다. 집의전 안에는 천하를 움직일 수 있는 고수들이 즐비했다. 그들이 막고자 한다면 분명히 막을 수 있을 것이다. 그러나 을지호의 말대로 그 피해는 가히 상상하기도 힘들었다.

바로 그때 단견으로부터 다급한 전음성이 들려왔다.

[형님, 아무래도 이상합니다!]

[뭐가 말인가?]

[저 노인, 분명 어디선가 본 적이 있는 것 같습니다.]

[누군가?]

마음이 급했던지 곽검명은 다짜고짜 태상호법의 정체를 물었다.

[글쎄, 그것이… 어렴풋이 떠오르는 사람은 그분밖에는 없지만… 하지만 절대로 그분일 리가 없는데…….]

[무슨 소리를 하는 것인가, 답답하네!!]

그러나 답답한 것은 단견도 마찬가지였다. 그가 떠올린 사람은 분명 과거의 인물, 게다가 아무리 살펴도 태상호법을 그가 떠올린 인물과 동일시하기엔 세월의 차이가 너무도 컸다.

그들의 답답한 마음은 전혀 엉뚱한 곳에서 해결되었다.

"이쯤에서 이름이나 밝혀라. 그만한 실력이면 우리가 모를 리가 없다!"

손을 쓰기 직전인 듯 살짝 주먹을 오므린 당욱이 물었다. 그는 태상호법을 이름을 감추고 남궁세가에 접근한 패천궁의 인물로 단정하고 있었다. 그러자 태상호법의 입에서 읊조리는 듯한 음성이 흘러나왔다.

"비사걸(飛赦傑)."

생소한 이름이었다.

비록 방심했다고는 하지만 잠깐의 충돌로 상대가 상상할 수도 없는 고수라는 것을 느끼고 있는 터. 당욱은 그만한 고수라면 패천궁의 인물이라도 자신이 모를 리가 없다고 생각했다. 한데 비사걸이라는 이름이 어딘지 익숙하기는 해도 기억에는 없었다.

당욱의 눈짓을 받은 팽무쌍과 악위군 등도 잘 모르겠다는 듯 고개를 흔들었다. 그러나 그들은 보지 못하고 있었다. 비사걸이라는 이름을 듣는 순간 놀라다 못해 하얗게 얼굴이 뜬 곽검명과 단견의 표정을. 그리고 그들 못지않게 놀라고 있는 황보장과 제갈경의 안색을.

"거, 거, 검왕?!"

곽검명이 떨리는 음성으로 단견에게 확인하듯 물었다. 얼굴엔 그래도 설마 하는 의혹이 담겨져 있었다.

"트, 틀림없습니다. 겉모습은 많이 변한 것 같아도 눈빛만큼은 변할 리가 없지요. 분명 검왕 노선배가 맞습니다."

대답하는 단견 역시 곽검명의 반응과 다르지 않았다. 말은 그리해도 도저히 믿을 수 없다는 표정이었는데……

"말도 안 되는……!"

제갈경의 한마디가 그들의 심정을 대변했다.

검왕 비사걸.

그가 한창 명성을 얻을 때 그들은 고작 걸음마나 떼고 있을 때였고, 패천궁의 원로라는 신분으로 모습을 드러냈을 때가 벌써 오십여 년 전이었다. 대충 헤아려 봐도 이 갑자가 훌쩍 넘는 나이였다.

그들은 어째서 그가 자신들을 어린애 취급했는지, 또한 전설적인 인물로 추앙받고 있는 암왕에 대해 함부로 말을 할 수 있는지 알 수 있었다. 암왕과 함께 활동했던, 아니, 암왕조차도 선배로서 깍듯이 예를 차렸던 그에겐 너무나 당연한 행동이 아니겠는가.

곽검명과 단견이 나누는 대화를 듣고 그제야 태상호법의 정체를 알게 된 당욱 등은 어찌할 바를 모르고 있었다.

"덤벼라!"

비사걸이 싸늘하게 외쳤다.

상대는 이미 수십 년 전부터 검의 최고봉이라 불리는 검왕 비사걸이었다. 살기를 가득 담은 그의 음성은 듣는 것만으로도 모골이 송연해질 만큼 위압감이 넘쳤다.

당욱 등은 움직일 수 없었다. 그렇다고 겁을 먹은 것은 아니었다. 놀라기도 하고 두려움도 느끼고 있었으나 그들 또한 한 세가의 가주요, 나름대로 인정받고 있는 고수였다. 싸운다면, 무척이나 힘든 싸움이 될 것이고 목숨을 부지하기가 쉽지만은 않다는 것을 알고 있지만 피할 생각이 없었다. 다만 황보장과 곽검명이 전음으로 절대로 경거망동하지 말라고 단단히 주의를 주었기 때문에 움직이지 않는 것뿐이었다.

"오지 않는다면 내가 가면 되겠지!"

냉소를 터뜨린 태상호법이 그들을 향해 움직이기 시작했다.

"어르신."

순간 멈춰지지 않을 것 같던 태상호법의 걸음이 거짓말처럼 멈추었다.

다른 사람이라면, 설사 을지호가 만류한다 하더라도 지금의 그라면, 노할 대로 노한 검왕 비사걸의 발걸음은 멈추지 않았을 것이다. 하나 너무나 연약하고 슬픈 목소리는 검왕의 발걸음을 멈추게 하는 충분한 힘이 있었다.

태상호법이 천천히 고개를 돌렸다. 그의 눈에 을지호의 부축을 받으며 비틀거리고 있는 남궁민의 모습이 들어왔다.

"어르신……."

"실망했느냐?"

"……."

"다른 뜻은 없었다. 다만 우연히 이 녀석을 보게 되었고 따라나서게 된 것이지. 그리고 네 고조부인 검성은 내게 처음으로 패배의 쓴맛을 안긴 구양풍, 검을 뽑지도 못하게 만든 소문이 놈과 함께 나 비사걸이 인정하는 세 명의 인물 중 한 명이었다. 그 친구의 가문이 그렇게 무너져 있는 것을 보고 싶지는 않았다. 내가 너희들을 도운 이유는 오직 그것뿐이었다."

태상호법은 연이어 밀어닥친 충격에 그저 눈물만 흘리고 있는 남궁민을 보며 말을 이었다.

"나는 지금도 패천궁이 남궁세가를 그리 만들었다고는 생각하지 않는다. 비록 너희들과 뜻을 달리하는 문파이기는 하나 패천궁은 그 정도로 타락하지 않았다. 또한 나는 몰라도 저 녀석을 생각해서라도 패천궁은 절대 그런 짓을 하지 않았을 게다. 어떤 대가를 치러야 하는지 뻔히 알기 때문에."

"……."

짧게 한숨을 내쉰 태상호법의 시선이 을지호에게 머물렀다.

"다시 말하지만 미리 단정 짓지는 말거라, 내가 일의 전모를 알아보기 전까지는."

"제가 직접 알아보겠습니다."

을지호는 태상호법과 남궁민의 의혹에 찬 표정을 의식하며 입을 열었다.

"모든 것을 떠나 남궁세가가 참화를 당한 것은 분명한 사실입니다. 조금 전에 말씀드렸듯 그 일에 패천궁이 개입을 했든 하지 않았든 그것은 별 의미가 없습니다. 책임을 피할 수도 없지요. 지금 무엇보다 중요한 것은 참담하게 죽음을 맞은 이들이 아직도 묻힐 곳을 찾지 못하고 모욕당하고 있다는 것입니다."

"내 알아보고 곧 조처를 취하도록 하마."

"아닙니다. 제가 직접 가야 합니다. 그들의 시신을 어찌 다른 사람에게 맡길 수 있겠습니까? 제가 거둘 겁니다. 또한 그들이 어떻게 죽임을 당했고, 어떤 모욕을 당했는지 똑똑히 보고 올 생각입니다. 받은 대로, 아니, 최소한 열 배는 넘는 이자를 쳐서 돌려줘야 하니까요."

태상호법은 을지호의 몸에서 순간적으로 뿜어져 나왔다 사라지는 살기에 숨이 막힐 것만 같았다. 그리고 그 모든 것이 사실로 드러났을 때 그의 분노가 어찌 터질 것인가를 생각하자 전신에 소름이 돋았다. 그것은 비단 태상호법만이 아니라 집의전에 모인 모두의 공통된 생각이었다.

"풍혼을 가지고 가십시오."

"무슨 의미더냐?"

얼떨결에 검을 받아 든 태상호법이 물었다.

"별 의미는 없습니다. 주인에게 돌려주는 것일 뿐이지요."

하나 의미가 없다는 말을 믿을 태상호법이 아니었다. 비록 농이었다지만 남궁세가에 무슨 일이 생긴다면 풍혼을 아무에게나 맡긴다고 했었고, 패천궁의 궁주는 약속을 지키지 못했다. 그럼에도 풍혼을 무사히 돌려준다는 것은 사실상 선대에 걸친 패천궁과의 인연을 끊겠다는 선언이나 마찬가지였다.

내색은 하지 않아도 그는 과거 환야를 사랑했던 만큼 을지호를 사랑했고, 구양풍을 존경하는 만큼 그가 평생을 걸쳐 이룩한 패천궁도 아꼈다. 한데 지금 그 둘 사이에 금이 간 것이다. 남궁세가와 패천궁이 대립하는 것과 을지호와 패천궁이 대립하는 것은 겉으로 보기엔 비슷해 보이나 의미를 따지고 보면 사실상 차원이 달랐다. 그것만큼은 무슨 수를 쓰더라도 막아야 했다. 더 이상 머뭇거릴 시간이 없었다.

"다녀오마."

태상호법이 몸을 돌렸다. 그리고 한마디를 더했다.

"막는다면 모조리 베고 간다."

막는 사람은 없었다. 당욱 등은 이미 함부로 움직이지 말라는 언질을 받았고, 뭐라 말을 꺼내려던 천엽 진인 또한 곽검명의 경고를 들었기 때문이다.

태상호법은 아무런 제지도 없이 몸을 움직였다. 그는 집의전을 막 벗어나기 전 고개를 돌려 남궁민을 한 번 응시하고선 순식간에 멀어져 갔다.

"이럴 수는 없소이다!"

태상호법이 사라지기가 무섭게 천엽 진인이 노호성을 터뜨렸다.

"뭐가 말이오?"

단견이 시큰둥한 표정으로 되물었다.

"내 비록 곽 장문인이 간곡하게 부탁하기에 참고 있었으나 이는 분명 잘못된 것이외다. 저자가 누굽니까? 검왕 비사걸이외다, 검왕 비사걸!! 패천궁에서 저만큼 중요한 인물이 또 누가 있소이까? 절대로 그냥 보내서는 안 되는 일이었소!"

곽검명이 피식 웃으며 말했다.

"흠, 부탁한 기억은 없는 것 같소만. 싸우게 되면 아마 혼자 싸울 것이라고 한 적은 있어도."

"험험, 어쨌든 막아야 하지 않겠소이까?"

"그럴 필요까지 있겠소? 오래전에 무림을 떠나신 분이오."

"그것은 모르는 일이외다! 더구나 남궁세가의 태상호법의 위치였다면 앞으로 우리가 어찌 대처할 것인지 속속들이 알고 있을 것 아니오? 혹여 우리가 나눈 이야기들이 패천궁 놈들의 귀에 들어간다면, 아니, 틀림없이 전해질 것이외다!"

흥분할 대로 흥분한 천엽 진인은 침을 튀겨가며 소리쳤다. 더 이상 보고 있지 못하겠는지 을지호가 한마디 했다.

"함부로 그분을 매도하지 마십시오."

"흥, 남궁세가가 그런 말을 할 처지가 아닐 텐데! 패천궁의 원로에게 도움을 받았다는 것은 곧 패천궁의 힘을 빌렸다는 것이 아닌가. 어쩐지 이상했어. 남궁세가가 가세를 회복하는 것을 그냥 두고 볼 놈들이 아닌데."

천엽 진인은 마치 못 볼 것을 본다는 표정으로 을지호와 남궁민을 쳐다봤다.

"어르신의 도움을 받기는 받았소만 조금 전 그분께서 말씀하셨다시 피 그것은 나 을지호와 검성 어르신과의 인연 때문에 그리한 것입니다. 그것을 아시기에 여러 어르신께서 가만히 계신 것이 아닙니까? 그분과 패천궁의 인연은 오래전에 끝이 났습니다. 괜한 트집 잡지 마시지요."

을지호의 말투가 점점 거칠어졌다. 그것을 의식했는지 천엽 진인은 무척이나 불쾌한 표정이었다.

"홍, 어불성설(語不成說)! 그 따위 변명이 통할 것 같은가? 쯧쯧, 소 위 명문정파라는 남궁세가가……."

뒤의 말은 듣지 않아도 알 수 있었다. 을지호의 얼굴에서 싸늘한 기 운이 피어올랐다.

"그렇다면 그동안 당신들은 무엇을 했소? 그렇게 잘난 당신들이 남 궁세가에 해준 것이 무엇이오? 그저 나 몰라라 외면만 하지 않았소?"

"아니! 말이면 다 같은 말인……."

"그래서 어쩌라는 거요? 무릎 꿇고 사죄라도 드리리까, 아니면 죽은 듯이 자빠져 있을까요?"

"네, 네놈이 감히!!"

"귓구멍 씻고 잘 들으시오. 우리는 하늘을 우러러 한 점 부끄러움이 없는 사람들이오. 확실한 것은 아나나 지금 남궁세가의 본가가 그들에 의해 참화를 입었소. 그런데 무슨 이유로 우리를 그렇게 패천궁과 함 께 엮으려는 것이오? 정녕 그것을 원하시오? 좋소이다! 원한다면 그렇 게 해드리겠소! 아니, 여기 있는 가주가 허락하지 않을 테니 남궁세가 는 그렇게 못하겠고 나만 패천궁으로 가면 되겠군!"

"무슨 말을 그리하는가? 자자, 진정하게나."

보다 못한 황보장이 만류하고 나섰다. 하지만 을지호는 화를 가라앉히지 못했다.

"나의 첫 번째 목표는 무당파가 될 것이오. 향후 수십 년간 세인들의 뇌리 속에서 무당파라는 이름이 기억되는 일은 없을 것이오! 내 약속하건대 반드시 그렇게 만들어주겠소!"

"이… 이!!"

너무 기가 막히면 말문이 막힌다던가. 천엽 진인이 딱 그 꼴이었다.

사실 그는 남궁세가의 일을 걸고 넘어가 차후 정도맹과 육대세가의 연합에서 발언권을 높여보려는 생각에 조금 심하다 할 정도로 남궁세가를 몰아붙인 것이었다. 한데 을지호의 반발은 그가 생각지도 못할 만큼 거셌고, 막상 그리된다면 큰일날 내용을 포함하고 있는 것이었다.

"어허, 말이 너무 지나치구나!"

곽검명이 인상을 찌푸리고 을지호를 꾸짖었다. 천엽 진인의 행동이 마음에 들지 않았지만 을지호의 언행도 다소 심한 감이 있다고 여겼기 때문이다.

"지나친 것은 없습니다. 지금껏 힘들게 노력해 온 남궁세가를 이런 식으로 모욕할 수는 없는 법입니다. 그런 모욕을 당하느니 차라리 원하는 대로 해주는 것이 낫지요."

"우리들 중 누가 그것을 원한단 말인가? 천엽 진인이 잠시 실수를 한 것뿐이네."

"너무 과민하여 받아들이지 말거라."

황보장과 단견은 당장에라도 일을 저지를 것 같은 을지호를 붙잡고 한참 동안이나 달랬다. 그들의 체면을 무시할 수 없는 데다가 남궁민마저 소매를 잡고 고개를 흔들자 을지호도 더 이상 화를 내지는 않았다.

"돌아가겠습니다."

애써 마음을 진정시킨 그는 쓰러지기 일보 직전의 남궁민을 부축하며 숙소로 돌아가려 했다.

하나 아직 노기를 풀지 못한 천엽 진인이 순순히 보내줄 리 만무했다.

"그 따위 말을 내뱉고……!"

그러나 그의 말은 고개를 돌려 쏘아보는 을지호의 무시무시한 시선에 가로막혀 이어지지 못했다.

"말로써 천 냥 빚을 갚는다는 말도 있지만 오히려 만 냥의 빚을 지는 법도 있소이다."

애써 시선을 외면하는 천엽 진인에게 의미심장한 말을 남긴 을지호는 간단히 허리를 숙여 예를 표하고 집의전을 빠져나갔다.

"후~ 어쩌다가 일이……."

을지호와 남궁민이 떠난 집의전엔 끝없는 한숨만이 흘러나왔다.

"저도 가겠어요."

"안 돼."

을지호는 남궁민의 말을 딱 잘라 거절했다.

"어째서죠?"

"모르지는 않을 텐데. 네가 간다면 이들 모두가 따라나선다. 그리고 이 많은 인원이 움직이면 아무리 조심을 해도 들키게 되어 있어. 무엇보다 중요한 것은!"

을지호가 남궁민의 양어깨를 잡았다. 꽤나 힘이 들어갔는지 그녀의 얼굴이 일그러졌다.

"잔인한 말로 들리겠지만, 죽은 사람은 죽은 사람이고 산 사람은 산 사람이다. 큰 싸움을 앞두고 있는 지금, 남궁세가의 가주라면 죽은 이들보다 살아 있는 식솔들을 어찌 보살필 것인가에 더욱 신경을 써야 한다."

"하지만……."

"네가 무슨 말을 하고 싶은지 잘 알고 있다. 너무 걱정하지 마라."

을지호는 어깨를 잡았던 손을 풀며 나름대로 밝은 미소를 지었다. 그리고 무거운 표정으로 침묵하고 있는 식솔들을 가리켰다.

"본가의 일은 나에게 맡기고 너는 이 녀석들을 이끌어야지."

본가의 참화 소식에 식솔들은 너나 할 것 없이 분노에 떨었고 눈물을 흘렸다. 특히 곽 노인과 친분이 깊었던 천뢰대원들의 상심은 보통이 아니었다. 그나마 다행이라면 태상호법의 정체가 밝혀졌음에도 식솔들 사이에서 별다른 동요가 없다는 것이었다. 그저 '젠장, 어쩐지 검왕 정도 되니까 그토록 무지막지하게 강했지'라고 투덜댄 천도문의 반응이 전부였다.

그들 모두 그동안 태상호법이 자신들을 위해 얼마나 애썼는지를 잘 알고 있는 터, 태상호법이 패천궁과 관계가 있고 없고는 그들에게 중요한 것이 아니었다.

"내 두 분 할아버님께 부탁은 드리겠고 세가의 어르신들께서 어련히 챙겨주시겠냐 마는, 어차피 그분들은 외인이다. 너희들이 가주를 도울 수 있다. 특히 강유, 해웅, 둘의 역할이 크다."

"명심하겠습니다."

"위험하지 않겠습니까? 저라도⋯⋯."

뇌전이 말끝을 흐렸다. 자신만이라도 을지호를 수행하고 싶다는 의사 표시였지만 을지호는 고개를 흔들었다.

"지체할 시간이 없다. 미안한 말이지만, 네 실력으론 나를 따라오지 못해. 위험할 일은 없을 테니까 너무 염려는 하지 마라."

고개를 떨어뜨리는 뇌전의 어깨를 어루만진 그는 남궁민에게 마지막 당부의 말을 건넸다.

"늘 신중하게 판단하고 결정해. 어려운 일이 있으면 항상 녀석들하고 상의하고."

남궁민이 고개를 끄덕였다.

"참, 어제 말한 것은 어찌할래? 아니다, 그 얘기는 다음으로 미루자. 대신 내가 오기 전에 결정하지는 마라."

남궁류에 대해 말을 꺼내려던 을지호는 순간적으로 굳어지는 남궁민의 표정을 보고는 말을 얼버무리고 말았다.

"최대한 빨리 돌아오겠다. 그때까지만 부탁한다."

"오라버니."

남궁민이 그의 소매를 붙잡았다. 그리곤 한없이 슬프면서도 처량한 미소를 보이며 말했다.

"부탁해요. 그리고⋯ 조심하세요."

을지호는 대답 대신 살짝 고개를 끄덕여 주었다. 그것이 끝이었다. 어느새 움직였는지 을지호의 모습은 방 안에 남아 있지 않았다. 다만 낭랑한 음성만이 들려올 뿐이었다.

"가자, 철왕."

　　　　　　*　　　　　*　　　　　*

　"주군께서 다른 말씀은 없으셨느냐?"

　"예, 모든 것을 군사께 맡기신다고 하셨습니다. 다만……."

　"다만?"

　"무슨 일이 있더라도 막으라고 하셨습니다."

　"그래야겠지. 자칫하다간 일을 그르칠 수도 있음이니. 부설(夫薛)!"

　군사라 불린 사내는 그의 곁에 차분하게 앉아 있는 제자를 불렀다.

　"예, 사부님."

　"태상문주께서는 어디 계시느냐?"

　"추로담(秋露潭)으로 낚시를 하러 가신 것으로 압니다만, 태상문주
님을 만나뵐 정도로 중요한 일입니까?"

　부설이 흠칫 놀라며 물었다.

　"궁귀와 검왕이 관계된 일이다. 결코 가벼운 일이라 할 수는 없지."

　무겁게 고개를 끄덕인 사내는 깜짝 놀라는 부설을 뒤로하고 서둘러
몸을 움직였다.

　그의 이름은 신도(伸道), 수백 년간 와신상담(臥薪嘗膽)하다 마침내
중원제패를 노리고 있는 중천의 군사라는 직함도 지니고 있었다.

　가을 이슬이 깃들어 만들어졌다는 추로담.

　신도 일행이 뵙고자 하는 태상문주는 따사로운 오후의 햇살을 맞으
며 낚싯대를 드리우고, 주변에 피어 있는 꽃들과 어울려 마치 한 폭의
그림과도 같은 모습을 보여주고 있었다.

　"태상문주님!"

"쯧쯧, 무슨 일이기에 그리 목소리를 높이느냐. 모여 있는 고기들이 모조리 숨지 않았느냐?"

"죄, 죄송합니다. 하지만 문주님으로부터 급보가 전해진 터라……."

"흠, 문주의 연락? 태산이 무너져도 눈 하나 깜짝하지 않는다는 네 녀석이 그리 놀라 뛰어온 것을 보니 꽤나 중요한 전갈인가 보구나?"

"그, 그렇습니다. 중해도 보통 중한 것이 아닙니다."

"들어나 보자꾸나."

태상문주가 그때까지만 해도 추로담을 바라보던 몸을 빙글 돌렸다.

"검왕이 나타났습니다."

"검왕? 검왕이라면 화산파 문주를 말함이더냐?"

패천궁이 북상했다면 화산파의 문주인 검왕 곽화월이 움직이는 것은 당연한 일이었다. 되묻는 태상문주의 음성에 다소 짜증이 묻어 나왔다.

"그자가 아니라 전대의 검왕입니다. 패천궁의 원로였던 검왕 비사걸이 나타났습니다."

순간 태상문주의 안색이 급변했다.

"전대 검왕이라면 오십여 년 전에 사라진 사람이 아니더냐? 그런데 어찌!"

"문주께서 보내신 소식이니 확실할 겁니다. 게다가 전혀 예상치 못한 인물이 출현했습니다. 어쩌면 검왕보다 더 강할지도 모르는 엄청난 고수입니다."

놀라움의 연속이었다. 전대의 검왕이라면 사실상 현 무림에서 상대할 사람이 없었다. 그런데 그를 뛰어넘는 고수라니!

"누구냐?"

"궁귀의 후예입니다."

"구, 궁귀라면?"

"과거 천하제일인의 후손입니다."

"음."

태상문주의 입에서 무거운 침음성이 터져 나왔다.

"문제는 그들이 본 문의 행사에 큰 지장을 주려 한다는 것입니다."

"자세하게 말해 보거라."

더없이 무거운 표정의 신도와 마찬가지로 사태의 심각성을 깨달은 태상문주의 얼굴도 굳을 대로 굳어 있었다.

"분타가 공격을 받아서 일단 패천령을 발동하기는 했지만 지금쯤이면 패천궁에서도 뭔가 이상하다는 것을 느끼고 있을 겁니다."

"지금쯤이 아니라 처음부터 알고 있었을 게다. 바보가 아닌 이상 알고 있겠지. 그럼에도 움직인다는 것은 놈들도 야욕이 있다는 것 아니겠느냐?"

태상문주는 패천궁의 야욕을 정확하게 직시하고 있었다.

"남궁세가가 멸문한 것도 아시는지요?"

"들어 알고 있다. 한데 계획엔 없던 일이 아니었느냐?"

"조그만 분타도 아니고 남궁세가입니다. 비록 지금은 형편없이 몰락했다지만 백도인들에게 남아 있는 남궁세가의 그림자는 상상 이상으로 거대합니다. 패천궁의 분타에 이어 남궁세가를 친 것은 협상의 여지를 아예 없애기 위함이었습니다. 남궁세가가 무너지면서 백도와 흑도 사이에 협상이란 것이 존재할 수가 없게 되었습니다."

태상문주가 고개를 흔들었다.

"꼭 그렇지만은 않다. 조그만 빌미라도 만들려고 노력했던 자들이야. 군이 남궁세가를 멸문시키지 않았더라도 시작된 싸움은 끝장을 보기 전에는 멈춰지지 않았을 것이다. 한데 뭐가 문제라는 것이냐?"

"그런데 하필 궁귀의 후예라는 자와 검왕이 남궁세가와 연관이 있다는 겁니다."

"궁귀의 후예라면 그렇다 쳐도 검왕이 어째서 남궁세가에?"

태상문주는 쉽게 이해할 수 없다는 듯 고개를 갸웃거렸다.

"정확한 내막은 소신 또한 잘 모르겠습니다. 다만 검왕이 남궁세가의 참사는 패천궁에서 한 일이 아니라 주장하며 일의 정황을 알아보겠다 나섰고, 궁귀의 후예 또한 직접 남궁세가로 출발했다고 합니다."

"그럴 만도 하겠지. 우리야 모르고 있었다지만 검왕이 남궁세가와 연관이 있다는 것을 패천궁이 모를 리는 없었을 터. 그런데도 남궁세가를 저리 만들었다면 나라도 믿지 못했을 게다. 이리되면 긁어 부스럼을 만든 셈인가!"

태상문주의 탄식성에 신도는 고개를 들지 못했다.

사실 남궁세가에서 일어난 일이 저 멀리 황보세가까지 전해지려면 아무리 빨라도 하루는 걸려야 했다. 신도는 백도의 수뇌들에게 패천궁의 발호가 알려짐과 동시에 남궁세가의 멸문 소식을 전하고 싶었다. 그래야 연속적인 충격으로 앞뒤 가릴 것 없이 패천궁과 싸울 것이니. 그래서 일어나지도 않은 일을 미리 개방의 염탐꾼에게 언질을 주는 공작까지 펼치지 않았던가. 하나 따지고 보면 태상문주의 말대로 패천궁의 분타를 공격하는 것만으로 충분했는지도 몰랐다. 최소한 그랬다면 검왕이 발 벗고 나서는 일은 없었을 테니까.

"궁귀의 후예라는 자와 검왕의 영향력이라면 벌어진 싸움을 중단시키지는 못한다 하더라도 최소한 뒤돌아보게는 만들 것이다. 그리되면 우리의 모습이 보다 빨리 드러나게 되겠지. 아니, 어쩌면 이미 추격을 받고 있는지도 모르겠구나."

"저들이라고 인물이 없는 것은 아니니 충분히 가능합니다. 하나 그 것은 상관없습니다. 지금 당장 중요한 것은……."

"움직이고 있는 두 명을 막아야 한다는 것이더냐?"

"그렇습니다."

"어느 쪽을 막는 것이 좋을 듯싶으냐?"

"가능하면 둘 다……."

하지만 신도의 말은 이어지지 못했다.

"불가능하다는 것은 네가 더 잘 알고 있지 않더냐? 둘 중 누구냐?"

"하나를 선택해야 한다면 검왕 쪽이 나을 듯싶습니다."

"아무래도 젊은 호랑이보다는 늙은 호랑이가 낫겠지."

고개를 끄덕이던 태상문주가 묘한 눈빛으로 신도의 눈을 응시했다.

"네 녀석이 직접 나를 찾은 것은 내가 나서주기를 원해서겠지?"

"아, 아닙니다, 태상문주님. 직접 나서실 필요는 없습니다. 다만 여러 어르신들의 도움을 받았으면 합니다."

속마음을 들킨 신도의 얼굴이 벌겋게 달아올랐다.

"뭐, 그리 어렵게 생각할 것 없다. 다 늙어 하릴없는 늙은이들, 이렇게라도 부려먹어야지. 하나 상대가 상대이니만큼 피해가 막심할 듯하구나. 철저하게 준비를 해야 할 것이다."

"무덤 자리는 이미 파두었습니다. 남은 것은 검왕을 그곳에 누이는 일뿐입니다."

"천하의 검왕을 쓰러뜨리는 일이다. 네 말대로 쉽지만은 않을 게다."

하지만 신도는 조금도 걱정하지 않았다. 그는 태상문주와 문의 어른들이 나선 이상 검왕이 아니라 검왕의 사부라도 죽음은 피할 수 없을 것이라 여겼다.

'사냥은 어르신들이 하시겠지. 그러나 몰이는 내가 한다!'

신도의 입가에 엷은 미소가 지어졌다.

*　　　　*　　　　*

을지호와 태상호법이 황보세가를 떠난 이후, 육대세가는 위험에 빠진 본가를 구하기 위해 우선적으로 출발하게 될 제갈세가의 무인들과 더불어 각 문파에서 최정예 고수 오십 명을 선별하여 함께 보내기로 했다.

그리고 북상하는 패천궁을 효과적으로 차단하기 위해 안휘성 북서쪽에 위치한 정도맹 태화 분타(太和分舵)로 육대세가의 힘을 집결시키기로 결정을 했는데 천엽 진인은 태화 분타를 내어달라는 그들의 요구에 기꺼이 응했다.

어차피 정도맹 혼자선 패천궁을 감당할 수는 없는 처지, 최선이라면 육대세가가 정도맹에 흡수되는 것이었으나 그것이 불가능한 이상, 정도맹이 있는 봉수현과 지리적으로 가까워 손쉽게 연락을 주고받을 수 있고 언제라도 협조가 가능한 태화 분타에 육대세가의 주력을 머물게 하는 것도 괜찮은 방법이라 생각했기 때문이다.

결정은 신속하게 이루어졌고 행동 또한 빨랐다.

그들은 제갈세가의 무인들과 오십 명의 정예들이 제갈세가로 떠난 다음날 곧바로 움직이기 시작했다. 비단 육대세가뿐만 아니라 그들의 영향을 받는 여러 군소문파의 무인들도 그들을 따라 남하하기 시작했다.

그사이 용천방이 정도맹의 석주 분타를 초토화시키면서 시작된 싸움은 이곳저곳에서 동시다발적으로 벌어지고 있었다.

패천령과 맹주령이 발동된 지 고작 하루 만에 정도맹은 석주 분타에 이어 기강(技江), 대창 분타(大昌分舵)가 무너지며 초반 기세 싸움에서 밀리기 시작했다. 그나마 송현 분타(松炫分舵)의 분타주 진번(昬番)과 이하 수하들이 분타 인원의 세 배가 넘는 적혈문(積血門)의 공세를 힘겹게 막아내 분타를 지켜내면서 적의 예봉을 꺾는 데 성공한 것이 성과라면 성과였다.

하지만 곳곳에서 치열한 공방전이 벌어지고 있어도 본격적인 싸움이 벌어졌다고는 보기 힘들었다. 아직까지는 정도맹과 패천궁의 주력이 싸움에 개입하지 않은 상태였다. 북상하는 패천궁과 정도맹의 무인들이 싸우는 시점이 진정한 흑백대전의 시작이라 할 수 있는 것이다.

"양단풍 대주가 이틀 후면 애주부(哀州府)에 도착한다는 전갈을 보내왔습니다. 그곳에서 잠시 휴식을 취한 후 곧바로 악양으로 출발한다고 합니다."

강서와 호남의 접경지에 위치한 애주부엔 오십여 년 전 싸움에서 패천궁의 전초 기지로 쓰였던 곳이 있었다. 본성을 떠난 패천궁의 주력도 지금 그곳으로 이동 중이었다.

"그렇게나 빨리? 양 대주가 꽤나 닦달을 한 모양이군."

"그리고 사마유선(司馬柳仙) 단주(團主)와 혈궁단(血弓團)의 소재가 파악이 되었습니다."

"오! 그래, 어디에 있다던가?"

"예상대로 혈참마대의 뒤를 쫓아 악양으로 향하고 있다 합니다."

"쯧쯧, 그놈의 천방지축 같은 성격. 내가 차라리 신경을 끊고 말아야지."

안휘명의 말에 조용한 미소로써 대답을 한 온설화가 들고 있던 종이 뭉치를 뒤적거리며 말했다.

"이곳저곳에서 전투가 벌어진 모양입니다. 계속해서 수많은 보고가 올라오고 있습니다."

"흠, 벌써부터? 싸움을 시작하라는 명은 내린 적이 없는 것 같은데."

"아무래도 먼저 공격하여 서로 공을 세우고자 함인 것 같습니다."

뇌학동이 못마땅한 표정을 지으며 말했다. 하지만 안휘명은 그다지 대수로울 것 없다는 태도였다.

"뭐, 상관이야 있겠습니까? 어차피 예상 못한 바도 아니고 중요한 것은 싸우되 이겨야 하는 것이지요. 참, 다들 어쩌고들 있나?"

정도맹과 육대세가에 대해 묻는 말이었다. 온설화가 기다렸다는 듯 대답했다.

"수많은 무인들이 정도맹으로 모이고 있습니다."

"그간 신망을 많이 잃은 것으로 아는데?"

"어쩔 수 없는 선택입니다. 많은 실기를 했어도 저들로선 본 궁에 맞서 싸울 수 있는 곳이 정도맹뿐이라고 생각할 테니까요. 또한 육대 세가에서도 대대적인 이동이 시작되었다고 합니다. 남쪽으로 움직이는 것 같기는 한데 아직 정확한 지점은 보고가 들어오지 않았습니다."

"곧 밝혀지겠지. 어차피 우리와 싸우려고 움직이는 것일 테니."

안휘명의 얼굴에선 시종일관 자신만만한 웃음이 떠나지 않았다. 그

때 가히 좋지 않은 안색으로 서 있던 사중명이 조심스레 말문을 열었다.

"궁주님."

"무슨 일인가, 비혈대주?"

"저……."

사중명은 쉽게 입을 열지 못했다. 안휘명의 시선이 온설화에게 향했다.

"무슨 일인가?"

온설화는 사중명과 마찬가지로 곤란한 표정을 지으며 대답했다.

"남궁세가가 무너졌다고 합니다."

"남궁세가가 무너져? 왜?"

아무렇지도 않게 되묻는 안휘명, 그는 아직 그녀의 말을 이해하지 못했다.

"습격을 받고 초토화당했다고 합니다."

"습격? 초토화? 남궁세가가?"

"예."

"뭔 소리야!!"

그제야 상황 파악을 한 안휘명이 사중명을 향해 버럭 소리를 질렀다.

"남궁세가가 초토화당하다니! 언제?"

"이, 이틀 전 새벽이라고……."

"누구냐?"

묻는 안휘명의 목소리는 더없이 싸늘했다. 마치 사중명이 한 일이라도 되는 듯 전신에서 피어난 살기가 그를 압박했다.

"그, 그것이 아직……."

"일전에 남궁세가만큼은 건드리지 말라고 분명 명령을 내렸다. 또한 이번에 패천령을 내리면서도 주변에 있는 문파들에게 특별히 당부까지 했다. 그런데도 남궁세가가 초토화를 당해? 어느 놈이냐, 노호문이냐?"

"아, 아닙니다."

"마영문이냐, 아니면 묵영도문?"

"두, 둘 다 아닙니다."

사중명은 숨 쉴 틈도 없이 밀어닥치는 살기에 어쩔 줄을 몰라 했다. 보다 못한 동방성이 그를 만류했다.

"궁주, 진정하게나. 비혈대주의 잘못이 아니지 않은가?"

그제야 자신의 실수를 깨달은 안휘명은 끓어오르는 노화를 간신히 억누르고 몇 번의 심호흡을 하고는 재차 물었다.

"어느 정도까지냐? 설마, 몰살이냐?"

"그, 그렇습니다."

사중명은 몰살은 둘째 치고 시신들이 모욕을 당했다는 것까지는 감히 보고할 생각을 못 했다.

안휘명의 눈에서 또다시 살기가 피어올랐다.

"사흘의 여유를 주겠다. 누구의 짓인지 밝혀내."

"조, 존명."

"알아내거든 즉시 보고해라. 아니, 보고할 필요도 없다. 일단 다 쓸어버려. 수뇌만 잡아서 데리고 오면 돼."

"명심하겠습니다."

사중명이 떨리는 음성으로 명을 받았다. 그러나 온설화가 즉시 만류하고 나섰다.

"안 됩니다, 궁주님."

"안 되다니!"

"지금은 백도와 전면전을 앞두고 있습니다. 비록 궁주님의 명을 어긴 잘못은 있다고 하나, 따지고 보면 남궁세가도 적입니다. 만약 이 시점에서 책임을 물어 벌을 준다면 본 궁을 따르는 여러 문파들의 사기에 좋지 않은 영향을 미칠 수가 있습니다."

"나도 그리 생각하네. 벌은 싸움이 끝난 이후에 내려도 되지 않는가."

동방성이 온설화를 거들고 나섰다. 눈치를 보아하니 주변의 수뇌들 또한 같은 생각인 듯했다. 하지만 안휘명은 명령을 거둘 생각은 터럭만큼도 없었다.

"남궁세가를 건드리지 말라고 한 것은 남궁세가를 위해서가 아니라 그들이 검왕 어르신, 을지호와 밀접한 관계가 있기 때문에 그런 것입니다. 또한 그렇게 하겠다고 약속도 했고."

"책임을 물으시는 것 자체를 말리는 것은 아닙니다. 다만 뒤로 미루시라는 것이지요. 그리고 어쩌면 우리 쪽에서 한 일이 아닐 수도 있습니다."

"그건 또 무슨 소린가?"

안휘명을 대신해 동방성이 물었다.

"소식을 접하고 곰곰이 생각해 보았습니다. 한데 아무리 생각해도 궁주님의 명을 어겨가면서 남궁세가를 칠 문파는 없었습니다."

"그렇다면?"

뭔가를 느꼈는지 안휘명이 눈초리가 더욱 매서워졌다.

"지난번에 말씀드린 제삼의 세력이 꾸민 일일 수 있습니다."

"놈들이 을지호와 검왕 어르신의 정체를 어찌 알고?"

"그분들 때문이 아니라 백도인들을 자극하기 위함입니다. 여러 분타를 습격해서 우리를 자극시킨 것과 같이."

"음."

충분히 일리가 있는 말이었다.

"대주."

잠시 동안 생각에 잠겼던 안휘명이 사중명을 불렀다. 목소리가 차분해진 것이 냉정함을 되찾은 듯했다.

"예, 궁주님."

"지금 즉시 남궁세가로 떠나게. 가서 일이 어찌 된 것인지 확실하게 살펴보게. 내 명령을 거부한 것인지, 아니면 군사의 말대로 제삼의 세력이 개입되어 있는 것인지를. 그리고 제삼의 세력이라면 계속 추격을 하여 정체를 밝히고 만약 그것이 나의 명령을 거부한 문파가 한 짓이라면……"

안휘명은 고개를 가로젓는 온설화의 당부를 간단히 무시했다.

"조금 전에 내린 명령대로 따르게. 수뇌만 살려서 데려오면 돼."

"존명!"

사중명이 허리를 직각으로 꺾으며 명을 받았다.

한번 떨어진 명령을 어찌 막을 것인가. 온설화의 입에서 옅은 한숨 소리가 흘러나왔다.

*　　　*　　　*

"후우. 후우."

어깨가 절로 들썩이고 입에선 단내가 났다. 더 이상 무리하면 몸을 상하기 십상이었다. 눈에 보이지 않을 정도로 다급히 움직이던 을지호가 거친 숨을 몰아쉬며 발걸음을 멈추었다.

황보세가를 떠난 지 어느새 닷새. 평지에선 말을 타고 말이 지치거나 산이 나오면 경공을 사용해 밤낮을 가리지 않고 달린 그는 호북과 호남의 접경지까지 이르게 되자 지칠 대로 지쳐 있었다.

"그 빌어먹을 놈만 아니라면 산에서 이리 고생하는 일은 없었을 것을."

수풀 위에 아무렇게나 몸을 누인 그는 한참 동안이나 산길을 헤매게 만든 약초꾼을 생각하며 이를 갈았다.

"그놈만이 아니지. 어떻게 만나는 인간들마다 그리 말들이 다른지."

황보세가를 떠난 그를 가장 괴롭힌 것은 반나절을 못 견디고 쓰러지는 말도, 점점 피로감이 밀려오는 몸도 아니었다. 문제는 남궁세가까지 가는 최단 길을 모른다는 것이었다. 그래서 계속해서 길을 물어가며 움직였건만 그나마 일러주는 길이 다 다른 것이 아닌가. 한시가 바쁜 그에겐 미칠 노릇이었다(사실 알려줘도 그가 알아듣지 못한 것도 상당했다). 만약 제대로 된 길만 알고 있었다면 최소한 하루 반나절은 더 빨리 도착했을 것이었다.

"그나저나 제갈세가가 잘 버틸 수 있을까 모르겠네."

비록 제갈세가가 있는 무창을 들러서 온 것은 아니었으나 근처를 지나면서 을지호는 수없이 많이 몰려드는 무인들을 볼 수 있었다. 제각기 문파도 다르고 들고 있는 무기도 달랐지만, 한 가지 공통점이 있다면 패천령에 의해 움직이는 흑도의 고수들이라는 것이었다.

"뭐, 지금 급한 것은 그게 아니니 할 수 없지. 우선 배라도 채워야지 힘들어서 더는 못 가겠다. 철왕아."

지난 며칠 동안 끼니를 거르기가 일쑤였다. 을지호는 허기가 지는지 배를 쓰다듬으며 상체를 일으켰다. 그리곤 나무 위에 앉아 있는 철왕을 불렀다.

"나도 네놈처럼 날개라도 있어 날아다니면 좋겠다."

철왕이 양 날개를 활짝 펴 어깨로 내려앉자 을지호는 부러운 듯 날개를 몇 번 쓰다듬었다.

"가서 토끼라도 몇 마리 잡아오너라."

을지호가 어깨를 들썩이자 주인의 사정을 알았다는 듯 철왕이 천천히 하늘 위로 날아올랐다.

"더도 말고 두 마리만 잡아오너라. 오랜만에 포식이나 하자꾸나."

사냥을 위해 하늘 높이 날아오르는 철왕을 보며 을지호는 눈앞에서 토끼가 익어가는 기분 좋은 상상을 하며 연신 침을 흘렸다.

바로 그때였다.

쐐애액!

날카로운 파공성과 함께 한 자루의 화살이 철왕을 향해 무섭게 날아들었다.

"어떤 잡놈이!"

벌떡 몸을 일으킨 을지호의 입에서 욕설이 튀어나왔다. 하나 그다지 걱정하는 눈빛은 아니었다. 애당초 그 정도 화살에 당할 철왕이 아니었다. 단지 그가 화를 내는 것은 화살로 인해 사냥이 지연되기 때문이었다. 성질상 절대 그냥 넘어갈 철왕이 아니었다.

그것을 증명이라도 하듯 철왕은 자신을 향해 정확하게 날아드는 화살을 날개로 후려쳐 막아냈다. 그리곤 화살의 주인을 찾아 하강하기 시작했다.

철왕의 목표가 되는 사람은 을지호와 언덕 하나를 사이에 두고 있는 두 명의 청년이었다. 그들은 똑같은 모양의 적색 갑옷을 상체에 걸치고 보기만 해도 질릴 거대한 철궁을 들고 있었다.

"하하하! 제법 깐깐한 녀석인걸. 도망가기는커녕 오히려 덤벼드는데. 네가 만만하게 보이는 모양이다."

화살을 쳐낸 철왕이 급격히 하강하며 달려드는 모습을 보며 풍간(風干)은 얼굴을 붉히고 있는 오량(伍亮)을 놀려댔다.

"이거야 원, 창피해서……."

"그러니까 평소에 제대로 수련을 하라고 했잖아. 이제 어떻게 할래?"

"어찌하긴 뭘 어찌합니까? '나 잡아라' 하고 덤비는 놈 냉큼 잡아야지."

대답을 함과 동시에 화살을 잰 오량이 날개를 접고 달려드는 철왕을 겨냥했다.

"하하, 이번에도 실패하면 단주님께 일러서 단단히 망신 줄 테니까 그리 알아."

"시끄러워요! 내 저놈을!"

핑!

시위를 떠난 화살이 철왕을 향해 날아갔다. 조금 전과는 비교도 되지 않을 빠름이었다. 한데 이번에도 오량의 예상은 빗나갔다. 철왕이 갑자기 날개를 펴 방향을 바꾸며 피한 것이다.

"허! 세상에!"

풍간이 입을 쩍 벌리며 놀랄 때 화가 날 대로 난 오량은 이를 악물고 재차 화살을 날렸다.

한 발, 두 발, 세 발.

연거푸 세 발의 화살이 철왕을 향해 날아갔다. 철왕은 그때마다 몸을 틀고 날개로 화살을 쳐냈다. 그런데 화살에 실린 힘이 만만치 않은 것인지 날개로 화살을 쳐내는 것이 영 불안했다. 보다 못한 을지호가 그들을 불렀다.

"어이, 이봐."

"누, 누구냐!"

바로 옆에서 사람의 음성이 들려오자 기겁을 한 풍간이 소리쳤다.

"지금 뭣들 하는 거야?"

"보면 모르쇼. 사냥하고 있지 않소?"

오량이 불쾌한 눈으로 대꾸했다.

"주인이 있는 짐승을 사냥하는 법도 있나?"

순간 풍간과 오량의 얼굴에서 아차 하는 빛이 지나갔다. 하나 그도 잠시, 오량이 믿을 수 없다는 듯 고개를 흔들었다.

"당신이 주인이라는 것을 어찌 믿으라는 말이오?"

"그건 금방 알게 돼."

을지호가 어느새 접근한 철왕을 보며 냉소를 지었다. 을지호에게 시선을 빼앗겨 철왕이 접근하는 것을 미처 파악하지 못했던 오량은 갑자기 머리 위에서 나타난 철왕을 보곤 기겁했다. 그는 화살을 잴 엄두도 내지 못하고 그저 철궁을 휘두를 뿐이었다.

하나 지상에서 그는 철왕의 상대가 될 수 없었다.

"으, 으악!"

오량은 머리에 극렬한 고통을 느끼며 비명을 질렀다. 그를 돕기 위해 풍간이 화살을 재었으나 미친 듯이 움직이는 오량과 철왕이 한데 엉켜 있어서 차마 쏘지 못하고 있었다.

난데없는 파공성이 들린 것은 바로 그때였다.

직감적으로 철왕의 위기를 느낀 을지호가 어깨에 메고 있던 철궁을 집어 던졌다.

팅!

철왕을 향해 가공할 속도로 날아들던 화살이 철궁에 부딪쳐 땅에 떨어졌다. 촉에서 대까지 온통 핏빛 일색인 화살이었다.

"제법이군요."

낭랑한 목소리였다. 을지호의 시선이 그 음성의 주인을 찾아 숲 쪽으로 돌아갔다.

숲 속에서 천천히 걸어나오는 여인, 풍간 등과 마찬가지로 적색 갑옷을 입고 뒤쪽으로 질끈 동여맨 머리에 비녀를 꽂고 있었는데 나이는 이십 대 초반 정도에 눈에 확 띄는 대단한 미모는 아니어도 어딘가 모르게 매력이 있는 여인이었다.

"다, 단주!"

풍간과 머리에서 피를 흘리고 있는 오량이 재빨리 뛰어가며 반색했다.

"자알들 한다. 사냥해 오라고 보냈더니 망신이나 당하고 있고."

여인은 자신보다 서너 살이나 많을 것 같은 풍간에게 대뜸 눈을 흘기며 호통을 쳤다.

'단주? 흠, 어린 나이에 대단하군. 하긴, 제법 괜찮은 실력을 지닌 것 같았어.'

을지호는 철왕을 향해 날린 화살로 그녀의 실력이 결코 만만치 않다는 것을 파악하고 있었다. 오래 머물다간 괜한 시비에 휘말릴 것 같았다.

그는 그녀가 풍간 등을 혼내고 있을 때 재빨리 자리를 뜨려고 했다.

물론 그럴 수는 없었다.

"대단하더군요, 당신이나 당신이 기르고 있는 새나."

단주라 불리는 여인이 땅에 떨어진 철궁을 회수하는 을지호에게 말을 걸었다.

"대단할 것까지야."

"당신도 궁을 쓰는 모양이군요. 존대성명이 어떻게 되지요?"

"무명소졸(無名小卒)이오."

을지호가 귀찮다는 듯 대답했다. 그러자 풍간과 오량이 쌍심지를 켜고 나섰다.

"네놈이 감히!"

"죽고 싶은 게… 흡!"

여인의 시선을 받은 오량이 다급히 입을 틀어막았다. 쓰윽 째려보는 것만으로 그들의 행동을 막은 여인이 다시 입을 열었다.

"나는 사마유선이라고 해요."

『궁귀검신』 4권으로 이어집니다

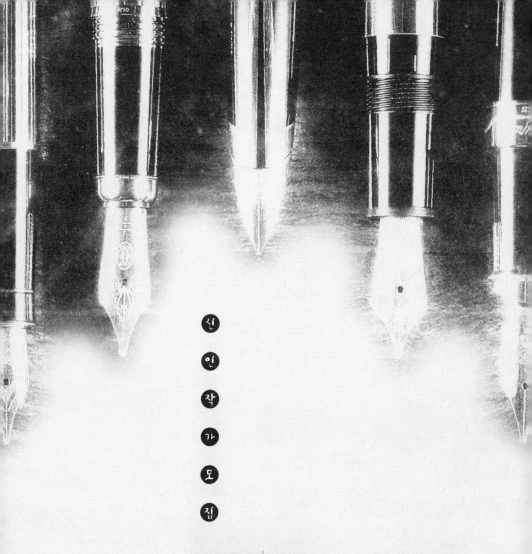

신

인

작

가

모

집

시작이 반이라고 했습니다.
작가의 길에 대한 보이지 않는 벽을 과감히 깨뜨리십시오!
청어람은 작가 지망생 여러분들의
멋진 방향타가 되어드리겠습니다.

저희 도서출판 청어람에서는
소설 신인 작가분들을 모집합니다.
판타지와 무협을 사랑하시는 분들의 많은 참여를 바랍니다.
소정의 원고(A4용지 150매)를 메일이나 우편으로 보내주시면
검토 후 출판 여부를 알려드리겠습니다.

주소:경기도 부천시 원미구 심곡1동 350-1 남성B/D 3F 우편번호420-011
TEL:032-656-4452 · **FAX**:032-656-4453
http://**www.chungeoram.com**
e-mail:chungeoram@chungeoram.com